KB080648

소리 높여
챌린지

소리 높여 챌린지

Chirp

케이트 메스너 장편소설 *Kate Messner* | 강나은 옮김

창비

차
례

소리 높여 챌린지
007

1장
갈매기와 고의적인 사업 방해

산이 몹시 그리웠다는 걸 미아는 이제야 깨달았다. 차창 밖으로 흐르는 시골 풍경이 보스턴에서 본 그 무엇보다 푸르렀다.

말코손바닥사슴이 길을 건너는 곳이니 조심하라는 표지판도, 아주 나른하고 평화로워 보이는 작은 마을들도 사랑스러웠다. 뉴잉글랜드의 6월은 한가로운 환절기지만 이제 일주일만 지나면 이 길도 북적일 것이다. 야영객이 몰려오고, 고급 차에 몸을 실은 뉴욕 사람들이 길가에 내려 소와 셀카를 찍을 것이다. 어쨌거나 지금은 흘러가는 조용한 풍경을 바라보는 게 즐거웠다. 2학기가 끝난 바로 다음 날 이삿짐을 싣느라 정신없긴 했어도, 버몬트주로 돌아가는 것이 기뻤다.

사실 미아는 애초에 보스턴으로 이사 가지 않았더라면 좋았을 거라고 생각했다. 지난 이 년을 싹 지워 버릴 수 있었으면 하고 말이다. 하지만 이제라도 그곳을 떠나 왔으니, 여름 방학 내내 여유롭게 적응할 일만 남았다. 7월 4일 독립기념일이 일주일도 남지 않았다. 이곳에선 불꽃놀이가 독립기념일 당일이 아니라 하루 전에 열리고 보스턴의 불꽃놀이보다 규모도 작지만, 그 불꽃들은 샘플레인 호수에 비쳐 두 배로 반짝일 것이다. 미아네 가족은 한때 해마다 그랬듯이 호숫가로 독립기념일 소풍을 나갈 수 있을 것이다. 아빠가 초콜릿 크림을 바르고 빨강, 하양, 파랑 장식 가루를 뿌려 만든 '불꽃 브라우니'와 샌드위치를 싸서 말이다. 무엇보다 좋은 건 할머니가 함께한다는 것이다. 유리병 속에 반딧불이를 잡아 주고 곤충의 생체 발광을 설명해 주는 할머니가 없이는 여름의 불꽃놀이도 예전 같지 않았다.

"깼어, 미아?"

"응, 거의."

매사추세츠주 절반쯤과 뉴햄프셔주 대부분을 자면서 지나온 미아는 축 늘어뜨렸던 몸을 마침내 일으키고, 하나로 올려 묶어 둔 갈색 머리를 정돈했다.

"잘됐네, 왜냐하면……."

아빠가 잠깐 뜸을 들이더니 와락 덧붙였다.

"난 버몬트에 있고 넌 아냐!"

차창 밖으로 '버몬트주에 오신 것을 환영합니다.' 표지판이 지나갔고, 아빠는 백미러로 미아를 보며 마구 웃었다.

"잘했어, 아빠."

꼬맹이 시절 가족 여행을 나서기만 하면 미아는 주와 주가 만나는 이 경계에 차를 세워 앞좌석과 뒷좌석이 서로 다른 주에 있게 해 달라고 졸랐다. 엄마는 고속도로에선 그렇게 할 수 없다고 설명했고, 그 대신 미아네 가족은 이곳을 지날 때마다 주 경계선을 통과한다고 유난을 떨었다. 그때부터 지금까지 죽.

"질리지도 않나 보네."

엄마는 한심하다는 듯 말했지만, 이내 풋 웃었다. 그러고는 방학 캠프 안내지 더미를 뒷좌석으로 건넸다.

"너 이거 깜박했더라. 여름 방학 계획 좀 더 생각하고 싶을까 봐 엄마가 챙겼어."

깜박한 게 아니었다.

"아냐, 됐어."

미아는 곧바로 돌려주었지만, 엄마는 포기하지 않고 체조 선수 사진이 있는 안내지 하나를 들어 보였다.

"새로 생긴 체조 캠프도 있대."

미아는 고개를 저으며 말했다.

"체조할 맘 없어."

아빠가 백미러로 미아를 흘긋 보고는 말했다.

"괜찮아. 여름 방학에 뭐 할지는 네 뜻대로 결정하면 돼."

"좋아!"

미아 편이 적어도 한 사람은 있는 듯했지만 엄마는 말했다.

"'맨날 리얼리티 방송 보기'는 **안 돼**."

"이런, 아쉽네."

'맨날 리얼리티 방송 보기' 앞에 '마운틴듀 마시고 첵스 과자 먹으면서'까지 덧붙였더라면 엄마는 미아의 여름 계획을 더욱 정확히 맞혔을 것이다. 일 년 전, 미아는 몸을 다치고 수술을 하면서 몇 달이나 활동적인 일을 할 수 없었다. 그래서 소파에 눌러앉아 「투자 오디션」과 「나는 전사다」 여섯 시즌을 다 몰아 보았다. 마침내 다친 팔이 낫고 의사는 체육관에 돌아가도 좋다는 소견을 주었지만, 그 무렵 두 방송 모두 새 시즌을 시작하는 게 아닌가. 그래서 미아는 계속 보았다.

"두 가지 활동을 골라."

엄마가 미아 무릎에 안내지들을 얹으며 이어 말했다.

"활동적인 거 하나, 교육적인 거 하나. 그러니까……."

"알아, 내 몸을 위한 거 하나랑 뇌를 위한 거 하나 고르라는 얘기잖아."

미아는 한숨을 내쉬고 덧붙였다.

"근데 난 진짜 「나는 전사다」에 나오는 여자들 보기만 해도 근육 생겨. 그 사람들이 흰 벽 올라가는 거 봤어?"

미아는 그 여자 도전자들이 엄청나게 강해 보여서 좋았다. 감히 누구도 함부로 건드리지 못할 것 같아서.

"그리고「투자 오디션」도 얼마나 교육적인 방송인데, 엄마."

괜찮은 발명품만 있다면 직접 나가 봐도 재미있을 것 같은 프로그램이었다. 미아는 초등학교 3학년 때 친구 앨릭스와 함께 로봇을 만들었다. 이웃집 벼룩시장이 끝난 뒤 남은 공짜 물건 더미에서 오래된 토스터 부품을 가져와 만들었는데, 아무것도 안 하는 로봇이었기 때문에 그 프로그램에 가지고 나갈 만한 건 아니었다. 하지만 그런 사업 아이디어를 궁리해 보는 게 미아는 여전히 재미있었다.

'어린 사업가들을 위한 창업 캠프' 안내지를 펼친 것은 그래서였을 터다.

"여기 좀 다닐 만해 보여. 할머니 귀뚜라미 사업 도와드릴 방법도 배울 수 있을 것 같고."

"좋네. 그런데 할머니는 곧 은퇴하실 거니까 네가 도와드릴 일이 별로 없을 거야."

그때 아빠가 끼어들었다.

"글쎄, 아닐 것 같은데. 최근에 통화했을 때, 엄마가 농장 팔 생각이 없어지신 것 같더라고."

"말도 안 돼."

엄마가 이제 미아와 안내지를 내버려 두고 아빠를 보았다.

"근처 식품 공장 사장이 어머니 사업장 건물 사겠다고 제안했단 말이야. 완벽한 조건으로."

아빠는 어깨만 으쓱하고 엄마는 이어 말했다.

"어머니 잘 생각하셔야 해. 귀뚜라미 사업 가벼운 일 아니야. 이제 건강까지 나빠지셔서……."

아무 안내지나 집어 들고 펼친 미아는 거기 적힌 뜨개질 캠프 소개를 읽기 시작했다. 무엇을 보건 할머니가 영원히 여기 있지 않으리란 사실을 생각하는 것보다는 나으니까. 할머니는 지난 1월 가벼운 뇌졸중을 겪었고, 금방 퇴원하기는 했어도 당분간 무리해선 안 된다는 게 의사들의 말이었다. 미아는 이때 처음이자 마지막으로 할머니의 심술 난 모습을 보았다. 연약해 보이기도 했다. '연약'이라니, 이전까지 미아가 할머니를 묘사할 때 절대 쓰지 않았을 단어이기에, 미아는 가슴이 무너졌다.

하지만 할머니는 지난 몇 달간 물리 치료를 받으면서 그 과정을 휴대폰 문자로 하나하나 미아에게 알렸다. 이제 할머니는 보행 보조기나 지팡이 없이도 걸을 수 있고, 몸의 균형을 되찾기 위해 코어 운동도 하고 있다. 지난주에는 새로 산 초록색 운동복 차림으로 플랭크 자세를 취하고 있는 모습을 미아에게 사진으로 찍어 보냈다.

'오늘은 45초까지 했다!'

하지만 할머니는 여전히 스트레스를 줄여야 했고, 그래서 은퇴를 준비하고 있었다. 적어도 계획은 그랬다. 미아네 가족이 다시 버몬트주에 와서 살기로 한 것도 한편으로는 엄마 아빠가 할머니의 은퇴 과정을 돕고 싶었기 때문이었다.

* * *

"다 왔다."

할머니의 농장이 있는 산업 단지 입구로 차를 들이며 아빠가 말했다. '그린마운틴 사슴 인형' 도매점과 거대한 체육관 사이에 꽉 낀 듯한 할머니의 농장 건물이 보였다.

"앗, 저기서 열리는 여름 캠프가 있어!"

엄마가 뒷좌석으로 손을 뻗어 뒤지더니, 안내지 하나를 찾아 미아 앞에 흔들었다.

"내가 말했잖아, 체조는 안 할 거라고."

미아는 안내지를 밀어냈다.

"'나는 전사다 캠프'를 저기서 한단 말이야!"

엄마가 내민 그 캠프 안내지에서 실내 암벽 등반을 하는 아이들 사진이 보였다.

"너「나는 전사다」좋아하잖아."

"방송으로 **보는** 걸 좋아하지."

미아는 엄마가 내민 안내지를 받아, 다른 안내지들 위에 다시 내려놓았다. 과자나 먹고 남들 등반하는 모습이나 구경하는 캠프는 왜 없을까?

"할머니가 새로 꾸리신 농장 구경할 준비 됐어?"

아빠가 이렇게 말하며 차를 세웠고, 세 사람은 차에서 내려 귀뚜라미 농장 건물로 향했다. 이전까지 집 지하실에서 귀뚜라미를 키우던 할머니는 뇌졸중이 오기 직전에 모든 것을 이곳으로 옮겨 두었다.

"새로 꾸민 농장 우리한테 구경시켜 주려고 신나셨을 거야. 미아 너 주려고 귀뚜라미 분말 쿠키도 준비해 놓고 로비에서 기다리실걸."

아빠 말이 반은 맞았다. 할머니가 로비에 있기는 했다. 하지만 쿠키를 내미는 것이 아니라, 의자에 올라서서 빗자루를 머리 위로 휘두르며 서까래에다 큰 소리로 욕을 하고 있었다. 정확히 말하면 창가 기둥에 앉은 갈매기 두 마리한테 말이다. 오 개월 전에 뇌졸중을 겪은 노인이라기보다는 어벤저스 영웅 같아 보였다.

"엄마! 무슨 일이에요?"

이렇게 외치며 달려간 아빠는 할머니를 도와 의자에서 내려오게 하고는 할머니 손에서 빗자루를 빼앗았다.

"저놈의 새들이 온 사방에 똥을 싸 놓은 데다가 내가 쫓기 전에 귀뚜라미를 얼마나 잡아먹었는지도 알 수 없어. 이젠 저렇게 나갈 생각도 안 해."

할머니는 고개를 절레절레 흔들고는 풍성한 회색 곱슬머리에 절반쯤 묻혀 있던 초록색 뿔테 안경을 고쳐 썼다. 가족들이 오기로 한 것을 이제야 기억하는 듯했다.

"미안하다, 얘들아. 잘 왔어."

할머니는 돌아가며 한 사람씩 포옹했다. 미아는 특별히 더 오래. 그러고는 다시 빗자루를 향해 손을 뻗는데, 아빠가 주지 않았다.

"그냥 문 열어 두자고요. 그럼 알아서 나갈 테니까. 살살 하세요, 엄마."

할머니가 아빠 손에서 빗자루를 기어코 빼앗아 들었다.

"살살 해? 누가 내 필생의 사업을 망치려고 하는데도?"

"어휴, 갈매기가 엄마를 잡아먹나, 뭐? 그냥 작은 사고지."

"사고? 아니다."

할머니가 빗자루로 새들을 가리키며 말했다.

"이건 고의적인 사업 방해야."

2장

반겨 주는 개, 운동하는 사슴

"네? 그게 무슨 소리세요?"

아빠가 갈매기들을 올려다보았다. 미아도 갈매기를 쳐다보고는 할머니에게 물었다.

"누가 일부러 그랬다고 생각해요, 할머니?"

"확실해. 내가 범인도 알아. 쳇 파츠워스."

할머니가 그 이름을 뱉어 내듯 말했다.

"그자가 날 여기서 몰아내려는 거야!"

엄마가 유독 차분한 목소리로 말했다.

"어머니, 쳇 파츠워스라면 농장 사겠다고 제안한 사람 아니에요? 전혀 그런 일을 할 사람 같지 않던데. 그냥 문이 열려 있어서 갈매기가 들어온 건 아닐까요?"

"절대 아니야. 내가 장담하는데, 쳇 파츠워스가 꾸민 일이야. 어제 **또** 전화해서 여길 팔라고 하더니만, 오늘 갈매기가 쳐들어왔어. 도대체 제가 뭔데 날 내 사업장에서 쫓아내려 하는 건지, 참.”

엄마가 아빠에게 ‘우리 얘기 좀 해.’ 하는 눈빛을 보내자 아빠도 눈빛으로 ‘내가 뭘 어쩌겠어?’ 하고 대답했다. 미아는 두 사람 사이에 찌릿찌릿 오가는 뇌파가 보이는 것 같았다.

그때 사무실 문이 열리고, 통통한 소시지 같은 잉글리시 불도그 한 마리가 뒤뚱뒤뚱 뛰어나오더니, 갑자기 세차게 짖어 대기 시작했다.

“시드!”

할머니가 고개를 절레절레 흔들었다.

“사람들을 반겨 줘야 할 녀석이 이런다. 고쳐야 해.”

“할머니, 개가 있네요!”

미아는 머리가 커다래서 몸이 고꾸라질 것만 같은 그 개를 쓰다듬었다.

“**개** 키우세요?”

이번엔 엄마가 물었다. 할머니는 대답하지 않고, 시드의 배를 문지르는 미아에게 말했다.

“이 녀석 이제부터는 너를 쭉 사랑할 거야. 어떤 사람이건 딱 처음 만날 때만 짖거든.”

“아이쿠, 죄송해요! 손님 계신지 몰랐어요.”

사무실에서 누가 뛰어나왔다. 키가 작고 머리카락이 없는 근육

질의 남자였다. 할머니가 소개시켰다.

"이쪽은 대니얼이야, 내 새 직원."

"직원이요?"

엄마가 이렇게 묻더니 아빠에게 '아니, 이게 무슨 일이야?' 하고 묻는 눈빛을 보냈다. 아빠는 못 본 척하고 대니얼과 악수했다.

"저는 스티브입니다. 실비아 교수님 아들이에요. 이쪽은 제 딸 미아, 아내 샤론."

"네, 반갑습니다. 아, 그런데 거기 계시지 마세요."

대니얼이 엄마에게 말했다.

"왜요?"

엄마가 묻는 순간, 갈매기 한 마리가 엄마 머리에 똥을 쌌다. 역겨움과 경악으로 일그러지는 엄마 표정이 마치 현대 회화 속 녹아내리는 얼굴 같았다.

"있어 봐, 금방 종이 타월 갖다 줄게."

미아는 사무실로 가는 할머니의 뒷모습을 바라보았다. 이제 지팡이 없이 걸을 수 있기는 해도 아직 걸음걸이가 이상해 보였다. 왼발 힘이 좀 부족한지, 걸음마다 할머니의 왼쪽 무릎이 유독 높이 올라갔다.

돌아온 할머니가 엄마에게 종이 타월을 건네고 건물 한구석을 가리켰다.

"자, 여기. 그리고 화장실은 저기."

엄마가 화장실로 가 씻는 동안 대니얼이 할머니에게 말했다.

"더 오래 못 있어서 죄송해요. 연습이 10시에 있어서요."

"무슨 연습이 있으세요?"

아빠가 물었다. 대니얼은 야구 방망이 휘두르는 시늉을 하고는 대답했다.

"제가 레이크 몬스터스 야구단이거든요. 도미니카 공화국에서 자라면서 야구를 했어요. 대학원 다니려고 여기에 와서 실비아 교수님을 만나게 됐는데, 교수님께서 그 야구단에 지원해 보라고 권유하셨어요."

"진짜 잘됐네요!"

미아가 말했다. 벌링턴에 마이너리그 야구단이 있다는 사실이 이제야 기억났다.

"아, 이 얘기 하니까 생각나네요. 제가 다음 주 토요일에 경기가 있어서 농산물 장터에 끝까지 있지는 못해요. 원하시면 제임스한 테 저 대신 좀 있어 달라고 부탁해 놓을게요."

"그럴 생각은 하지도 마. 제임스도 경기장서 사랑하는 남편 응원하고 싶을 텐데. 장터는 미아가 도와줄지도 몰라."

"나는…… 그때 바쁠 것 같은데."

미아는 시청 공원의 장터에서 낯선 이들에게 귀뚜라미 단백질 분말을 파는 제 모습을 상상할 수 없었다. 하지만 할머니를 실망 시키는 것도 마음이 불편해 이렇게 말했다.

"그 대신 지금, 여기 일손 도울 수 있어요."

그때 화장실에서 젖은 머리카락을 종이 타월로 닦으며 나온 엄마가 말했다.

"그런데 저희 지금 가 봐야 할 것 같아요."

아빠도 고개를 끄덕이고는 할머니에게 물었다.

"엄마, 우리 새집 구경하러 갈래요?"

"못 가. 새 공기 정화 장치 도급업자하고 미팅 있거든."

"새 공기 정화 장치요?"

엄마는 어두운 표정으로 되물었고, 이내 미아에게 말했다.

"미아, 잠깐 어른들끼리 이야기 좀 해도 되지? 넌 나가서 그 재미난 캠프 열리는 체육관 구경하고 있어."

"알았어."

미아는 할머니와 포옹을 나누고는 밖으로 나왔다. 하지만 체조 생각은 조금도 하고 싶지 않아서, 체육관이 아니라 반대쪽의 '그린마운틴 사슴 인형' 도매점으로 향했다.

도매점은 앞창을 통해 큰 사무실이 보이고, 그 사무실 한쪽 벽에 갖가지 옷과 소품을 착용한 봉제 말코손바닥사슴 인형이 가득 진열되어 있었다. 흰 가운을 입고 청진기를 목에 두른 의사 사슴, 서류 가방을 든 사업가 사슴, 단단한 안전모 아래로 뿔이 튀어나온 건축 기사 사슴. 또 다른 진열대에는 운동선수 사슴 인형들이 가득했다. 축구 선수, 미식축구 선수, 발굽에 스케이트를 신은 피겨 스케이트 선수.

"너도 운동하니?"

갑자기 누가 물었다. 미아는 어찌나 놀랐는지, 바닥에서 일 미터는 뛰어오른 듯했다. 정신을 차리고 돌아서니, 키가 작고 건장한 몸집에 짧은 머리카락이 희게 센 남자가 웃으며 두 손을 들고 미아에게서 물러났다.

"미안하다! 놀라게 하려던 건 아니야. 난 밥 제이컵슨이라고 한다. 이 괴짜 같은 사슴 인형 회사의 사장이지. 너 혹시 실비아 교수님 손녀니?"

미아는 고개를 끄덕였다.

"역시 그랬네! 미아 맞지?"

미아는 또 고개를 끄덕였다. 이 사슴맨은 어떻게 미아의 이름을 아는 걸까?

"너희 할머니가 네 이야기 많이 하셨거든. 우리 운동하는 사슴들, 마음에 들지 않니?"

그는 뿔 솟은 운동선수들이 가득한 진열장을 가리켰다.

"어디 맞혀 보자……."

위아래로 훑어보는 그의 눈빛에, 미아는 커다란 외투로 몸을 감싸고 싶어졌다.

"……너는 달리기 선수인 것 같은데!"

"아니에요, 저는……."

미아는 체조 선수라고 말할 뻔했다가 더는 아니라는 것을 기억해 냈다.

"……운동 안 해요."

그때 귀뚜라미 농장에서 나오는 엄마 아빠를 보고 미아는 안도했다. 하지만 둘은 언쟁을 하고 있었다. 이번엔 눈빛으로만 하는 언쟁이 아니었다.

"계획은 이게 **아니었잖아.**"

엄마는 말했다. 엄마는 처음부터 귀뚜라미 농장을 그리 좋아하지 않았고, 할머니의 별난 아이디어 중 하나라고만 여겼다. 엄마는 별난 구석이라곤 없는 사람이었다. 상식적인 신발, 상식적인 머리 모양, 상식적인 직업을 좋아하는 사람. 귀뚜라미 농장은 그 상식적인 것들에 속하지 않았다.

"어머니 은퇴하시고 적응하시는 거 도와드리려고 이사 온 거지, 귀뚜라미 백만 마리 키우시는 걸 도와드리려던 게 아니잖아."

"도와 달라고 안 하시잖아."

"스트레스를 줄이셔야 해."

"시간이 필요하신 거야. 차차 옳은 판단을 하실 거야."

아빠는 주위를 둘러보며 미아를 찾았다.

"미아, 가자!"

"응, 가!"

미아는 사슴맨에게 "반가웠습니다." 하고 인사하고는 서둘러 차로 갔다. 그러나 미아까지 차에 타면 엄마 아빠가 조용해지리란 기대는 깨어졌다.

"당신이 아직 어머니를 무슨 초능력 영웅쯤으로 생각하는 거 알지만, 이런 일 하시기에는 연세가 너무 많으셔. 방금 어머니 하시는 말씀 들었어? 누가 **고의로 사업을 방해한다니**, 참."

엄마의 말에 아빠는 주차장에서 차를 빼며 대답했다.

"그러게. 엄마 말씀이 사실일 수도 있지만 그래도……."

"제대로 판단을 못 하시는 거야. 뇌졸중 때문에 어머니 왼쪽 뇌에 후유증이 남은 거, 그래서 이성적으로 사고하시기 어려울 수 있다는 거 당신도 알잖아. 이제 이런 일에서 물러나실 때가 됐어, 어머니는."

미아는 옆자리에 놓인 캠프 안내지들을 내려다보았다. 엄마가 할머니를 그런 식으로 이야기하는 것을 도저히 더 듣고 있을 수가 없었다. 그래서 엄마의 관심을 돌릴 만한 딱 한 가지 화제를 던져 보기로 했다.

"전사 캠프 참가할게!"

성공했다. 엄마가 고개를 돌렸으니 말이다.

"좋은 생각이다, 미아! 오늘 밤에 그 캠프하고 창업 캠프 둘 다 등록해 둘게. 분명 좋아하게 될 거야."

좋아할 리 없다고 생각하면서도 미아는 고개를 끄덕였다. 하지만 전사 캠프 장소가 할머니의 귀뚜라미 농장과 붙어 있다는 점은 좋았다. 미아는 할머니와 시간을 더 많이 보내면서 엄마가 틀렸단 걸, 걸음걸이는 좀 이상할지 몰라도 할머니의 판단력엔 아무런 문제가 없다는 걸 확인하기로 했다. 귀뚜라미 농장 일도 미아가 도울 수 있을 터였다. 할머니가 사랑하는 일을 앞으로도 계속할 수 있도록. 할머니가 그럴 수 없다면…… 아니, 그 가능성은 생각하고 싶지도 않았다.

3장

다락방에서 건너온 상자들

미아네 세 식구는 저녁으로 베트남 음식을 포장해 와서 먹었다. 그런 다음 미아는 짐을 풀러 자기가 쓸 새 방으로 갔다. 이삿짐 기사들이 이미 들여다 놓은 가구와 짐 상자가 집 안에 가득했다. 새 방이 보스턴의 미아 방보다 큰 것은 잘된 일이었다. 예전에 이곳을 떠나며 할머니네 다락방에 맡겨 놓았던 짐을 이번에는 다 찾아가라는 할머니의 명이 있었기 때문이다.

할머니네 다락방에서 온 짐 상자 두 개가 이미 미아의 침대 옆에 놓여 있었다. 까만 매직펜으로 쓰인 '미아 방'이란 글씨는 꼬맹이 시절 미아가 쓴 것이었다. 나머지 짐 상자들에도 똑같은 글자가 적혀 있지만, 이삿짐센터 라벨에 인쇄된 글자였다. 상자 하나의 뚜껑을 열어 들여다보니 초등학교 3학년 때 했던 숙제와 할머니네 집 뒤 나무에서 주운 마른 매미 허물, 체조로 받은 트로피로 채워져 있었다.

이상한 기분이었다. 엄마는 여기로 이사 오면 집에 돌아오는 기분일 거라고 했는데, 막상 와 보니 그렇지 않았다. 이곳에 살던 시절 미아의 삶은 체조를 중심으로 돌아가는 것이나 다름없었는데, 이젠 미아에게서 체조가 없어졌기 때문일 것이다. 게다가 그 시절 단짝 친구였던 릴리도 지난해 시애틀로 이사했고, 할머니네 옆집에 살던 앨릭스 역시 어느 여름 캠프에 참가하느라 가을까진 돌아오지 않는다고 했다.

상자들 속을 더 뒤지다 보니 옛날 사진이 좀 나왔다. 토스터 로봇을 들고 앨릭스와 같이 찍은 사진, 릴리의 아홉 살 생일에 찍은 사진, 그리고 미아가 붉은 바위 위에서 샘플레인 호수로 뛰어내리는 사진도 있었다.

그 사진을 꺼내 든 미아는 호숫가 바위에 무지개색 수영복을 입고 서 있던 기분을 기억하려 애써 보았다. 사진 속 여자아이는 지금의 미아와는 아주 다른 기분을 느끼는 것 같았다. 바위가 꽤 높아 보였다. 그 깊은 호숫물로 뛰어내리려면 몇 걸음 달려와서 멀리 몸을 던져야 하는데, 그럴 용기를 끌어모으려고 한참을 바위 위에 서 있기만 하는 사람들도 있다. 하지만 미아는 안 그랬다. 엄마 아빠가 처음으로 그 호숫가에 데려간 날 미아는 바위에서 망설임 없이 뛰었다. 초등학교 3학년, 그해 여름 가장 무더운 날이었다. 호숫물은 어찌나 맑은지, 또 어찌나 차가운지, 뛰어든 순간 잠시 숨이 멎을 정도였다. 바위는 멋지게 붉고 하늘은 더할 나위 없이 파랗고, 그 바위에서 뛰어오를 때 미아는 하늘을 날 것만 같은 기분이었다. 무엇이든 할 수 있을 것 같은 기분. 지금의 미아는 조금도 그렇게 느낄 수가 없었다.

미아는 사진을 다시 상자에 떨어뜨리고 그 상자를 벽장 깊숙이 넣어 버렸다. 예전에 하던 마루 운동 프로그램 책자와 바비 인형을 뒤적일 시간은 없었다. 당장 필요한 물건을 챙기는 게 우선이었다.

미아는 음악을 틀고 엄마가 서랍장 위에 두고 간 이불을 침대에 폈다. 뉴잉글랜드 아쿠아리움에서 산 가오리 모양 솜 인형 넵튠도 꺼내 베개 옆에 놓았다. 반바지와 티셔츠 몇 벌을 서랍장에 정리해 넣고 원피스 두 벌을 옷장에 건 다음, 학교에 입고 갈 옷과 스웨터가 든 상자는 옆으로 밀어 두었다. 9월 개학이 다가올 때 열어 볼 작정이었다.

다음으로 연 상자 속엔 체조 포스터가 가득했지만, 새 방에는 하나도 붙이고 싶지 않았다. 두 번 다시 평균대 위에 올라설 일이 없다면, 아침마다 평균대 위 시몬 바일스*를 보는 기분도 전과 같지 않을 테니까. 미아는 포스터를 모두 상자에 다시 넣었다.

이삿짐 운반 기사들이 이미 서랍장 옆 벽에 거울을 걸어 두었

---

* 역사상 가장 훌륭한 체조 선수 중 한 사람으로 평가받는 미국의 여성 체조 선수.

다. 그래서 미아는 그 거울에 붙일 만한 사진을 골라 보았다. 보스턴 마라톤을 구경하는 가족 사진을 고르고 작년 바비큐 파티 때 미아 사촌들이 모여 찍은 사진도 골랐다. 그 사진에서는 미아에게 가장 어린 사촌 동생인 피오나가 수영복 차림에 미아의 체조 티셔츠를 덧입고 있었다. 티셔츠가 너무 길었지만 피오나는 몸에 맞든 안 맞든 미아에게 물려받은 옷이라면 무조건 좋아했다. 언제나 꼭 미아처럼 되고 싶어 했다.

학교 사진부 활동을 하며 찍은 사진도 여러 장 거울에 붙였다. 대부분은 보스턴 코먼 공원 주변의 낙엽 사진이시만 친구 유니스가 미아 손에서 사진기를 빼앗아 미아를 담아 준 사진도 한 장 있었다. 그 일이 일어나기 전의 사진이지만 단풍나무 옆에 서서 눈을 가느다랗게 뜬 미아의 얼굴이 긴장되어 보였다. 마치 나쁜 일이 다가오고 있음을 아는 사람처럼.

* * *

다음 날 아침, 미아네 세 식구는 교회에 다녀온 다음 다시 귀뚜라미 농장으로 갔다. 이제 갈매기가 빠져나간 그곳을 할머니가 제대로 구경시켜 줄 시간이다. 문을 열자마자 시드가 뒤뚱뒤뚱 달려왔다. 할머니가 장담했던 대로 이번에는 짖지 않았다. 꼬리를 흔들고 바닥에 털썩 눕더니, 배를 쓰다듬어 달라고 발라당 몸을 뒤집었다.

할머니도 로비에서 미아네를 기다리고 있었다. 하지만 이번에도 쿠키는 없었다. 그 대신 곤충이 든 커다란 단지가 있었다.

"귀뚜라미 구이 맛볼 사람!"

할머니가 이렇게 말하고 단지를 한 번 흔들었다.

"몸에 아주 좋단다!"

"난 그것보단 커피가 좋아요, 엄마 포옹이랑."

아빠가 할머니 쪽으로 몸을 숙였다.

"음식은 사랑이야."

할머니가 이렇게 말하자 엄마가 대꾸했다.

"그렇긴 한데, 그래도 이건 음식이 아닌걸요, 어머니. 도마뱀한테 줄 음식이라면 모를까요."

엄마도 할머니를 안았다. 귀뚜라미 단지를 조심조심 피하면서 말이다. 할머니가 귀뚜라미를 키운 지도 삼 년이 되었지만, 엄마는 한 번도 입에 댄 적이 없었다.

미아가 유리병으로 손을 뻗으며 물었다.

"크리스피 케이준 맛이에요?"

"새 레시피야."

미아가 귀뚜라미를 한 줌 집어다 입에 넣었다. 할머니한텐 그게 어떤 포옹보다도 기분 좋은 일이라는 걸 알았다. 할머니는 버몬트 대학에서 곤충학을 가르치는 첫 여성 교수였다. 미아의 일곱 살 생일에는 포충망과 작은 곤충 사육 통을 선물했고, 미아와 함께 메뚜기 관찰을 하며 정원을 몇 시간이고 돌아다니곤 했다. 할머니가 식품으로서의 곤충에 처음 관심이 생겼을 때, 미아는 곁에서 할머니가 만든 곤충 음식을 맛보아 주었다.

"꽤 맛있어요! 그런데 역시 난 마늘 맛이랑 바다 소금 맛이 제일 좋아요."

할머니가 고개를 끄덕였다.

"곧 사업을 확장할 테니까 그땐 더 다양한 맛을 만들 수 있을 거야."

"확장이요?"

마치 귀뚜라미가 목에 걸린 듯한 목소리로 엄마가 물었다.

"어머니, 저희하고 미리 상의하셨더라면 좋았을 텐데요. 여길 팔려고 준비하고 계셨잖아요."

"마음을 바꿨다. 곤충은 식품의 미래야. 그 미래에 내가 참여하고 싶어."

엄마가 아빠를 보았다. 그러고는 다시 할머니 쪽으로 시선을 옮겼다.

"건강은요? 뇌졸중 겪으신 후라서 이제는 무리하시면 안 된……."

"거참."

할머니가 팔에 근육을 만들어 보이고는 말했다.

"스스로 다시 일어난 여자보다 세상에 더 강한 건 없다. 나 체력 훈련도 죽 받고 있고, 이제 뭐든 할 준비가 됐어. 자, 그럼 이제 구경시켜 줄 테니까 가자."

할머니가 귀뚜라미 사육실 문을 열었고, 미아가 먼저 들어갔다.

"우아…… 신기해요."

미아네 학교 체육관만 한 그 공간에 커다란 사각형 상자들이 네 줄로 길게 줄지어 놓여 있고, 그 안에는 요란하게 우는 귀뚜라미가 가득했다.

"대니얼이 새 먹이를 가져올 거야."

할머니가 뒷문 쪽으로 고갯짓을 했다. 과연 대니얼이 커다란 자루 하나를 끌고 오는 중이었다.

"사람을 더 고용할 수 있게 되면 모든 게 더 수월해질 거야."

할머니의 말에, 엄마는 깊은숨을 들이키더니 말했다.

"저희는 걱정이 돼요. 몇 주 전까지만 해도 여길 넘길 준비가 다 되어 있으셨잖아요. 사겠다고 제안한 사람이 아직 관심을 갖고 있고요. 안 그래요, 어머니?"

"쳇 파츠워스 말이야?"

할머니는 마치 귀뚜라미 농장을 스컹크에게 팔아넘기라는 말이라도 들은 것처럼 엄마를 쳐다보았다.

"그 인간은 거절을 거절로 받아들이는 법을 좀 배워야 해. 분명 그 갈매기도 그자 짓이야."

엄마가 답답하단 표정이 되어 아빠에게 눈빛으로 말했다. '그거 봐, 내가 뭐라고 했어?' 아빠는 브런치를 먹으러 가고 싶을 뿐인지 아니면 할머니가 말을 더 하기 전에 엄마를 데리고 나가고 싶은지, 손목시계 보는 시늉을 하더니 말했다.

"아이고, 우리가 집에서 엄청나게 늦게 나왔나 보네. 엄마, 우린 이제 짐을 풀러 가 봐야 해서요……."

"난 할머니랑 더 있으면 안 돼? 내 짐은 어제 다 풀었어."

"미아가 있으면 나야 좋지."

할머니가 말했다. 미아가 쳐다보자 엄마는 고개를 끄덕였다.

"더 있어도 되고말고. 몇 시간 있다가 데리러 올게."

엄마 아빠가 나가자마자 할머니 휴대폰이 울렸다.

"할머니 전화 좀 받을게."

할머니는 먼저 농장 저편으로 얼른 외쳤다.

"대니얼! 미아가 일 좀 도울 거야. 자네가 좀 가르쳐 줄래?"

"네!"

할머니는 사무실로 갔고, 다가온 대니얼이 말했다.

"나한테서 잘 배우면 숙련된 귀뚜라미 관리사가 될 거야. 자, 그럼 물그릇 챙기는 일부터 가르쳐 줄게."

미아는 뒤로 물러섰다. 처음 만나는 사람은 불편했다. 아무리 살갑게 구는 사람이라도. 아니, 때론 살갑게 구는 사람이 더욱 불편했다. 하지만 대니얼은 미아와 어느 정도 거리를 유지한 채 귀뚜라미 물그릇 헹구는 법을 보여 주었다. 대니얼은 어딘지 모르게 마음을 편하게 하는 사람이었다.

"물그릇에서 안 나가는 귀뚜라미가 있을 땐 숨을 후후 불어. 그럼 움직일 거야."

미아가 어느 상자로 다가가자 귀뚜라미가 가득한 물그릇이 보였다. 미아가 마치 생일 케이크 촛불을 끄듯 가볍게 바람을 불자 과연 귀뚜라미들은 판지로 된 조그만 귀뚜라미 아파트 안으로 모두 들어가 버렸다. 다만 몇 마리가 물그릇에 그대로 누워 있었다.

"여기 몇 마리 죽은 것 같아요."

"몇 마리나?"

"네 마리요."

"그 정도는 괜찮아."

자기가 그 귀뚜라미가 아니니 하는 소리겠지, 하고 미아는 생각했다.

"익사한 거예요?"

물그릇엔 물이 많지도 않았건만 대니얼은 고개를 끄덕였다.

"귀뚜라미가 슈퍼 푸드일지는 몰라도 생물의 한 종으로서는 바나나 민달팽이보다 멍청해. 물그릇에서 충분히 빠져나갈 능력이 있는데도, 나가야 산다는 걸 알지 못해. 그래서 매일 어느 정도는 그 안에서 죽어."

미아는 죽어 있는 가엾은 귀뚜라미들을 내려다보았다. 그냥 물에서 뛰어나오면 되는데. 멍청한 곤충들 같으니.

하지만 죽은 귀뚜라미들을 쓰레기통으로 쓸어 넣으면서도 마음이 좋지 않았다. 이렇게 와서 물그릇을 씻어 주는 인간 입장에서는 뭘 어떻게 했어야 좋을지 훤히 보인다. 하지만 물에 빠져 죽어 가는 처지에서는 어찌해야 하는지를 좀처럼 알기 어렵다.

미아는 물그릇 네 개를 더 헹궜다. 마지막 그릇에는 열 마리 넘는 귀뚜라미가 죽어 있었고, 그걸 본 대니얼은 걱정스러운 표정을 지었다.

"물을 좀 더 적게 주면 안 돼요?"

"안 돼. 그럼 물이 너무 빨리 증발해 없어져 버려. 그렇다고 종일 여기 있으면서 물을 보충해 줄 사람이 있는 것도 아니고."

"자동화를 하면요? 슈퍼마켓 농산물 진열대에 자동 물뿌리개를 쓰는 것처럼요."

미아는 꼬마 때 그 물뿌리개를 정말 좋아했다. 한참을 서서 기다리다가 물이 뿜어져 나오면 브로콜리 위로 손을 뻗어 그 차가운 물방울을 맞곤 했다.

"상당히 좋은 생각인데. 교수님께서 새로운 투자를 받는 데 성공하시면 내가 그 아이디어 말씀드려 볼게."

"할머니가 투자를 더 받으려고 하세요?"

미아는 처음 듣는 얘기였다. 곁에서 엄마가 같이 듣고 있지 않아 다행스러웠다.

"사업을 더 확장하고 싶으셔서요?"

"확장하고 **싶으신** 게 아니라 확장을 **해야만** 해. 수익을 내려면 말이야. 우리 농장, 지금까지 문제가 너무 많았어. 온도 문제도 있었고, 습도 문제도 있었고, 최근엔 갈매기 침입까지. 귀뚜라미를 더 생산해야만 해. 그건 사업을 더 확장해야 가능한 일인데, 그러려면 올해 안으로 오십만 달러가 더 필요해."

"우아."

그건 「투자 오디션」에 나오는 출연자들조차 거의 청하지 않는 높은 금액이다.

"그렇게 큰돈을 누가 우리 할머니한테 줘요?"

"천사 투자자들이. 우리 바람으로는."

"천사 투자자요?"

고개를 갸웃하는 미아의 머릿속에 떠오른 건 교회 스테인드글라스에 그려진 것 같은 통통한 천사가 두툼한 현금을 내미는 모습이었다.

"작은 신생 기업에 투자하는 사람들을 그렇게 불러. 성공을 할 수도 있고 못 할 수도 있다는 것을 충분히 인지하고 투자하는 사람들. 자기가 선택한 사업체가 구글이나 애플처럼 성장하길 바라면서 투자를 하는 사람들인 거지."

미아는 귀뚜라미 아파트를 둘러보았다. 할머니를 사랑하기는 하지만, 벌레로 가득한 이 방에다 실제로 오십만 달러나 되는 돈을 투자할 사람이 있으리라는 상상이 되지 않았다.

"그만한 돈을 투자받지 못하면요?"

"그러면 난 새 일자리를 구해야겠지."

대니얼은 한숨을 내쉬곤 덧붙였다.

"다른 방법이 없어. 새로운 투자자들이 생기거나, 우리 농장 문을 닫거나 둘 중 하나야."

4장

참신한 앱, 맛나는 바오, 딱히 하는 일 없는 로봇

여름 방학 첫 월요일이라면 마땅히 팬케이크와 베이컨 정도는 누렸어야 했다. 그리고 적어도 오전 10시까지는 늦잠을 잤어야 했다. 아니, 이제 어린이가 아니니 미아는 더 늦게까지도 잘 수 있었다. 하루를 통째로 느긋하게 혼자 보내면서 「나는 전사다」에서 철의 여인 엘리자베스 머리노가 최종 장애물 코스를 통과하는지 텔레비전 화면으로 확인했어야 했다.

하지만 미아는 아침 7시에 일어났고, 전에 살던 집 때문에 보스턴에 부동산 중개사를 만나러 가는 아빠를 배웅했다. 그리고 8시쯤엔 걸어서 창업 캠프가 열리는 중학교로 들어서고 있었다. 학교 앞에 형광 초록 티셔츠를 입은 여자가 서 있었다. 까맣고 짧은 머리카락을 수많은 갈래로 땋은 머리 모양을 한 채, 말 그대로 통통 뛰면서 말이다. 목소리는 티셔츠보다 더 요란했다.

"창업 캠프에 잘 왔어!"

손에 든 클립보드를 잠깐 내려다보던 그 여자가 말했다.

"너는…… 미아 맞지?"

미아는 고개를 끄덕였다.

"나는 캠프를 지도하는 조야 선생님이야. 만들기 공간에 가 있으렴."

조야 선생님이 학교 안을 가리켰다.

"거기서 오리엔테이션 할 거야. 난 복사 먼저 좀 하고 금방 그리로 갈게."

미아는 만들기 공간으로 향했다. 보스턴에서 다니던 학교에도 이런 공간이 있었는데, 별로 남들과 그곳을 같이 쓰고 싶지 않은 것 같은 남자 중학생들로 늘 가득해서 미아는 한 번도 들어가지 않았다.

하지만 이 학교의 만들기 공간은 다른 느낌이다. 긁힌 자국과 페인트 방울로 뒤덮인 커다란 탁자가 두 개 있고 한쪽 벽을 따라서 컴퓨터가 일렬로 놓여 있다. 다른 쪽 벽에는 선반이 있고 거기에 책, 종이, 색연필, 만능 테이프, 레고, 전자기기 부품인 듯한 버튼과 스위치 따위, 글루 건, 끈과 철사와 리본 다발이 가득하다.

만들기 공간 안쪽에는 유리 벽으로 구분된 작업실이 하나 있는데, 그곳에는 긴 벤치 의자가 있고 벽에는 도구들이 걸려 있다. 한 남자아이와 한 여자아이가 그곳의 탁자에서 몸을 숙인 채 금속 조각들을 여러 통에 분류해 넣고 있었다. 여자아이는 주근깨가 많고, 적갈색 머리카락을 길게 두 갈래로 땋아 내렸다. 그 두 갈래 머리카락이 꼿꼿이 뻗어 있었다면 엄마가 읽어 주곤 하던 이야기 속 삐삐 롱스타킹 같다고 생각했을 것이다. 그 삐삐 소녀 옆에는 텁수룩한 금발 머리카락을 지닌 남자아이가 탁자 아래의 두 발을 스케이트보드 위에 올린 채 앉아 있었다.

유리 벽 너머 작업실의 다른 쪽 끝에서는 까맣고 긴 머리카락과 반짝이는 은빛 매니큐어가 눈에 띄는 한 여자아이가 로봇 팔처럼 보이는 것의 전선을 만지고 있었다. 미아는 앨릭스와 함께 만든 로봇이 떠올랐지만, 이 여자아이의 로봇은 실제로 무언가를 할 수 있는 로봇처럼 보였다.

다른 아이들도 짝을 지어 앉아 무언가를 적거나 노트북 컴퓨터 모니터를 보고 있었다. 노트북 컴퓨터 앞에 있던 남자아이 한 명이 미아를 올려다보았다. 머리카락은 금발과 갈색 머리가 섞여 있고, 눈동자는 파랗고, 미아의 친구 유니스가 좋아했을 법한 보조개를 띠고 있었다. 그 아이가 손가락 끝으로 탁자를 드르륵 두들기며 미아에게 물었다.

"너는 하드웨어야, 소프트웨어야?"

미아는 그 질문이 무슨 뜻인지 아리송했지만 대답할 말은 확실히 알았디.

"둘 다 아냐."

남자아이 표정이 너무 불만족스러워 보여 미아는 덧붙였다.

"컴퓨터는 그럭저럭 다루는데 프로그래밍을 할 수 있다거나 그런 건 아니야, 네가 물어본 게 그런 거라면 말이야."

"괜찮아. 너는 SNS 캠페인에 쓸모가 있을 거야."

"**쓸모**라니, 무슨 말을 그렇게 해? 얘는 계획이 따로 있을 수도 있잖아."

옆에 앉은 여자아이가 그 남자애 팔을 찰싹 치고 고개를 절레절레 젓더니 말했다. 그 여자아이는 금발 곱슬머리를 말끔히 넘긴 얼룩말 줄무늬 머리띠를 고쳐 하고는 미아를 쳐다보았다.

"미안. 일라이 얘가 킥파인더 만들기에 미쳐서 캠프 참가자한테 다 같이 하자고 해. 그건 그렇고, 나는 클로버야. 저 애는 닉."

클로버가 가리킨 건 일라이 옆, 삐죽삐죽하게 솟은 짧은 갈색 머리카락의 남자아이였다. 닉은 쳐다보지도 않고 손을 올려 인사했다.

"나는 미아. 아직 아무 계획도 없어. 근데 킥파인더가 뭐야?"

"우리가 만드는 애플리케이션이야. 용도는……."

클로버가 말하려는데 일라이가 끼어들었다.

"이거 대박 날 거야. 우리가 이거 출시하면……."

"야."

클로버가 한 손을 들어 올렸다.

"왜 말을 끊고 그래. 내가 마저 설명해."

클로버는 다시 미아를 보고 말했다.

"축구 하는 애들이 쓸 수 있는 앱이야. 이 앱에 현재 위치를 공유하면 가까운 공원 어디서 동네 축구 경기가 진행되고 있는지 지도에 다 표시되거든."

클로버가 제 휴대폰으로 미아에게 킥파인더 앱을 보여 줬다. 현재 위치가 지도 위에서 깜박거리지만, 근처에서 진행 중인 축구 시합은 없다. 아마 지금쯤 모두가 집에서 잠을 자고 있거나 팬케이크와 베이컨을 먹고 있기 때문이겠지.

"멋지다. 그런데…… 어떻게 벌써 이렇게 많은 걸 한 거야? 오늘 캠프 첫날 아니야?"

"맞아. 그런데 대부분이 작년에 조야 선생님이 지도하는 만들기 동아리에 참여했던 애들이거든. 선생님이 대회 나갈 사람들은 먼젓번에 하던 걸 이 캠프에서 계속해도 된다고 하셨어."

"대회? 무슨 대회?"

캠프 안내지를 좀 더 자세히 읽어 봤어야 하는데.

"'버몬트 유소년 창업 대회'야. 5주 뒤 토요일에 열리는!"

일라이가 이렇게 대답해 놓고는 눈이 커다래졌다.

"젠장. 우리 할 거 진짜 많아."

일라이는 서둘러 다시 컴퓨터에 몰두했고, 클로버가 소리 내어 웃으며 미아에게 말했다.

"대회는 나가고 싶은 사람만 나가면 돼. 원래 '버몬트 창업 대회'라고 작은 사업을 시작하려는 사람들이 나가는 대회가 있는데, 그 대회의 아이들 버전이야. 간단하게 말하면, 자기가 품고 있는 사업 계획을 발표해서 투자받기 경쟁을 하는 대회야. 우승하면 오십 달러랑 트로피, 그리고 멘토랑 작업할 기회가 주어져. 투자를 받게 된 사업이 신문에 소개되기도 하고. 그러니까 꽤 괜찮은 기회지."

「투자 오디션」과 상당히 비슷한 대회였다.

"다들 그 대회 나가는 거야?"

안 나가는 사람이 저 혼자가 아니기를 바라며 미아는 주위를 둘러보았다.

"음······."

클로버가 아까 그 로봇 소녀를 가리켰다.

"저기 있는 애나는 아마 대회에 안 나갈 거야. 로봇을 만들고 있는데, 딱히 실용적인 일을 하는 로봇은 아니야. 대회 나가는 데 필요한 사업 계획도 애나한테는 없고. 애나는 그냥 로봇 만들기를 좋아해."

"애나는 누구랑 팀인데?"

어쩌면 미아만 혼자인 것은 아닐지도 모른다.

"애나는 팀 없어."

클로버는 목소리를 낮춘 다음 설명했다.

"원래는 애나도 우리 팀이어서 같이 킥파인더 만들고 있었는

데, 일라이가 애나를 좋아해. 계속 애나를 쳐다보고, 캠프 끝나면
아이스크림 사 먹으러 가자는 등 곤란하게 했지. 선생님이 일라
이한테 그만하라고 했지만, 그 후로도 애나는 계속 불편함을 느
꼈어. 그래서 우리 팀에서 빠지고 혼자 하기로 한 거야. 어차피 애
나는 앱보다 로봇을 더 좋아하기도 하고."

"그랬구나……."

로봇의 전선을 만지는 애나를 보며, 미아는 자기를 빤히 쳐다보
는 사람 옆에서 프로그래밍을 하는 것보다 저렇게 혼자 하는 것
이 더 나은 이유를 이해할 수 있었다.

"그럼 나머지 애들은?"

클로버는 먼저 삐삐 소녀와 스케이트보드 소년을 가리켰다.

"줄리아랑 딜런은 재활용 금속으로 직접 액세서리를 만들어 대
회에 나가. 콴이랑 벨라도 대회 나가고."

클로버가 고갯짓으로 탁자에 나란히 앉은 두 아이를 가리켰다.
둘 중 남자아이는 안경을 썼으며, 짧고 까만 머리카락이 위로 솟
아 있었다. 이 애와 남매인 것도 같은 여자아이는 머리카락이 똑
같이 까맣긴 하지만 젖어 있어서, 입고 있는 '샘플레인 계곡 수영
부' 티셔츠 어깨로 물방울이 떨어지고 있었다.

"바오 버스라는 걸 준비하는데, 쟤네 가족이 하는 식당의 만두
를 파는 거야. 사실 버스보다는 수레에 가까울 텐데, 버스라고 하
면 괜히 더 멋있으니까."

클로버가 마지막으로 가리킨 키 크고 마른 곱슬머리 남자아이는 야구복을 입은 채 한쪽 무릎을 떨면서 색연필로 무언가를 그리고 있었다.

"쟤는 에이든."

"뭘 하고 있는 거야? 야구 경기 찾아 주는 앱을 만들어?"

"아니. 에이든은 '뜻있는 쿠키' 로고를 직접 디자인하고 있어. 원래 초코칩 쿠키를 굉장히 잘 만들거든. 그래서 자기가 만든 쿠키를 모금 행사에 공급하는 사업을 구상했어. 야구복은 이따가 리틀 리그 시합에 가야 해서 입은 거야."

"와, 참…… 대단하다."

이곳 아이들은 미아의 기대보다 훨씬 대단한 일을 하고 있었고, 그건 좋은 일이었지만 한편으로는 좀 두려웠다. 다들 뭘 할지 결정할 때 미아는 여기 없었다. 도대체 어디서부터 시작해야 하나?

조야 선생님이 복사물을 들고는 교실로 뛰어 들어왔다.

"자, 모여 봐! 시작하자!"

모두가 자리에 앉은 후 조야 선생님은 앞으로의 캠프 일정을 안내했고, 그중에는 초청 연사 강연이나 현장 실습 같은 특별 행사도 있었다. 선생님은 지난 캠프들의 사진과 프로젝트를 보여 주었다. 사진 속 아이들이 다들 퍽 즐거워 보였다. 미아는 실제로 이 캠프에 대한 기대가 솟기 시작했다.

캠프 소개가 끝난 다음, 일라이가 미아에게 말했다.

"저기…… 미아, 닉이랑 클로버랑 내가 하는 킥파인더 사업에 합류 안 할래?"

"고맙긴 한데 난 별로 도움이 못 될 것 같아. 그리고 내가 어쩌면…… 다른 걸 하고 싶을 수도 있어."

사진 슬라이드 쇼를 보면서 미아는 저도 모르게 할머니의 귀뚜라미 농장을 생각하고 있었다. 어쩌면 할머니를 돕는 일이 미아의 여름 프로젝트가 될 수 있을 것 같았다.

"이미 존재하는 사업체를 더 발전시킬 수 있는 새로운 계획을 짜도 돼요?"

미아는 선생님에게 물었다.

"대회는 안 나갈 거고, 그냥 재미 삼아서요."

"너하고 연관이 있는 회사야? 가족, 친구 등등의 인연이 있는 회사?"

미아는 고개를 끄덕였다.

"그것도 아주 좋은 생각이야. 신생 기업들은 작게 시작해서 혁신하고 성장하는 것이 중요해. 그렇게 할 방법을 생각해 보려는 거지?"

미아는 또 고개를 끄덕였다.

"그럼 해 봐!"

선생님은 이제 딜런과 줄리아에게로 가서 액세서리 가격 매기기에 관해 이야기를 나누었다.

미아는 귀뚜라미 농장이 안 망하려면 반드시 성장해야·한다던 대니얼의 말이 떠올랐다. 습도와 온도, 그리고 물에서 기어 나와야 한다는 걸 몰라 익사하는 불쌍한 귀뚜라미 같은 문제도 떠올랐다. 사람들이 차차 곤충을 대체 식품으로 바라볼 수 있게만 된다면 귀뚜라미는 결국 많은 사랑을 받을 거라는, 할머니가 늘 하던 말도 떠올랐다.

손보고 있는 로봇도, 직접 프로그래밍 한 애플리케이션도, 이미 판매할 준비가 된 재활용 액세서리 두 상자도 없지만, 좋은 아이디어는 좀 있다. 그게 시작이다.

5장

사업 계획과 의심스러운 딱정벌레

화요일, 교실로 통통 뛰어 들어온 조야 선생님은 맨 먼저 '사업 계획서'라는 것을 설명했다.

"전략이 필요해. 투자자가 될 수도 있는 사람들에게 보여 줄 수 있어야 하니까. 그뿐 아니라 사업가 본인한테도 사업 계획서는 중요하단다. 우리 부모님이 1970년대에 이란에서 미국으로 이주해 빵집을 여셨거든. 그때 조그마했던 빵집이 로스앤젤레스에서 직원 사십 명과 함께 꾸리는 지금의 빵집으로 성장할 수 있었던 건 두 분의 사업 계획서 덕분이야."

"선생님은 왜 그 빵집에서 일 안 하시고 여기서 일하세요?"

의자를 뒤로 한껏 젖힌 일라이가 큰 소리로 물었다.

"왜냐하면 나는 버몬트 대학에서 '지속 가능한 혁신' 석사 과정을 밟고 있으니까. 거기서 어떻게 하면 환경을 해치지 않으면서도 사업이 성장할 수 있는지를 공부하고 있지. 일라이는 머리 깨지고 싶지 않으면 의자 똑바로 하고, 다들 사업 계획서 쓰기 시작해 보자."

선생님이 인쇄된 양식을 복사해 나눠 주었다.

"너희 대부분이 이미 상품을 만들고 있다거나 소프트웨어를 고치고 있다거나 하는 식으로 사업 준비를 많이 진척시킨 거 알지만, 오늘은 아이디어를 종이에 적어 보는 시간을 갖도록 하자."

일라이는 한숨을 쉬었으나, 그 무엇도 진척시키지 않은 미아는 오늘의 수업 방향이 고마웠다.

미아는 사업 계획서의 빈칸을 채워 보기 시작했다.

아이디어: 귀뚜라미 농장

이다음부터 막막했다.

"질문하고 싶은 거 있어?"

선생님이 미아에게 몸을 숙이며 물었다.

"저는 창업을 하려는 게 아니다 보니 어떻게 써야 할지 모르겠어요. 할머니께서 이미 운영하시는 사업이거든요. 그러니까 할머니는 아마 진작에 이런 걸 쓰셨을 거예요. 첫 투자를 받으실 때."

"그렇겠지. 그래도 네가 적어 보는 게 좋아. 적다 보면 생각을 하게 되거든. 나중에 할머니 것하고 비교해 봐도 좋겠네."

선생님이 '아이디어'라고 적힌 부분을 톡톡 두드렸다.

"네 아이디어가 **왜** 좋은가를 생각해 봐야 해. 선생님이 짐작하기론, 귀뚜라미 시장을 넓히려는 목표도 있지 않아?"

좋은 생각 같아 미아는 고개를 끄덕였다.

"이 귀뚜라미는 반려동물 먹이용이야?"

"아니요. 사람이 먹는 음식이에요. 벌레를 먹는다는 사실에 거리낌만 없다면 진짜 좋은 건강식품이 될 거예요."

"아아, 그렇구나. 그럼 합리적인 사람들이 귀뚜라미를 한번 먹어 보고 싶게끔 소개해 볼 수 있겠어?"

"네. 컴퓨터로 자료 조사 좀 해도 돼요?"

"물론이지."

선생님은 콴과 벨라에게로 가서 '버스 아닌' 바오 버스 계획을 어떻게 진행하고 있는지 확인했고, 미아는 컴퓨터 앞에 앉았다.

식품으로서의 귀뚜라미에 관한 기사들을 훑어보니 미아에겐 낯익은 정보가 대부분이었다. 일 인분의 귀뚜라미가 일 인분의 소고기나 닭고기보다 단백질이 더 많고, 환경에도 더 좋다는 것은 할머니가 늘 하는 이야기였다. 미아는 귀뚜라미를 키우면 소를 키울 때보다 먹이가 열두 배 적게 들고 물이 이천 배 적게 든다는 점이 멋지다고 생각했다.

하지만 사람들은 대부분 그런 사실을 전혀 몰랐다. 메이플 시럽 농장에 가면 시럽이 만들어지는 과정을 보여 주듯, 할머니도 오픈 하우스를 열면 어떨까. 미아는 사업 계획서에 이런 생각을 적었다.

그리고 인터넷에서 관련 기사를 좀 더 읽어 봤다. 어느 메이저리그 야구장 매점에서 튀긴 메뚜기를 판다는 글을 막 클릭한 순간, 조야 선생님 목소리가 들려왔다.

"십 분 남았다!"

어느새 두 시간이나 흘렀다는 게 믿기지 않았다. 미아는 사업 계획서에 '레이크 몬스터스 경기장 매점 확인'이라고도 적어 넣고, 웹 페이지를 나중에 볼 수 있도록 저장했다.

창업 캠프를 마친 후, 미아는 이 캠프가 열리는 학교에서 고작 두 블록 떨어져 있는 할머니 집으로 걸어갔다. 문을 열자마자 따뜻하고 달콤한 바나나와 시나몬 향기가 미아를 폭 감쌌다. 할머니는 앞치마를 두르고 조리대에 서서 바나나 빵 반죽을 젓고 있었다. 앞치마에는 '폴짝 셰프'라고 적힌 주방장 모자를 쓴 조그만 귀뚜라미 캐릭터가 있었다.

"할머니, 나 왔어요! 뭐 도울까요?"

"딱 필요할 때 왔네. 빵틀에 기름칠 좀 해 줄래?"

가방을 내려놓고 손을 씻은 다음, 미아는 식용유 스프레이로 빵틀을 코팅했다.

"캠프는 어땠어?"

"재미있었죠."

미아는 할머니가 이제 반죽을 부을 수 있도록 기름칠 된 빵틀을 내밀었다.

"귀뚜라미 농장에 시도해 볼 만한 아이디어를 이것저것 떠올려 봤어요."

"늘 나를 제일 많이 돕는 게 너야."

완전히 새로운 계획을 구상하고 있다는 말은 하지 않았다. 안 그래도 이래라저래라 하는 사람들로 스트레스가 많은 할머니였으니까.

하지만 말하지 않는 것도 그것대로 기분이 묘했다. 할머니가 뇌졸중을 겪고 미아 자신이 사고를 당하기 전에는, 늘 할머니에게 모든 걸 말했다. 보스턴으로 이사한 뒤에도 학교에서 일어난 소소한 일을 문자로 이야기했다. 하지만 이제는 미아가 말하지 않는 것이 쌓이고 쌓여, 마치 두 사람 사이에 높다란 상자 탑이 생긴 것 같았다. 지금도 미아가 빼놓고 말한 부분 때문에, 그 탑에 상자 하나가 더 얹힌 것 같았다. 이대로 가다가는 머지않아 미아 눈에 할머니가 보이지도 않게 될 것 같았다. 그렇지만 어떤 일들은 소리 내어 말하기가 너무 어렵다.

"새 레시피예요?"

상자 탑 생각을 떨치려고 미아가 물었다. 할머니는 고개를 끄덕였다.

"단백질 분말 비율을 좀 높이면 어떤가 보는 거야."

할머니가 싱크대로 가서 반죽 섞은 볼을 헹굴 때, 오븐 타이머가 울렸다.

"제가 다 됐나 확인해 볼까요?"

미아가 오븐 장갑에 손을 뻗으며 물었다.

"확인하는 법 기억은 나?"

미아는 웃음을 내뱉었다.

"할머니, 같이 빵 구운 지 오래됐다고 다 잊어버리진 않아요!"

미아는 찬장에서 이쑤시개를 하나 꺼내고, 오븐을 열어 예전에 할머니가 가르쳐 준 대로 빵을 찔러 보았다. 이쑤시개를 빼 보니 빵 부스러기만 약간 붙어 있을 뿐, 반죽이 묻어나지 않았다. 미아는 오븐에서 빵을 꺼내고, 조리대에 올려 조금 식게 두었다.

냄새가 어찌나 좋은지, 미아는 시식을 부탁하는 할머니가 고마웠다.

"먹어 보고 의견 줘. 레시피 공유하기 전에 좀 수정해야 할 수도 있으니까."

미아가 빵 한 조각을 자르고 후후 불어 식혔다. 한 입을 베어 물고 신중하게 씹었다.

"맛있어요. 그런데 약간 식감이 거친가?"

"내가 열정이 넘쳤나 보네. 밀가루랑 귀뚜라미 분말 비율을 조절해야 되겠다."

할머니가 미아를 보며 한숨을 내쉬고 덧붙였다.

"너한테 기니피그 노릇을 시켜서 미안해. 다른 애들 할머니는 먹어 보나 마나 맛있는 초콜릿 칩 같은 걸 줄 텐데 너는 나 때문에 귀뚜라미 레시피나 시식하고 말이야."

"난 할머니 기니피그 되는 거 좋아요. 그리고 정말로 맛은 있다니까요."

할머니가 속상하지 않길 바라 미아는 한 조각 더 먹었다. 세상 누구보다도 귀뚜라미를 사랑하는 것이 할머니 잘못은 아니었다.

미아는 마지막 반죽을 오븐에 넣고, 할머니가 라디오에서 나오는 노래를 흥얼거리며 설거지를 할 때 그 옆에서 깨끗해진 그릇의 물기를 닦았다. 둘 사이에 담이 있어도, 시식한 바나나 빵이 거칠거칠한 날이어도, 할머니 곁은 미아가 가장 좋아하는 장소였다.

빵 만들기를 끝낸 미아와 할머니는 점심을 먹고는 차를 타고 귀뚜라미 농장으로 갔다. 가는 길에 미아는 동네의 초콜릿 전문점인 초콜릿숍에서 오픈 하우스 표지판을 내어 둔 것을 보았다. 미아는 손가락으로 그걸 가리키고 말했다.

"귀뚜라미 농장을 소개하는 오픈 하우스 여는 거 생각해 본 적 있어요, 할머니? 오늘 캠프에서 이런저런 아이디어를 떠올려 보다가 오픈 하우스도 생각났거든요."

할머니가 방향 지시등을 켜면서 눈썹을 치켜 올렸다.

"괜찮은 아이디어네. 농장 안에 사람들 막 돌아다니게 하지는 못하지만, 로비에다가 사육 통 몇 개 놓고 귀뚜라미 생장 단계를 보여 줄 수는 있지."

"시식용 귀뚜라미를 내놓아도 되고요. 귀뚜라미가 얼마나 몸에 좋고 친환경적인 음식인지 보여 주는 포스터를 붙일 수도 있고요."

"아이디어 진짜 마음에 드는데!"

주차장으로 차를 들이면서 할머니는 미아에게 웃어 보였다. 두 사람 사이에 쌓인 비밀 상자의 담이 조금은 낮아진 것 같았다.

할머니가 휴대폰으로 달력을 확인하고 말했다.

"오픈 하우스 날짜를…… 8월 9일로 하면 어떨까? 일요일 오후 좋잖아, 그렇지? 그러면 홍보할 시간이 5주쯤 있어. 그땐 여름 관광객도 아직 있을 시기고."

"꾸미기랑 그런 거 제가 전부 도울 수 있어요."

"좋았어!"

미아는 할머니를 따라서 농장 안으로 들어갔다. 아직도 걸음걸이는 조금 이상했지만 할머니는 무사히 활동하고 있었다. 그리고 엄마의 의심과 달리 생각하는 능력에 전혀 문제가 없었다. 할머니는 멀쩡했다. 할머니는 이 농장을 팔지 말지 스스로 결정할 수 있었다.

할머니의 사업 계획서를 좀 봐도 되느냐고 미아가 물으려 할 때, 시드가 뒤뚱뒤뚱 달려 나와 애정을 구했다. 미아가 적어도 오 분은 꼼짝없이 시드의 배를 문질러 주고 나서 보니, 할머니는 전화 통화를 하고 있었다.

"왔네! 일손 보태 줄 거야?"

귀뚜라미 사육실 문을 잡고 서 있는 대니얼이 물었다.

"네. 뭘 하면 좋을까요?"

미아는 대니얼을 따라 사육실로 들어갔다.

"먹이 주기, 물 주기, 청소. 뭐 늘 하는 일이지. 그런데 우선, 같이 가서 새끼들부터 확인하자."

귀뚜라미 유충을 키우는 곳은 창고 한구석에 있는 온실 비슷한 텐트였다. 대니얼이 지퍼로 문을 열어 잡아 주는 동안 미아는 안으로 들어갔다. 성충이 있는 곳보다도 온도가 높고 후텁지근했다.

선반에 있는 통 하나를 들여다보면서 대니얼이 말했다.

"이야, 좋았어! 핀헤드 됐다!"

그 속에는 아주 작고 창백한 새끼 귀뚜라미가 가득했다. 미아의 외할머니가 쓰는 바느질 핀에 달린 조그맣고 흰 구슬을 닮은 모습이었다.

대니얼이 그 상자를 미아에게 건네고 텐트 문을 들어 주면서 바깥의 귀뚜라미 사육 통 하나를 가리켰다.

"네가 얘네들 새집에다 부어 볼래?"

미아가 그 작업을 하는 동안 대니얼은 커다란 닭 모이 한 자루를 열며 말했다.

"자, 이제 신선한 먹이를 좀 갈아서……. 엇, 이런!"

미아는 갑자기 말을 멈춘 대니얼에게 달려갔다. 닭 모이 자루 속에 구릿빛 딱정벌레들이 잔뜩 기어 다니고 있었다. 대니얼은 자루 입구를 급히 구겨 봉하고는 자루를 들어 올렸고, 로비 쪽으로 고갯짓을 하며 외쳤다.

"문 열어!"

미아가 뛰어가서 문을 열자, 대니얼이 곧장 밖으로 달려 나갔다. 시드에게 발이 걸려 넘어졌지만 (그래서 시드가 분한 듯 캥캥 짖었지만) 대니얼은 멈추지 않고 주차장을 가로질러 반대편까지 내달렸다. 그러고는 잔디에 툭 하고 자루를 내려놓았다.

"그게 뭐예요?"

대니얼이 숨을 몰아쉬며 말했다.

"아마 갈색거저리일걸. 아니 어제까지만 해도 멀쩡했는데……."

미아는 심장이 두근거렸다. 어떤 자가 귀뚜라미 농장을 망치려 한다는 할머니 말이 사실일 수도 있을까?

"누가 **일부러** 넣어 놓은 것 같아요?"

대니얼은 어깨를 으쓱하더니 말했다.

"이상하게 들리겠지만, 누가 일부러 넣어 두지 않는 한 이런 일이 일어날 수 있을까 싶어. 지난달에 온도랑 습도 문제 생겼을 때만 해도 그냥 기술적 결함이겠지 했어. 갈매기 사건은 그냥 희한했고. 그런데 이젠……."

대니얼은 고개를 절레절레 젓고 말을 이었다.

"저 딱정벌레들이 옮길 수 있는 질병이 열 가지는 돼. 내가 모르고 저걸 그대로 부었더라면……."

대니얼은 미아를 보았다.

"여기를 좀 더 잘 감시해야겠어. 교수님 말씀이 맞는다면, **진짜** 누가 우리 농장을 망치려 하고 있다면…… 이건 시작에 불과할지도 몰라."

6장

우리가 전사다!

대니얼과 함께 딱정벌레가 없는 새 먹이 자루를 뜯어 귀뚜라미들에게 주고 나자, 어느새 전사 캠프에 갈 시간이었다. 귀뚜라미 농장이 자리한 건물의 사업장들은 밖으로 나가는 문이 각기 나 있었지만, 모든 사업장을 연결하는 복도도 있었다. 미아는 다시 햇빛 아래로 나가고 싶지 않아 그 복도를 선택했다. 긴 복도였다. 이 건물은 미아가 처음에 생각했던 것보다 훨씬 컸다. 할머니의 귀뚜라미 농장과 '그린마운틴 사슴 인형' 도매점이 각각 오분의 일쯤을 쓰고 있었고, 나머지는 미아가 첫날 본 그 커다란 체육관이 차지했다. 체육관은 두 공간으로 나뉘었는데, 한쪽은 전사 캠프 훈련장, 그리고 다른 한쪽은 각종 체조 시설들이 있는 전통적인 체조실이었다.

미아는 체육관에 들어서자마자 몸이 굳었다. 체육관이라는 공간에 다시 걸어 들어온 것만으로도 목구멍이 마르고 죄는 느낌이었다. 미아가 이 캠프에 오기로 한 건 그저 할머니와 함께 좀 더 시간을 보내기 위해서였다.

괜찮아, 하고 미아는 속으로 되뇌었다. 이건 체조가 아니야. 전사가 되는 캠프야. 한번 해 보는 것이고, 다른 건 몰라도 「내가 전사다」 방송의 비밀 몇 가지는 알아낼 수 있을 거야.

하지만 전사 캠프로 들어서기 위해서는 체조실을 지나야 했다. 아이들의 가족이 안을 들여다볼 수 있게끔 커다란 유리창이 나 있었다. 미아는 유리창 너머를 바라보았다. 한 여자아이가 평균대에서 턱 점프를 하고는 휘청거렸다. 바라보는 미아의 가슴속도 휘청거렸다. 미아는 고개를 돌렸다.

"체조 캠프 온 거야?"

체육복을 입은 키 큰 여자가 물었다.

"아뇨!"

너무 큰 소리로 대답해 버린 미아는 덧붙였다.

"죄송해요. 어…… 전에 체조를 하긴 했는데, 전사 캠프에 온 거예요."

"어쩐지 체조 선수처럼 보인다 했어!"

머리를 둥글게 말아 올린 이 사람이 다정한 미소를 지었다. 그리고 로비의 다른 편에 난 빨간 문을 가리켰다.

"전사 캠프는 저쪽, 그 캠프의 마리아랑 조, 정말 좋은 코치들이야. 그래도 체조 해야겠다 싶으면, 우리 체조 교실도 여름 내내 한다는 거 기억해. 나는 제이미 코치니까 날 찾으면 돼, 알았지?"

"감사합니다."

하지만 사양할게요, 하고 생각하며 빨간 문으로 향하는데, 또 유리창으로 또 눈길이 가는 건 어쩔 수 없었다. 이제 다른 여자아이가 평균대 위에 서서 뒤 허리재기 준비를 하며 불안정하게 서 있었다. 미아의 한 손이 팔로 갔다. 수술 흉터를 손가락으로 더듬자 심장 박동이 빨라졌다. 가끔 「나는 전사다」를 시청하다 보면 평균대를 쓰는 장애물 코스도 나왔는데, 이 캠프엔 그런 것이 없기를 바랄 뿐이었다.

미아는 빨간 문으로 다가가 깊은숨을 쉬었다. 캠프는 고작 두 시간짜리다. 괜찮을 것이다.

"전사야, 아니야?"

뒤에서 누군가가 물었다.

뒤돌아보니 체육복 반바지에 진분홍 탱크톱을 입은 작고 주근깨 난 여자아이가 있었다. 아홉 살이나 열 살쯤 되어 보이는.

미아는 옆으로 비켜섰다.

"미안. 캠프 때문에 왔어. 너 먼저 들어가도 돼."

여자아이는 허리에 손을 짚고 미아를 위아래로 훑어보더니 말했다.

"겁나는 표정인데, 겁낼 필요 없어. 이 캠프 재미있거든. 감만

잡으면 하나같이 다 굉장히 쉽고, 거의 매번 간식으로 수박도 줘. 들어올 거야?"

여자아이가 문을 잡아 주었고, 미아는 안으로 들어갔다.

처음에는 방송에서 보던 바로 그 장애물 코스가 보여 기분이 좋다가, 금세 부담스러워졌다. 아이들이 너무 많았다! 다들 동시에 각자가 좋아하는 장애물을 외치고 있었다.

"우아! 거미 벽 코스다!"

"흰 벽이다! 멋있어!"

참가자 대부분이 자기보다 어리다는 사실에 미아는 조금 민망하면서도, 한편으론 마음이 조금 편했다. 적어도 또래에게 놀림당하는 일은 없을 테니까.

작은 공간이지만 방송에서 본 모든 장애물 코스가 꽉 들어차 있는 것 같았다. 문 앞에서 만난 주근깨 꼬마 여자아이는 벌써 암벽을 타고 올라가, 구름다리 철봉 비슷한 것에 두 팔로 매달려 획획 나아가고 있었다. 두 남자아이가 번갈아 가며 흰 벽을 뛰어 올라갔다가 미끄러져 내려오기를 반복했다.

"이번에 나 삼 미터 올라갔어!"

"아니거든! 선에 손가락 안 닿았거든!"

열 명 남짓한 아이들이 사다리와 봉을 타고 올라가기도 하고, 천장에 매달린 파이프를 타고 흔들리기도 하고, 미니 트램펄린에서 방방 뛰기도 했다. 시끄럽고 정신없고 위험하게 느껴졌다. 미아는 누가 눈치채기 전에 몰래 빠져나가 귀뚜라미 농장으로 돌아가면 안 될까 생각해 보았다.

"전사 캠프에 온 것을 환영합니다!"

체육관 한쪽 구석에서 누가 외쳤다. 키가 크고 짧게 깎은 파란 머리를 한 여자였다. 그 옆에는 키가 더 작고 곱슬곱슬한 머리를 뒤통수에 하나로 올려 묶은 남자가 서 있었다. 두 사람 모두 「내가 전사다」에 나오는 도전자들처럼 쩍쩍 갈라진 근육을 지니고 있었다.

"동그랗게 둘러앉아서 스트레칭 합시다!"

모두가 자리를 잡자 파란 머리 코치가 소리쳤다.

"누가 전사다?"

"우리가 전사다!"

미아를 제외한 모두가 소리쳐 답했다. 창업 캠프에서도 그랬듯 다들 여기가 처음이 아닌 것 같았고, 미아는 안내지를 좀 더 자세히 읽어야 했다고 후회했다. 뜨개질 캠프도 여기보다는 나았을 거란 느낌이 점점 커졌다.

"좋아요! 저는 마리아, 이쪽은 조입니다."

머리를 묶은 남자 조가 손을 흔들어 인사했고, 마리아는 소개를 이었다.

"우리가 여러분의 코치이고, 이미 여러분 대부분을 알죠. 하지만 새로 온 사람도 있죠?"

모두가 쳐다보자 미아는 손을 들었다.

그때 문이 열렸고, 금발 곱슬머리를 나풀거리며 클로버가 급히 들어왔다.

"늦어서 죄송해요!"

클로버는 손을 흔드는 미아를 보며 얼굴이 밝아지더니, 서둘러 미아 옆에 다가와 털썩 앉았다.

"이 캠프 다녀 본 적 있어?"

마리아 코치가 규칙을 설명하는 동안 미아가 속삭였다. 클로버는 고개를 젓고 대답했다.

"우리 엄마들 때문에 어쩔 수 없이 온 거야. 여름 방학에 적어도 두 가지 활동은 하라고 해서."

"나도 그래."

미아는 기분이 좀 나아졌다.

동그랗게 둘러앉은 채 모두가 돌아가면서 자기소개를 하자 미아와 클로버가 가장 나이가 많다는 것이 확실해졌다. 아이작과 리엄은 여덟 살 쌍둥이였다. 루크와 앤디, 맷은 모두 아홉 살이고 앨리, 에마, 제이크, 아미르는 열 살, 티제이는 열한 살, 미아가 입구에서 만난 주근깨 소녀 칼리는 일곱 살이었다.

마리아 코치가 말했다.

"스트레칭을 하면서 시작하겠습니다. 다들 널찍이 앉아 어깨 돌리기 하세요."

클로버가 꿈틀꿈틀 미아에게 다가와 속삭였다.

"사업 계획서는 어떻게 돼 가?"

"이제 다리 스트레칭합니다! 다리를 쫙 펴고, 상체를 숙여서 손바닥을 바닥에 대고 점점 앞으로……."

미아는 몸을 뻗으며 대답했다.

"사업 계획서는 문제가 없는데 우리 할머니 귀뚜라미 농장에 문제가 있어. 우리 할머니가……."

미아는 말을 멈추었다. 아직 이 아이를 잘 모르니 어느 정도까지 말을 해야 좋을지 알 수 없었다. 하지만 클로버는 영리해 보였다. 어쩌면 이 아이가 좋은 아이디어를 떠올려 줄지도 모른다.

"할머니는 누가 귀뚜라미 농장을 망치려 한다고 생각하셔."

"숨을 깊이 들이쉬면서 조금 더 숙일 수 있는지 느껴 보세요. 자, 여러분, 칼리가 하는 것 보세요!"

마리아 코치의 말에 칼리를 보자 가슴과 배가 바닥에 닿을 정도로 상체를 숙이고 가느다란 두 다리를 거의 일자로 뻗고 있었다. 미아도 한때는 칼리처럼 유연했다. 다치기 전에는.

미아는 스트레칭을 하면서 클로버 쪽으로 몸을 기울여, 속닥속닥 지금까지 일어난 일을 이야기했다. 그 남자가 할머니 농장을 사려고 했지만 할머니가 거절했다는 것. 그런 다음 갈매기 사건, 뒤이어 딱정벌레 사건이 일어났다는 것.

이야기를 들은 클로버는 반대쪽으로 몸을 숙이며 말했다.

"와, 이거 확실히 누가 수작을 부리는 것 같은데."

"자, 이제 발가락으로 손을 뻗어 봅시다!"

마리아 코치가 말했다. 미아도 발끝까지 손을 뻗었다.

"그렇지? 그래도 누가 무슨 짓을 하는 것 **같다**는 이유만으로 경찰을 부를 순 없어."

"증거를 찾자! 내가 도울게. 나 추리 소설 진짜 좋아해. 우리 엄마들은 어릴 때 읽었던 낸시 드루 책 전부 갖고 있거든. 그 유명한 소녀 탐정 시리즈 말이야. 내가 몇 권 읽어 보니 그렇게까지 좋진 않았지만 요즘 나온 추리 소설은 훨씬 더 재미있더라고. 너『파커의 유산』읽어 봤어?『막시와 규칙 깨기 기술』은? 아니면『나, 프리다, 그리고 공작새 반지의 비밀』은?"

미아는 고개를 저었다.

"발끝을 다리와 나란히 하고 한 번 더 뻗어 봅시다!"

"되게 재미있으니까 읽어 봐. 너희 할머니 농장 사건을 파헤칠 아이디어도 좀 얻을 수 있을 거야. 난 벌써 생각이 좀 떠올랐어. 캠프 마치고 착수하자!"

그 생각이 무엇이냐고 미아가 물으려는데 체육관 저편에서 조 코치가 외쳤다.

"다들 여기로 모이세요!"

천장에 일렬로 체조 링이 매달려 있었다. 달려간 쌍둥이 중 한 아이(아이작 아니면 리엄이었는데 미아는 구분이 안 됐다.)가 뛰어오르더니 링에 매달려 코스 끝까지 나아갔다. 조 코치가 크게 환호성을 지르고는 미아를 보며 물었다.

"다음 사람 준비됐나요?"

준비가 안 됐다. 그래도 고개를 끄덕인 미아는 뛰어올라 링을 꽉 쥐어 보았다. 그러고는 그냥 대롱대롱 매달려 있었다.

"뒤쪽 링을 잡은 팔을 당겨서 몸이 앞뒤로 흔들리게 하세요."

미아는 조 코치 말대로 하려 했지만 두 팔이 빠질 것만 같았다.

"자…… 내가 조금 밀어 줄까요?"

조 코치는 미아를 도우려는 듯 두 손을 올렸지만, 그 자세에서 멈추어 미아의 대답을 기다렸다.

미아는 대답하지 않았다. 심장 박동이 빨라졌다. 도와주는 것도, 누가 몸을 만지는 것도 원치 않았다. **싫어요,** 하고 말하고 싶었지만 목이 말라붙어 소리가 나오지 않았다. 그 어떤 말도 할 수 없었다. 숨 쉬는 것조차 답답했다. 두 팔이 화끈거리더니 이젠 눈도 그랬다. 미아는 손을 놓고 매트 위로 떨어졌다. 뜨거운 눈물이 두 뺨에 흘러내렸다. 이제 다들 미아를 실패를 못 견디는 아이로 볼 게 분명했다.

"아이고…… 괜찮아요."

매트 밖으로 나가는 미아를 따라오며 조 코치가 말했다. 링 코스에는 다음 차례인 제이크가 뛰어올라 매달렸다.

"다시 시도해 볼래요?"

미아는 조 코치를 보면서 마른침만 꿀꺽 삼켰다. 코치는 진심으로 미아를 돕고 싶다는 듯 아주 친절하게 굴었다. 하지만 친절해 보이는 것만으론 절대 그 사람을 알 수 없다.

미아는 도리질을 했다.

"못 하겠어요. 팔을 다쳤어요, 심하게 다친 지 얼마 안 됐고…… 그냥, 못 하겠어요."

"아이고…….”

조가 고개를 끄덕이며 말을 이었다.

"힘들었겠네요."

미아도 고개를 끄덕였다. 정말로 힘들었다. 다친 팔과 그 밖의 모든 일이 힘들었다.

"나도 삼 년 전에 암벽 등반을 하다가 팔이 부러졌거든요. 전처럼 돌아가려고 애쓰는 과정이 아주 고생스러웠어요. 다시 체육관에 돌아간 첫날 이 부분이 어찌나 은근하게 아리던지."

조 코치가 한쪽 팔뚝을 문질렀다. 미아가 아픈 곳도 같은 부위였다. 미아는 고개를 끄덕이고는 말했다.

"할 수 있을 거라 생각했는데, 너무 버거워요."

"저건 다음에 또 해 보고, 지금은 다른 거 시도해 볼까요?"

조 코치는 다른 장애물 코스들과 좀 떨어져 있는 철봉으로 미아를 이끌었다.

"준비되면 그냥 뛰어올라 매달린 다음에, 얼마나 오래 버틸 수 있을지 시험해 봐요."

미아는 떨리는 숨을 들이쉬고는 뛰어올랐다. 두 손으로 철봉을 잡았고, 매달린 미아의 몸이 앞뒤로 흔들거렸다. 근육이 믿을 수 없을 정도로 금세 화끈거렸다. 한때는 이단 평행봉에서 쉼 없이 몸을 흔들고 더 높은 봉으로 거듭 몸을 끌어 올리는 삼 분짜리 체조 루틴을 하던 미아인데 말이다. 예전의 미아는 그렇게 강했다.

미아는 매달린 채 머릿속으로 초를 세어 보았지만 겨우 육 초에서 더 버티지 못하고 손을 놓았다. 다시 따갑게 눈물이 솟았다.

"잘했어요!"

조 코치는 마치 미아가 캠프의 모든 장애물 코스를 신기록으로 완주하기라도 한 것처럼 소리쳤다.

"이제 '거미 벽' 한번 시도해 볼래요?"

눈을 깜빡여 눈물을 흘려보내고 코치가 가리키는 쪽을 보니, 아이들이 작은 트램펄린에서 뛰어올라 간격이 일 미터는 넘는 나란한 두 벽에 신통하게도 양손 양발로 달라붙어 버티고 있었다. 고작 철봉 매달리기도 십 초를 못 넘긴다면 저런 걸 할 수 있을 리 없었다. 하지만 미아는 대략 삼십 분은 더 여기에 갇혀 있어야 했다. 다시 심장이 가슴에서 튀어 나와 어딘가로 가 버릴 것처럼 세차게 뛰기 시작했다. 왜 나는 이곳의 모든 아이들처럼 평범한 기분을 느끼며 이것저것 해 볼 수 없을까?

"억지로 할 필요는 없어요. 오늘은 그냥 철봉에서 팔 힘 기르기만 해도 좋은데, 그렇게 할래요?"

　미아가 고개를 끄덕였다. 조 코치는 자리를 뜨려다 미아를 돌아보고는 말했다.

　"그렇게 다친 다음에는 천천히 제자리로 돌아와도 괜찮아요. 그냥 몸을 푸는 시간이 필요한 거거든. 팔뼈가 아물 때, 주변 근육이랑 힘줄 이런 것이 다친 데를 보호하려고 다 딱딱하게 굳어졌으니까."

　미아가 제 흉터를 내려다보았다. 팔만 그런 것 같지 않았다. '나'라는 사람 자체가 그렇게 된 것 같았다. 아무리 몸을 푼다 해도 제자리로 돌아올 것 같지가 않았다.

7장

초콜릿 귀뚜라미
쿠키 반죽 맛 아이스크림

전사 캠프에 다녀서 제일 좋은 점은 창업 캠프가 꼭 쉬는 시간처럼 느껴지게 된 거였다. 수요일 아침 잠에서 깬 미아는 양팔이 다 욱신욱신했지만, 오늘은 그 두 팔로 어디에 매달리지 않아도 된다는 걸 떠올리곤 행복해졌다. 그러고는 곧바로 사업 계획서를 떠올렸고, 창업 캠프에 할머니의 바다 소금 맛 귀뚜라미와 마늘 맛 귀뚜라미를 가져가기로 결정했다.

귀뚜라미를 먹고 싶은 마음을 불러일으켜 수요를 만들어 보라는 조야 선생님의 말을 들은 이후로, 미아는 그 방법을 생각해 보았다. 할머니는 귀뚜라미 분말을 몰래몰래 쿠키나 스무디 같은 데 넣어 단백질 함량을 높이는 일에 늘 열심이었다. 하지만 실제 사업에선 그렇게 할 수 없다. 귀뚜라미가 들었으면 들었다고, 성분을 정직하게 밝혀야 한다. 특히 조개류에 알레르기가 있는 사람들은 식용 곤충에도 알레르기가 있을 수 있으니 모르고 먹지 않도록 해야 한다. 모르고 먹는 게 아니라 일부러 먹는 사람이 늘어나게 해야 한다. 그러려면 우선 귀뚜라미를 맛볼 기회가 있어야 한다.

캠프에 도착한 미아는 클로버에게 귀뚜라미를 건넸고, 클로버는 아무런 문제 없다는 듯 한 줌을 입에 툭 털어 넣었다.

"짭짤한 감자 칩 같기도 하고, 튀긴 옥수수 과자 맛이랑 비슷하기도 하고."

클로버는 더 씹어 보고는 이어서 말했다.

"약간 흙 맛도 나는 것 같고."

미아는 웃음을 내뱉고 말했다.

"그렇게 말하면 잘 팔릴 것 같지가 않은데."

"그걸 적절히 돌려 말하는 다른 표현을 찾아야지."

클로버는 조금 더 집어 먹고는 그 표현을 시도해 보았다.

"바삭하고 고소한, 땅의 향이 느껴지는 간식!"

"뭐? 간식이라고 했어?"

일라이가 앉은 채로 의자를 밀어 다가왔다. 미아는 귀뚜라미가 담긴 통을 일라이에게 내밀었다.

"응, 간식 맞아. 구운 귀뚜라미 한 입 할래?"

"귀뚜라미? 진심이야?"

일라이는 통 속을 보며 주저했다.

"바다 소금 맛하고 마늘 맛 귀뚜라미야. 메이플 시럽 맛도 맛있고."

미아는 몇 개를 제 입에 넣었다.

"메이플 시럽 귀뚜라미?"

일라이의 목소리가 쩌렁쩌렁해서, 교실 저쪽에 있던 딜런이 스케이트보드를 타고는 무슨 일인지 보러 왔다. 그리고 어느 사이엔가 캠프 아이들 절반쯤이 귀뚜라미를 맛보고 있었다. 애나와 콴, 줄리아는 꽤 맛있다고 했다. 에이든은 한 마리 먹어 보곤 썩 좋아하지 않았다. 딜런은 갑각류 알레르기가 있어서 먹어 볼 수 없었고, 벨라는 자기가 벌레를 일부러 먹는 일은 절대 없을 거라고 말했다. 일라이는 하나를 집어 들긴 했지만, 그냥 쳐다보기만 했다.

"야, 그냥 벌레인데 뭘 겁내. 단백질이라고!"

클로버가 이렇게 말하자 일라이는 받아쳤다.

"다리가 많이 달린 단백질이지."

일라이는 코를 찡그리다가 마침내 결심한 듯 말했다.

"그래도 뭐, 한번 먹어 보자."

보란 듯 과장되게 두 손가락으로 귀뚜라미를 집어 올린 일라이가 보조개가 쏙 들어가는 함박웃음을 지어 보였다.

"누가 나 사진 좀 찍어 봐!"

콴이 사진을 찍자, 일라이는 귀뚜라미를 입에 톡 넣었다.

72

"막 맛있진 않아. 그래도 그 사진은 보내 줘, 알았지? 사진 올려서 보여 줄 거야. 다들 놀라 자빠질걸."

"나도 귀뚜라미 먹는 사진 찍어 줘!"

줄리아가 말하고는 똑같은 포즈를 잡았다. 에이든은 귀뚜라미가 입에 안 맞아도 주목받고 싶은 마음이 우선인지, 하나 더 집어 먹으며 콴에게 사진을 찍어 달라고 했다. 일라이가 제 휴대폰을 가리키며 말했다.

"너희 사진 지금 올려? 우리 해시태그 정하자."

"맞아, 이거야!"

클로버가 눈을 커다랗게 뜨고 미아를 보며 외쳤다.

"우리한테 필요한 게 이거라고! 일라이는 원래 귀뚜라미 안 먹고 싶었는데 다들 관심을 보이니까 귀뚜라미가 꽤 괜찮아 보였던 거야. 그래서 하나 먹어 볼 뿐 아니라 먹었다는 걸 모두에게 **보여 주고** 싶어지기까지 한 거잖아. 완벽해!"

미아가 천천히 고개를 끄덕이고는 물었다.

"그런 일이 좀 더 대대적으로 일어나게 할 수 있을까?"

"완전 있지. 우리 엄마가 마케팅 쪽에서 일하는데, 해시태그는 입소문이 퍼지게 하는 정말 좋은 방법이래. 다들 귀뚜라미를 먹어 보고 싶어지게 할 수 있어!"

그때, 귀뚜라미에 아주 진심이 된 듯 일라이가 외쳤다.

"좋아, 곤충 먹기 챌린지!"

미아가 손뼉을 치며 챌린지 이름을 바꾸었다.

"귀뚤귀뚤 챌린지!"

"그래, 그거야! 그걸로 커다란 현수막을 만들자. 해시태그 '귀뚤귀뚤 챌린지!' 현수막 어디에다 걸지?"

클로버는 의자 위에 올라가 가상의 현수막을 두 팔로 들고는 물었다.

미아는 곧장 답이 떠올랐지만, 농산물 장터에서 도와 달라는 할머니의 제안을 이미 거절한 후였다. 미아는 낯선 사람들과 이야기하는 걸 좋아한 적이 없었다. 많은 사람 앞에서도 편안함을 느낀 것은 체조를 할 때뿐이었다. 평행봉 위를 날고 마루 위를 구를 때. 하지만 체조라는 무대가 없어진 지금, 다른 곳에서 용감한 제 모습을 상상하기란 더 어려웠다.

하지만 장터에 나가기로 마음을 바꾸는 건 아직 늦지 않았을지도. 미아는 시청 장터 부스에 클로버와 함께 서서, 사람들에게 시식용 귀뚜라미를 나누어 주고 '귀뚤귀뚤 챌린지'를 알리는 모습을 상상해 본다. 어째서인지 구운 귀뚜라미를 낯선 이들에게 나누어 주는 일도 클로버가 곁에 있다고 상상하니 덜 두렵다.

미아는 점심시간에 엄마에게 문자를 보내, 다음 주 토요일에 장터에서 일해도 좋다는 허락을 받았다. 할머니에게 그 소식을 문자로 알리자, 열 개의 귀뚜라미 이모티콘이 답으로 왔다. 미아는 얼른 클로버에게 가서 전했다.

"완벽해! SNS에서 널리 알리는 건 내가 도울게."

"좋긴 한데, 너 이미 킥파인더 만들기 팀 아니야?"

클로버는 어깨를 으쓱하고 대답했다.

"내 몫은 다 한 거나 다름없거든. 지금은 닉이랑 일라이가 문제 찾고 해결하는 중이야. 대회 나갈 때까지는 걔네 작업에 나 필요 없을걸. 그리고 난 너하고 뭘 하는 게 더 좋아. 같이 너네 할머니 귀뚜라미 농장 상황 계속 얘기해야지. 나 어젯밤에 『사기꾼 찾기』란 책을 다시 읽었는데, 너희 할머니가 싫어하신다는 그 남자 정체를 알아낼 방법 생각났어."

"**염탐**하자는 거야?"

"그렇다고도 할 수 있지. 그 얘긴 나중에 더 하자. 아, 그리고 내가 생각 중인 거 또 하나 있는데, 뭐게?"

미아는 도리질을 했다. 클로버의 뇌는 어찌나 기어를 빨리 바꾸는지 미아가 발맞추기 쉽지 않았다.

"장터 가는 날, 시내 가게들에 들어가서 메뉴에 귀뚜라미 넣고 싶은 마음 없는지 물어보자. 그렇게 하는 음식점들이 이미 있다고 그랬지?"

"응, 있어. 이 지역엔 없지만."

"견과류나 프레첼 대신에 구운 귀뚜라미 한 그릇 내놓아도 되겠다고 할 호프집이 분명 좀 있을 거야. 그리고 피자집도 가 보는 거 어때?"

"좋아!"

미아는 이 모든 아이디어를 적으려 서둘러 사업 계획서를 찾으며 말했다.

"처치 스트리트에 있는 초콜릿 가게에서도 초코로 감싼 귀뚜라미를 팔려고 할지 몰라. 그 앞 아이스크림 가게에서는 아이스크림에 섞는 재료로 사용하고!"

미아의 마지막 말은 반쯤 농담이었다. 하지만 클로버는 이미 아이스크림 이름을 지어 보고 있었다.

"초콜릿 귀뚜라미 쿠키 반죽 맛 아이스크림!"

"귀뚤 민트 초코 맛!"

"거저리 마시멜로 맛!"

미아가 코를 찡그리고 제동을 걸었다.

"일단은 귀뚜라미까지만 생각하자."

"그래."

클로버는 이제 좀 더 진지한 얼굴을 하고 말했다.

"그때까지 일주일 반 동안 우리 할 일이 많아. 내가 현수막 만들게. 너는 음식점에 들어가면 귀뚜라미를 어떻게 잘 소개할지 준비해 봐."

"소개?"

어째서인지 미아는 이 모든 흥미진진한 아이디어를 전달해야 한다는 부분을 미처 생각지 못했다. 그것도 말로, 낯선 사람들에

게 전달해야 한다는 걸. 하지만 이렇게 열정적인 클로버를 두고
이제 와서 한발 물러선다면 나쁜 사람이 된 기분이 들 것 같았다.

"알았어. 시작하자!"

8장

어둠 속 개 짖는 소리

수요일 밤, 방에서 미아는 할 말을 생각해 보았다. 귀뚜라미를 자기 가게 메뉴에 넣고 싶을 수도 있지만 아마도 그렇지 않을 낯선 사람들에게 할 말을.

거울을 보며 연습해 보았다.

"귀뚜라미는 미래의 슈퍼 푸드예요. 첨단에 발맞추는 세계 곳곳의 식당에서, 타코부터 아보카도 토스트까지 각종 음식 레시피에 식용 곤충을 넣고 있어요."

속이 울렁거리지 않은 채로 낯선 사람들에게 말하는 것이 거의 상상될 때까지, 미아는 준비한 말을 하고 또 해 보았다.

목요일의 창업 캠프에서도 '귀뚤귀뚤 챌린지' 현수막을 만드는 클로버 곁에서 말하기 연습을 계속했다.

"이건 식품의 혁명이 될 것이 분명하니까, 그 선두에 서시는 걸 고려해 보세요!"

"잘한다!"

클로버가 그림 붓을 내려놓고는 미아를 향해 박수를 쳤다.

"응, 그런데 너희랑만 있으니까 쉬운 거야. 너희는 낯선 사람들이 아니잖아."

말하고 보니 그게 얼마나 좋은 일인지가 새삼 와 닿았다. 창업 캠프의 아이들이 벌써 친구처럼 느껴진다는 것이니까. 같은 팀이 아니면 서로 대화를 많이 하는 것은 아니었지만 모두가 함께 어우러지는 느낌이었다. 다들 지나가다 멈춰서 딜런과 줄리아가 소다 캔 뚜껑으로 만든 귀걸이를 구경하고, 콴과 벨라의 바오, 에이든의 쿠키를 맛보았다. 일라이는 앨릭스와 킥파인더 앱 작업을 한 단계 진전시킬 때마다 모두에게 알렸고, 애나는 조용하기는 해도 자신이 만드는 로봇 팔이 작동하는 법을 보여 주었다. 그 로봇 팔이 연필을 집어 올려서 전동 연필깎이에 넣으면 모두가 환호했다. 각자가 다른 작업을 하고 있어도 같은 공간 안에서 함께 하는 기분이 들어 좋았다.

창업 캠프가 끝난 후, 클로버는 현수막을 돌돌 말며 말했다.

"있잖아, 그 챗 파츠워스라는 사람의 정보를 캐낼 방법이 좀 떠올랐어."

클로버는 가방에서 공책을 꺼냈다.

"인터넷으로 내가 그 사람이랑 그 사람이 소유한 식품 가공 공장 조사를 좀 했는데, '자연의 건강한 선물'이라는 회사 공장이고 너희 할머니 귀뚜라미 농장에서 일 킬로미터도 안 떨어져 있어. 오늘 전사 캠프 시작하기 전에 걸어가서 직접 확인해 보자."

둘은 각자의 자전거에서 잠금 장치를 풀었고, 미아는 물었다.

"뭘 확인해? 우리가 그 공장에 노크해서 안에 갈매기랑 딱정벌레 숨겨 놨냐고 물을 수 있는 것도 아니잖아."

"그건 아니지만, 들어가서 둘러볼 수는 있잖아."

둘은 자전거에 올라 길을 따라 달리기 시작했다. 기온이 거의 이십칠 도까지 올라갔지만 샘플레인 호수는 아직 데워지지 않아, 호숫에서 서늘한 바람이 한 줄기 불어왔다.

"우리를 공장에 들여보내 준다고 해도 뭘 많이 알아낼 수 있을 것 같진 않은데."

떨어져 있는 나뭇가지를 빙 둘러 가며 미아가 말했다. 클로버는 페달을 밟으며 일어서서 미아를 따라잡았다.

"그건 모르지. 증거는 언제나 가까운 데 있는 법이야. 서류라든지 열린 이메일이라든지. 범죄자들도 꽤 멍청할 수 있어. 적어도 확인은 해 봐야지."

"그럴 수도 있겠네. 오늘 할머니 도와드릴 일 없으면 그러자."

미아는 할머니를 도울 일이 있기를 바랐다. 클로버가 읽는 추리 소설 속 인물들처럼 탐정 노릇을 잘할 자신이 없었다.

"아아, 이 공원 정말 좋아!"

클로버가 길가에 자전거를 멈추어 세우고는 휴대폰을 꺼냈다. 미아는 단번에 그 작은 호숫가를 알아보았다. 자신이 높은 바위에서 뛰어내렸던, 바로 그 사진 속 호숫가였다. 믿을 수 없을 만큼 파란 하늘도, 붉은 바위도 그대로였다. 하지만 지금의 미아는 그 바위에서 뛰는 것을 상상할 수 없었다. 더는 그런 일을 할 수 있는 사람 같지 않았다.

하지만 클로버는 그런 사람이었다. 어느 바위에 올라가 균형을 잡고 셀카를 찍는 클로버를 보면서 미아는 부러웠다. 귀뚜라미 농장까지 남은 길을 함께 달리며, 미아는 적어도 노력은 해야겠다고 생각했다. 클로버를, 예전의 자신을 닮도록. 바위에서 다이빙을 하고 새로운 것을 두려워하지 않는 사람이 되도록.

파츠워스라는 자가 할머니 농장을 망치지 못하게 할 실마리를 **찾을 수 있을지도** 모르니까. '귀뚤귀뚤 챌린지'를 하고 이 지역 가게들에 방문해, 뭔가를 바꿀 수 있을지도 모르니까. 스스로가 생각했던 것보다 더 많은 걸 할 수 있을지도 모르니까. 할머니를 위해 그 정도는 해 보아야 한다.

농장에 도착하자 시드가 반가운 듯 짧은 꼬리를 흔들며 뒤뚱뒤뚱 나왔다. 그러나 클로버를 보자마자 마치 전투견처럼 짖기 시작했다.

"어어, 너희 개 나 싫어한다."

"시드는 어떤 사람이건 처음 만난 십오 초 정도는 무조건 싫어해. 그다음부턴 절친이고. 보이지?"

시드가 벌써 클로버의 종아리에 코를 문지르며 애정을 구하고
있었다.

"너 호락호락하구나, 그렇지?"

클로버가 몸을 숙여 시드의 배를 문질렀다.

"왔구나. 잘 왔어."

사무실에서 나온 대니얼이었다.

"우리 문제, 원인을 찾았어. 적어도 하나는 말이지. 제이컵슨 씨
가 가습기 퓨즈 더 나가지 않게 수리하는 거 도와주셨어."

대니얼은 할머니와 함께 사무실에서 나오는 남자를 향해 손짓
했다. 그 남자, 제이컵슨이 인사했다.

"어, 안녕!"

미아가 토요일에 만난 사슴맨이었다. 미아는 그를 실제로 사슴
맨이라고 부를 뻔했다가 예의 바르게 인사했다.

"안녕하세요? 또 뵙네요."

그는 미아에게 미소를 지어 보였다.

"너 알고 봤더니 너무 겸손하게 말한 거더라. 운동선수 아니라
고 한 거 말이야. 할머니가 너 체조 선수라고 하시던데."

"이제는 아네요."

미아가 재빠르게 대답했다. 그리고 다행스럽게도 대니얼이 사
슴맨에게서 미아를 구해 줬다.

"혹시 네 친구하고 같이 귀뚜라미 물그릇 가는 것 좀 도와줄 수 있어?"

"그럼요."

미아와 클로버는 대니얼을 따라 귀뚜라미 사육실로 들어갔다.

"여기 진짜 시끄럽다!"

들어가자마자 클로버가 말했고, 미아가 맞장구쳤다.

"맞아. 조용하다는 걸 '귀뚜라미 소리뿐'이란 말에 처음 빗댄 사람은 귀뚜라미 백만 마리가 동시에 귀뚤거리는 소리를 들어 보지 못한 거야."

그러자 대니얼이 말했다.

"백만 마리의 절반이라고 하는 게 더 정확하지. 수컷 귀뚜라미만 울거든."

"네? 암컷 귀뚜라미는 안 울어요?"

미아는 처음 듣는 소리였다. 대니얼은 설명했다.

"수컷 귀뚜라미만 울어. 짝짓기할 때 관심을 끌려는 목적으로. 다른 수컷들한테 자기가 얼마나 강한지 보여 주려는 목적도 있고. 암컷 귀뚜라미는 전혀 소리를 안 내."

클로버가 말했다.

"그래도 실질적으로 모든 일의 책임자는 암컷들일걸요."

대니얼은 웃음을 내뱉고는 맞장구쳤다.

"의심의 여지가 없지."

미아는 웃었지만, 사육 통 안을 들여다보면서도 소리 없는 암컷 귀뚜라미 생각이 머릿속을 떠나지 않았다. 암컷 귀뚜라미는 무슨 일이 있어도 소리를 낼 수 없을까? 아니면 수컷 귀뚜라미가 너무 요란해서 기회가 없는 걸까? 궁금하지만 너무 이상한 질문 같아서, 미아 역시 소리 내어 묻지 않기로 한다.

"야구팀 소속이세요?"

대니얼이 쓴 레이크 몬스터스 모자를 가리키면서 클로버가 물었다.

"맞아! 왜? 경기 표 필요해?"

"아니요, 저희가 경기장 매점에 관련된 아이디어가 있어서요."

클로버가 미아를 보며 싱긋 웃자, 미아가 설명했다.

"시애틀 매리너스가 경기장에서 구운 식용 메뚜기를 판대요. 그런데 계속 매진된대요! 저희 생각엔 레이크 몬스터스 경기 때도 팔면 좋을 것 같아요. 메뚜기가 아니라 귀뚜라미를요."

"좋은 아이디어네. 내가 한번 물어볼게. 다만 그러려면 우리가 귀뚜라미를 더 많이 생산해야 해. 그러니까 어서 일하자."

미아와 클로버는 통 하나를 골라 그 안에 든 물그릇으로 손을 뻗었다.

"저건 왜 하얘요?"

클로버가 어느 귀뚜라미 집 속을 가리켰다. 창백하게 하얀 귀뚜라미 한 마리가 판지 집 깊숙한 곳에 가만히 붙어 있었다.

"아마도 갓 허물을 벗어서 잠시 숨어 있는 걸 거야. 외골격을 벗고 나면 귀뚜라미는 한동안 몸이 좀 연하거든. 그래서 더 다치기 쉬워. 다른 귀뚜라미들이 그걸 알아채고는 공격할 기회로 삼고."

"꼭 중학교 같네요."

클로버가 말했다. **체조 학원도 마찬가지야**, 하고 미아는 생각했다. 웅크리고 있는 불쌍한 귀뚜라미에게서 눈을 뗄 수가 없었다.

"얼마나 오래 이래요?"

"몇 시간 정도만 그래. 오늘 우리 퇴근하기 전까지는 완전히 쌩쌩해질 거야."

그때 대니얼의 휴대폰이 울렸고, 대니얼은 약간 놀란 표정을 지었다.

"어…… 이거…… 좀 받아야겠다."

대니얼은 서둘러 뒷문으로 나갔다. 얼마 후 그가 돌아왔을 때 미아가 물었다.

"별일 없어요?"

"응."

대니얼은 로비로 나가는 문으로 흘긋 시선을 돌렸다가 다시 미아와 클로버를 보았다.

"정말 아무것도 아니었어. 물그릇 다 갈았니?"

미아가 고개를 끄덕이자 대니얼은 전화를 한 통 더 하고 와야 한다며, 먹이 주기도 부탁했다.

"좀 수상쩍은데."

그릇에 먹이를 붓는 미아에게 클로버가 말했다.

"뭐가?"

"저렇게 비밀스럽게 전화를 하는 게 말이야. 누구랑 통화하는 것 같아?"

미아는 사육 통에 먹이 그릇을 내려놓으며 대답했다.

"글쎄, 아마도 제임스?"

"내가 보기엔 대니얼의 행동이 좀 수상해."

대니얼이 돌아왔고, 작업대 위에다 휴대폰을 내려놓은 채 사육 통 하나를 씻기 시작했다.

"먹이 다 떨어졌어요!"

마지막 봉지의 먹이를 부으며 클로버가 외쳤다.

"내가 얼른 가서 더 가져올게."

대니얼이 나가자마자 그의 휴대폰에서 문자 수신음이 울렸다. 클로버가 뛰어가서 그 휴대폰을 집어 들었다.

"클로버! 대니얼 금방 올 거야!"

미아는 심장이 쿵쾅거렸다.

"이것 좀 봐!"

클로버가 미아에게 다가오라며 손짓했다. 줄지어 늘어선 귀뚜라미 사육 통 옆을 달려가 대니얼의 휴대폰을 본 미아는 '그린 농업 론 부장'이라는 발신자에게서 이런 문자가 온 것을 확인했다.

'좋습니다. 오늘 4시 30분 면접에서 뵙죠!'

"다른 직장 면접 보려는 거네! 혹시……."

"쉿!"

미아가 숨죽여 외쳤다. 문 열리는 소리가 나자 미아는 클로버를 잡아당겨 대니얼의 휴대폰에서 떨어뜨려 놓았다.

"자, 여기!"

대니얼이 바닥에 먹이를 내려놓고는 손목시계를 보았다.

"그런데 너희 캠프 가야 하지 않아? 내가 4시까지 나가야 하긴 하는데 먹이 주는 건 나 혼자 마무리할게."

"알았어요."

미아는 대답했다. 그리고 심장이 방망이질하는 걸 느끼며 대니얼에게 물었다.

"이따가…… 야구 경기나…… 뭐 다른 할 일 있으신 거예요?"

미아는 대니얼이 진실을 말할지 알고 싶었다.

"음, 아니야. 그냥 약속이 있어."

"아, 네."

대니얼을 빤히 쳐다보기만 하던 미아는 클로버가 슬쩍 건드리자 이렇게 말했다.

"그러면 저희는 가야겠어요. 사실 벌써 좀 늦었어요."

전사 캠프로 향하는 복도를 서둘러 걸으며 클로버가 말했다.

"왜 다른 직장을 구하는 거지? 게다가 왜 그걸 비밀로 하려고 하지?"

미아는 대답했다.

"모르겠어. 아, 대니얼은 할머니 편이어야 하는데. 어떻게 이렇게 어려운 일이 많을 때 할머니를 그냥 버리고 갈 수가 있지?"

"어쩌면 어려운 일이 많아진 이유가 바로 대니얼일지도 모르지. 만약 대니얼이 쳇 파츠워스랑 손잡은 거면 어떡해? 우리, 대니얼도 잘 감시해야 해."

전사 캠프에 도착하자 이미 마리아 코치가 쿼드 스텝이라고 하는 장애물 코스를 모두에게 설명해 주고 있었다. 비틀거리는 경사진 판인 스텝이 연달아 놓여 있고, 그 스텝들 위를 뛰어서 완주해야 하는 코스였다.

"이 코스를 통과하기 위한 몇 가지 전략이 있어요. 우선 고양이 방법."

마리아 코치는 첫 번째 스텝으로 뛰어오른 후 맨 위 모서리를 잡고 몸을 웅크렸다가 다음 스텝으로 풀쩍 뛰어 보였다.

"또는 빠른 발놀림으로 각 스텝 안에서 작게 세 걸음씩 움직여도 돼요."

마리아 코치는 제자리로 되돌아오면서 그 방법을 써 보였다.

"아니면 성큼성큼 가는 방법도 있죠. 이렇게."

이번에는 커다랗고 긴 보폭으로, 달리듯이 한걸음에 스텝 하나씩을 디뎌 나아갔다.

"그럼 지금부터 줄 서서, 각자 가장 좋다고 느껴지는 방법으로 시도해 봅니다."

미아는 그 말이 '벌에 쏘이는 것과 주먹으로 코 맞는 것과 뾰족한 막대기에 찔리는 것 중에서 가장 좋다고 느껴지는 걸 골라 봐.' 처럼 들렸지만 그저 한숨을 쉬고 줄을 섰다. 그런데 줄을 서자마자 가슴이 빠르게 두근거렸다. 균형을 못 잡고 떨어지면 어쩌지? 그래서 다쳤던 팔 먼저 바닥에 부딪히면?

미아의 차례가 되었다.

"전 아직 이 코스를 시도할 준비가 안 된 것 같아요."

"괜찮을 거예요, 미아. 이건 팔 힘이 그다지 들지 않고 균형이 핵심이니까."

바로 그 점이 문제였지만, 그걸 설명하려면 말하고 싶지 않은 것들까지 말해야 했다. 하는 수 없이 미아는 깊은숨을 들이쉬고 첫 번째 스텝으로 뛰어 보았다. 발을 디디자마자 그 경사진 스텝에서 미끄러져 내렸다.

"운동화 밑창을 닦고 나서 다시 해 보세요."

미아는 다시 해 보고 싶지 않았다. 하지만 모두들 미아가 무언가 하기를 기다리며 쳐다보고 있었다. 미아는 마치 허물 벗은 귀뚜라미가 된 것 같은 기분이었다.

"그렇게 하면 미끄러지지 않고 단단히 서는 데 도움이 돼요."

그래, 단단히 서자, 하고 미아는 생각했다. 운동화 밑창을 닦고 나서 다시 스텝으로 뛰어올라 보니 실제로 한결 나았다. 미아는 세 번째 스텝까지 나아가는 데 성공했다. 하지만 네 번째 스텝을 향해 뛴 발은 정확히 착지하지 못했고, 나무로 된 스텝 가장자리에 미아의 한쪽 다리가 잔뜩 긁혔다.

"아야!"

종아리를 문지르면서 절뚝절뚝 옆으로 빠지는 미아에게 조 코치가 말했다.

"아…… 전투의 상처. 모든 전사에게는 전투의 상처가 있죠. 한 번 더 시도해 볼래요?"

"지금은 안 할게요."

아니면 영원히 안 하거나요. 미아는 팔뚝의 분홍색 흉터가 있는 자리를 손끝으로 더듬었다. 전투의 상처는 이미 많으니까 사양할게요. 하지만 두 코치가 무엇이든 하기를 원할 것 같아서, 미아는 이번에도 '팔 힘을 길러 주는' 철봉으로 갔다. 종아리는 계속 아팠지만 이번엔 십일 초나 떨어지지 않고 철봉에 매달렸다.

"잘했어요! 벌써 강해지고 있어요!"

링 코스 앞에 서서 아미르를 돕고 있던 조 코치가 미아를 보며 소리쳤다. 아미르는 다섯 번째 링까지는 나아갔지만 다른 링들에 비해 멀찍이 배치된 마지막 링을 앞에 두고 머뭇거리고 있었다.

미아가 다시 한 번 철봉으로 뛰어올랐을 때, 아미르는 링에 대롱대롱 매달린 채 말했다.

"저건 안 되겠어요."

"갈 수 있어요! 반동을 한번 크게 줘 봐요!"

아미르는 몸에 반동을 주어 가까스로 마지막 링에 손이 닿았지만, 거머쥐지는 못했다. 그러나 조 코치는 박수를 치며 말했다.

"이야, 손이 닿았어요! 우리의 아미르, 포기하지 않고 계속 버티고 있지요!"

미아 역시 계속 버티고 있었다. 이번엔 좀 달랐다. 아미르를 보느라 몇 초인지 세진 못했어도, 철봉을 놓고 떨어지기 전까지 적어도 십오 초는 버틴 것 같았다.

아직도 링에 매달려 사방팔방으로 몸이 흔들리는 아미르를 보며, 미아는 이제 저 아이가 포기하고 새로 시작하는 게 낫겠다고 생각했다. 하지만 아미르는 손을 뒤쪽으로 뻗어 바로 뒤에 있는 링을 잡더니, 몸의 흔들림이 잦아들 때까지 기다렸다. 그러고는 결국 마지막 링을 잡고 넘어가는 데 성공했다.

"아주 잘했어요!"

조 코치는 이제 자기 차례를 기다리고 있는 아이들 쪽으로 몸을 돌려 말했다.

"흔들림이 아주 심해지니까 아미르가 바로 뒤 칸의 링으로 물러나는 거 봤죠? 그런 식으로 뒤로 물러나 안정을 찾을 수도 있는 거예요."

그러고는 미아를 보며 물었다.

"링 코스 시도해 볼 수 있겠어요?"

"아직 준비가 안 됐어요. 그런데 다음엔 할지도 모르겠어요."

미아는 철봉에 한 번 더 매달리기 위해 뛰어올랐다.

"너 오늘 거미 벽에서 진짜 잘하더라."

캠프를 마친 후 체육관을 나서면서 미아가 클로버에게 말했다.

미아는 클로버의 말을 따라, 그 식품 가공 공장에 자전거를 타고 가 보기로 했다. 주변을 둘러보며 의심 사지 않고도 안으로 들어갈 방법을 찾아보기로 말이다.

"고마워, 내가 드디어 기술을 터득했……."

클로버가 말을 멈추더니 복도에 섰다. 개 짖는 소리가 들렸다.

"이거 시드야?"

클로버가 물었다. 둘은 귀뚜라미 농장 문을 향해 달렸다.

"잠겼어. 안이 어둡고."

클로버가 문 위쪽에 난 높은 창문을 보며 말했다. 미아는 고개를 끄덕이고 지적했다.

"다들 집에 갔잖아. 그래서 우리 짐도 전사 캠프에 가져가야 했던 거고."

대니얼은 '그냥 약속'이 있다며 퇴근했고, 할머니는 '어쩌면 투자자가 될지도 모르는 사람'을 만나러 다녀오는 사이에 시드를 사무실에 혼자 두겠다고 했다.

"그럼 저 개는 왜 저렇게 화가 난 거야?"

클로버가 이렇게 속삭이는 순간 짖는 소리가 멈추었다. 문 반대편에서 무언가 스윽 하는 소리가 났고, 이어서 사람 목소리가 들렸다.

대니얼이나 할머니가 돌아온 걸까? 미아는 귀를 문에 바싹 갖다 댔다.

"서둘러!"

거친 목소리가 말했다. 대니얼은 아닌 것 같았다.

"거기 아니야. 안 보이게 해."

"손전등 어디 있어?"

"이거 어때?"

이어진 말은 "아침에 엉망······."이었지만 끝까지 들리진 않았다. 미아는 날카롭게 속삭였다.

"안에 누가 있어!"

몇 초 동안 조용했다. 그러다 그 목소리들 가운데 하나가 커다랗고도 뚜렷하게 들렸다.

"됐어! 나가자."

누군가가 문 너머에, 아주 가까이에 있는 것이었다.

미아가 클로버의 손을 잡고는 복도를 뛰었다. 안에 있는 사람이 누구건 우리 편 같진 않았다. 만약 쳇 파츠워스라면? 그자가 형편없는 인간을 한 명 더 데려와서 귀뚜라미 농장에 손해를 끼치려는 거라면? 그리고 자기들 말을 미아와 클로버가 엿들었단 걸 알게 된다면?

미아는 클로버를 데리고서 주차장으로 향하는 문을 벌컥 열고 나갔다. 둘은 자전거 쪽으로 달려갔다. 클로버가 제 자전거에 채워 둔 자물쇠를 푸느라 허둥지둥 비밀번호를 눌렀다.

"서둘러!"

미아가 건물을 돌아보았다. 아직 아무도 나오지 않았지만, 그들이 이곳을 뜨고 있는 게 분명했다.

"됐다!"

온통 상기되고 땀에 젖은 얼굴로 자전거에서 자물쇠를 끌러 낸 클로버가 출발하며 말했다.

"가자!"

미아도 자전거에 훌쩍 올라탔고, 엉덩이를 안장에 붙이지 않은 채 최대한 세게 페달을 밟았다. 문 너머 목소리의 주인공이 누구였는지는 몰라도 하나는 확실히 느낄 수 있었다. 그들이 나쁜 일을 하고 있었다는 것. 그자들은 그곳에 자기들뿐이라고 생각한 게 분명했다.

하지만 그렇지 않았다는 걸 알게 되면, 무슨 짓을 할까?

9장
초대받지 않은 손님들

미아는 두 다리가 욱신거렸다. 쿵쿵거리는 심장 소리를 들으며 클로버와 산업 단지를 빠져나와 도로를 달리고, 자전거 길에 올랐다. 쉬지 않고 달려 도착한 미아네 집 앞에 끼익 자전거를 세우는데, 마침 엄마가 장바구니를 든 채 차에서 내리고 있었다.

"엄마!"

막상 불러 놓고는 허리를 숙이고서 숨만 몰아쉬는 미아를 엄마가 찌푸리며 보았다.

"왜 이렇게 기진맥진해? 전사 캠프에서 운동하고 물 충분히 안 마셨어?"

숨을 먼저 고른 클로버가 대답했다.

"귀뚜라미 농장 안에서 사람 말소리가 들려 급하게 왔어요."

아직도 거친 숨을 쉬며 미아가 말했다.

"누가 몰래 들어가 있었어, 엄마! 경찰에 전화해야 해!"

이 말을 뱉자마자 미아는 생각했다. 왜 진작 경찰에 신고하지 않았을까. 휴대폰도 있었다. 그 건물을 나오자마자 신고부터 해야 했다. 그러나 문 너머 악당들 때문에 머릿속이 하얘지면 그럴 생각도 나지 않는 법이다.

엄마가 현관 계단에 장바구니를 내려놓았다.

"나 원 참, 도대체 **무슨** 일이야?"

"우리가 목소리를 들었어! 대니얼이랑 할머니는 안에 없는데 사람 목소리가 들렸다고! 우리가 캠프 마치고 농장 문 앞을 지나는데 안에 누가 있었단 말이야! 누가 안에서……."

안에서 뭐라고 했더라?

"뭔가 엉망 어쩌고 그랬어."

"엉망이라니, 뭐가? 귀뚜라미 농장이?"

엄마가 혼란스러운 얼굴로 물었다.

"그렇겠지……?"

이렇게 말하며, 미아는 갑자기 스스로의 판단력이 의심스러워졌다.

"너, 대니얼이 아니었던 거 확실해? 대니얼이 뭘 잊어버려서 돌아왔을 수도 있잖아."

"뭐…… 그랬을 수도 있지."

대니얼의 목소리 같지 않았다. 하지만 또 생각해 보면 커다란 문에 가로막혀 굴절된 소리였으니 모르는 일이었다.

"그런데 분명 두 사람이었어. 그리고 시드가 짖었단 말이야. 시드는 낯선 사람한테만 짖잖아."

엄마는 잠시 생각해 보다가 말했다.

"대니얼이 친구 데려왔을 수도 있지, 안 그래? 아무 일 아닐 거야. 그래도 내가 할머니한테 전화해서 말씀드릴게."

엄마는 이제 클로버에게 물었다.

"저녁 먹고 갈래?"

"집에 가야 해요. 그래도 물어봐 주셔서 감사해요."

클로버가 미아에게로 고개를 돌려 말했다.

"뭐 알게 되는 거 있으면 나한테도 알려 줘, 알았지?"

미아는 고개를 끄덕이고 집 안으로 들어갔다. 엄마가 장봐 온 것들을 일부러 더 조용히 제자리에 넣으며, 엄마와 할머니의 통화 소리에 귀를 기울였다.

"안에서 목소리가 들렸다는데요."

"확실하지는 않대요."

"그럼 이상해 보이는 건 없었다는 말씀이시죠?"

"그러니까 다 괜찮은 거죠?"

"다행이네요. 그럼 내일 저녁 불꽃놀이 때 뵐게요."

"네, 알겠어요, 어머니."

엄마는 부엌으로 돌아와서 포장된 닭고기 허벅지 살을 집어 들었다.

"할머니는 벌써 귀뚜라미 농장에 돌아와 계셔. 시드도 조용하고 기분 좋다 하시고, 별다른 것 없대. 네가 건물주 목소리를 들은 걸지도 모르겠다고 하시네. 건물주가 전기에 관련된 뭔가를 보려고 들르기로 되어 있었대."

"알았어."

하지만 할머니가 아무리 그렇게 말했어도, 미아는 다 괜찮은 것 같지가 않았다. **느낌**이 그랬다. 방으로 올라온 미아는 샤워를 하고 긁힌 종아리에 밴드를 붙인 다음, 트레이닝 바지와 편한 티셔츠로 갈아입었다. 그러고는 넵튠과 함께 침대에 털썩 누웠다.

쿼드 스텝에서 생긴 전투의 상처가 아직 쓰라렸고, 매달리기를 한 탓에 두 팔도 욱신거렸으며 머리도 빙글빙글 돌았다. 미아와 클로버는 귀뚜라미 도둑의 소리를 들었던 걸까? 아니면 아무것도 아닌 일로 난리를 피운 걸까? 그 목소리가 대니얼이 **맞았고**, 농장에 문제를 일으켜 온 사람도 정말 대니얼이라면?

넵튠의 부드러운 지느러미를 어루만지며, 미아는 다시 여덟 살의 자신으로 돌아갔으면 좋겠다고 생각했다. 붉은 바위에서 겁 없이 뛰어오르던 사진 속 그 아이로 말이다. 원래 미아는 두려움이 없는 아이였다. 그땐 그토록 자신감에 차 있었는데, 이제는 아무것도 자신할 수 없다.

침대에서 내려온 미아는 벽장에 있던 상자를 꺼내고 속을 뒤져 그 사진을 찾아냈다. 이유는 알 수 없지만 그 사진을 손에 쥐고만 싶었다.

재미있는 일이다. 호숫가 바위 사진 속의 미아는 이렇게나 조그마한 꼬마였는데, 그때는 제 스스로 작다고 느끼지 않았다. 어찌 된 일인지 오히려 나이도 더 들고 키도 더 큰 지금이 그때보다 더 작아진 느낌이었다. 마치 몸은 자연히 자라고 있지만 속은, 몸을 뺀 나머지는 오히려 쪼그라들고 있는 것처럼.

"미아!"

부엌에서 엄마 목소리가 들려왔다.

"상 차리는 것 좀 도와줄래?"

"금방 갈게!"

미아는 두 손 위의 사진을 내려다보았다. 어쩌면 전사 캠프의 링 코스 같은 것일지도 모른다. 예전의 나에게로 손을 뻗어 잠시 붙들고 있으면 지금의 내가 덜 흔들릴지도 모른다. 미아는 사진을 거울 옆에 붙이고, 상자는 다시 벽장에 넣었다.

오래전 숙제와 체조 메달 밑에 묻혀 있는 또 다른 기억들은 꺼낼 준비가 되어 있지 않았다. 아직은.

***

금요일 아침, 할머니에게서 전화가 왔다. 잔뜩 화가 난 목소리여서, 전화를 받은 아빠는 처음에 말을 제대로 알아듣지도 못했다. 미아는 아빠가 모는 차를 타고 할머니가 전화를 걸어 온 귀뚜라미 농장으로 향했다.

"이상하네."

가는 길에 아빠가 말했다.

"어젯밤엔 네 엄마한테 아무 일 없다고 하셨다던데."

아무 일 없지가 않았다. 농장 주차장에 들어서자마자, 대니얼이 제 차에서 급히 내려 포충망을 들고 농장으로 달려가는 게 보였다. 미아와 아빠는 대니얼의 뒤를 따라 들어갔다. 사슴 맨 제이컵슨도 와서 할머니를 진정시키려 하고 있었다. 다만 할머니는 진정하지 않았다.

"괜찮단 말씀 마요! 초파리 천만 마리를 무슨 수로 없애!"

"초파리?"

아빠가 물었다.

"**천만** 마리요?"

이번에는 미아가 물었다.

"대략 그렇다는 거야. 저 안에 아주 엉망이다."

제이컵슨이 이렇게 답하곤 귀뚜라미 사육실을 향해 고갯짓을 했다. 미아는 할머니에게 말했다.

"할머니가 어젯밤에 아무 일 없다고 해서 그런 줄 알았어요."

"그땐 아직 부화를 안 했던 거야."

할머니는 말했다. 대니얼이 덧붙여 설명했다.

"네가 어제저녁에 목소리를 들었다는 누군가가 번데기를 숨겨 둔 모양이야. 밤사이 부화해서 날아다니게 하려고. 하, 그 계획대로 됐지. 이 꼴을 봐."

미아는 문에 난 창으로 안을 들여다보았다. 귀뚜라미 사육 통 위로 초파리가 구름처럼 자욱하게 날고 있었다. 봄 방학 동안 바나나를 하나 남겨 둔 걸 모르고 개학 후 사물함을 열었던 때가 생각났다. 하지만 그때보다 지금 상황이 백만 배는 나빴다.

"초파리 천지야!"

미아가 탄식하자, 대니얼이 손에 든 포충망을 내려다보며 말했다.

"맞아. 절망적이야."

미아는 대니얼의 얼굴에 이 난리를 일으킨 범인이라는 표시가 있는지 살폈다. 대니얼은 진심으로 속상해 보였다. 하지만 세상에는 연기를 잘하는 사람들도 있다. 미아는 안다.

"절망적이라니, 무슨 소리!"

할머니였다. 할머니는 대니얼의 가슴을 손가락으로 가리키면서 지시했다.

"가게에 가서 끈끈이 트랩 있는 대로 다 사 와."

할머니는 돌아서서 미아를 보았다.

"너는 들어가서 채란판을 없애 줘."

어리둥절한 미아의 표정을 보더니, 할머니는 덧붙였다.

"귀뚜라미가 알 낳는 흙 그릇들 말이야. 망할 초파리들이 번식을 하면 안 되거든."

"교수님, 알도 같이 버리시려고요? 아무래도 좀 기다려 보셨다가……."

제이컵슨의 말을 끊으며 할머니는 고개를 저었다.

"이번 세대는 포기하는 수밖에 없어요. 초파리 번식하는 걸 막아야죠."

할머니가 사무실로 향하며 덧붙였다.

"나는 가서 경찰에 신고해야겠다."

아빠가 거들었다.

"우리 집에도 끈끈이 트랩이 좀 있을 거야. 미아 너 여기 잠시 있어도 괜찮으면, 난 집에 가서 그것 좀 가져올게."

미아는 고개를 끄덕이고 귀뚜라미 사육실로 들어갔다. 귀뚜라미가 알을 낳는 흙 접시를 하나하나 집어 들었다. 이미 그 안에 있는 초파리 알이 얼마나 될까? 어제저녁 그 목소리를 들을 땐 너무 두려웠으나, 지금은 분노가 치솟았다. 도대체 어떤 인간이 이런 짓을 저질렀을까? 클로버랑 같이 그 정체를 목격했더라면 좋았을 걸.

미아가 물그릇의 물을 갈고 있을 때 대니얼이 끈끈이 트랩을 가지고 돌아왔다.

"누가 한 짓인지 알아내야 해요."

미아의 말에 대니얼이 한숨을 쉬면서 봉투를 내려놓았다.

"솔직히, 이 시점에선 그걸 알아내는 게 의미가 있는지도 잘 모르겠어."

미아는 대니얼을 빤히 보았다. 범인 찾는 걸 바라지 않는다면 그 이유는 하나뿐이다. 그래도, 미아는 물어보았다.

"왜 의미가 없어요?"

의자에 올라서서 끈끈이 트랩을 기둥에 건 대니얼이 한숨을 쉬고는 말했다.

"귀뚜라미 사육은 설사 모든 게 순탄해도 아주 까다롭거든. 꼭 초파리 때문만이 아니라 모든 면에서, 이 사업이 계속 굴러갈 수 있을 만큼 자리 잡을 기미가 안 보여. 모든 일이 너무 오래 걸려."

대니얼은 싱크대의 물그릇을 향해 손짓했다.

"청소하는 거, 먹이 주는 거, 물 주는 거 전부. 특히 채집이 오래 걸리고."

이번에도 대니얼은 진심으로 짜증이 나 보였다. 초파리 난리를 일으켰을 사람처럼 보이진 않았다. 한편으로 채집이 문제라는 이야기에 미아는 놀랐다. 귀뚜라미 사육에서 그 부분은 퍽 쉬울 줄로만 알았는데.

"종이 집에 있는 귀뚜라미를 모두 털어서 냉동실에 넣기만 하면 되는 거 아니에요?"

할머니는 귀뚜라미 채집이 얼마나 인도적인지를 늘 강조했다. 냉동실에 보관된 귀뚜라미는 자연에서 날씨가 추워질 때와 마찬가지로 동면에 들어간다.

"아니야. 그렇게 하면 이미 죽어 있던 귀뚜라미도 의도치 않게 같이 채집할 수 있거든. 식품이니까 그러면 안 돼. 그래서 집에 들어가 있는 귀뚜라미를 전부 플라스틱 통에다가 턴 다음, 그 통에 집을 넣어서 귀뚜라미가 다시 집에 들어가기를 기다려. 집에 스스로 들어간 귀뚜라미들은 살아 있는 게 확실하니까 채집을 해도 되는 거지. 그런데 모든 귀뚜라미가 당장 다시 집으로 기어오르는 건 아니기 때문에, 이 일을 여러 번 반복해야 한다는 게 문제야."

대니얼이 손목시계를 보았다.

"오늘은 한 통만 채집하면 되는데도 정오까지는 해야 겨우 마칠 수 있을 거야."

그때 대니얼의 휴대폰에서 문자 신호음이 울렸고, 대니얼은 돌아서서 답장을 보냈다.

미아는 누구인지 모를 그 상대에게 답 문자를 입력하는 대니얼을 바라보았다. 어쩌면 대니얼은 귀뚜라미 농장이 망할까 봐 새 일자리를 알아보는지도 모른다. 지금 상황에선 그게 사실이라도 대니얼을 원망할 수 없다. 어쩌면 대니얼은 그저 모든 게 확실해지기 전까지만 비밀로 하려는 것일 수도 있다. 귀뚜라미 농장을 벌써부터 포기해 버린다는 인상을 할머니에게 주지 않으려고. 이 또한 좀 찜찜한 행동이긴 하다. 그래도 어쨌든 할머니가 투자자를 얻고 농장을 일으킨다면 대니얼은 계속 이곳에서 일할 것이고, 아무런 문제도 없을 것이다. 미아가 할 수 있는 일은 그저 최선을 다해 계속 할머니를 돕는 것뿐이다.

미아가 물그릇 교체를 마치고 그릇에 먹이를 더 붓는 사이, 대니얼이 귀뚜라미 채집을 시작했다. 대니얼 말처럼 상당히 답답한 과정이었다. 대니얼은 플라스틱 통으로 받쳐 놓은 채 귀뚜라미들을 집에서 떨어낸 다음 귀뚜라미들이 다시 기어 올라오기를 기다렸고, 그렇게 기어 올라온 귀뚜라미들을 별도의 채집통 속에다 털어 모았다. 그리고 귀뚜라미 집을 플라스틱 통에 다시 넣어, 살아 있는 귀뚜라미들이 타고 오르기를 기다렸다. 그 모습이 꼭 로봇 같았다. 앞으로 뒤로 앞으로 뒤로, 흔들고 기다리고 흔들고 기다리고. 미아는 아이디어가 하나 떠올랐다. 연필과 탁구공을 집어 올리고는 빙 돌아서 들통에다 떨어뜨려 넣던 애나의 로봇 팔. 그 로봇 팔이 귀뚜라미 집도 집어 들 수 있지 않을까?

10장
여름 첫 반딧불이

미아는 내내 그 생각을 하며 차를 타고 집으로 돌아갔다. 도중에 아빠와 잠시 잔일을 보고 왔더니, 집에 들어섰을 땐 엄마가 이미 불꽃놀이 소풍에 쓸 아이스박스를 싸고 있었다.

엄마가 물었다.

"클로버는 우리 차 타고 가겠대?"

"아니, 엄마들이랑 자전거 타고 갈 거래. 도착해서 만나재."

미아는 옷을 갈아입은 다음, 엄마 아빠와 차를 타고 할머니를 데리러갔다. 할머니는 초파리 난리를 겪은 사람치고는 놀라울 정도로 쾌활했다.

미아는 말을 아낄까도 생각했지만, 궁금함을 참을 수 없었다.

"농장은 좀 어때요, 할머니?"

"초파리 천국이지."

할머니는 마치 초파리를 후려치듯 얼굴 앞으로 손을 휘저었다.

"그래도 오늘 저녁엔 그 얘기 하지 말자. 나는 내 손녀랑 불꽃놀이를 즐길 거야."

"어, 내 노래 나온다!"

아빠가 이렇게 말하며 라디오 볼륨을 키웠다. 컨트리 음악 채널에서 「신이시여 미국을 축복하소서」가 또 흘러나오고 있었다. 독립기념일 주말 내내 이 노래가 끊이지 않았고 아빠는 서툰 노래 솜씨로 매번 따라 불렀다. 노래가 끝날 때쯤엔 차 안의 모두가 소리 내어 웃고 있었다.

"다들 먼저 내려요. 나는 적당한 곳 찾아서 주차하고 갈 테니."

아빠가 이렇게 말하며 호숫가 선창 근처에 차를 세웠다. 미아에겐 할머니가 불편한 걸음으로 오래 걷지 않게 하려는 아빠의 의도가 보였지만, 아빠는 영리하게도 "아이스박스가 무거우니까." 라고 덧붙여 할머니가 사양할 여지를 주지 않았다.

해가 지기까지는 아직 한 시간이나 남아서, 잔디밭엔 빈자리가 많았다.

"여긴 어때?"

미아는 큰 나무 두 그루 사이, 풀로 덮인 땅을 가리키고는 앞장서 갔고, 엄마를 도와 거기에 담요를 폈다.

"미아!"

클로버가 이렇게 외치며 자전거를 끌고 걸어왔다.

"시간이 서로 딱 맞았네. 우리도 방금 왔어."

엄마가 말했다. 엄마와 할머니는 클로버의 두 엄마인 앨러샌드라, 제스와 첫인사를 나눴고, 클로버와 미아는 감자칩 한 봉지를 뜯어서 먹었다. 미아는 초파리 사건을 클로버에게 알렸다.

"파츠워스 그 작자 최악이네! 우리가 꼬리를 밟아야 해. 내일 거기 갈래?"

"월요일까진 공장들 다 닫혀 있잖아. 그래도…… 우리가 뭔가 해야 하는 건 맞아."

삼십 분이 지나서야 자리를 찾아온 아빠는 점점 많아지는 사람들을 둘러보며 말했다.

"주차하느라 다른 동네까지 갔다 왔네. 너무 먼 여정을 다녀오느라 배고파 죽을 것 같아."

아빠가 샌드위치, 탄산음료, 그리고 이름난 아빠 표 독립기념일 불꽃 브라우니를 나누어 주자, 모두가 먹기 시작했다.

배가 불러진 미아와 클로버는 어두워지기 전 놀이터에 가 보기로 했다. 보스턴 친구들이었다면 초등학생처럼 놀이터에는 왜 가냐고 했을지도 모르는데, 미아는 클로버가 그런 걸 신경 쓰지 않아서 좋았다.

그네에는 이미 자리가 없어서, 둘은 회전목마 비슷한 놀이기구를 몇 번 느긋하게 타고 돌았다. 그러면서 미아는 전에 살 땐 눈에 띄지 않았던 표지판 하나를 발견했다.

"'아동을 동반하지 않은 성인은 출입 금지'라고? 이상하네."

마침 그네 두 자리가 비었다. 클로버는 그네로 다가가며 말했다.

"이상하지도 않아. 역겨운 인간들이 득실득실하니까."

"무슨 뜻이야?"

그네에 올라앉으며 이렇게 물었지만, 미아는 속이 조여 왔다. 답을 이미 알 것 같았다.

"그냥…… 더러운 놈들이 있단 뜻이야."

클로버가 두 다리를 공중에 차올렸다. 미아도 똑같이 했다. 나란히 흔들리던 둘의 그네가 어느새 한껏 높은 곳까지 올라갔다.

클로버는 그네를 타며 말했다.

"작년에 플로리다주 할머니 댁에 갔을 때, 혼자 바닷가를 걸었어. 구름 많고 우중충해서 아무도 없었거든. 내가 조개껍데기를 좋아해서, 줍다 보니 좀 멀리 갔어."

클로버가 미아를 쳐다보았고, 미아는 고개를 끄덕였다. 미아 역시 바닷가의 조개껍데기를 무척 좋아했다.

"그런데 결국 비가 와서, 돌아가기로 했지."

클로버가 하늘로 솟아올랐다.

"바닷가에 나 말고는 남자 한 명뿐이었는데, 그 남자가 다가왔어."

미아의 심장 박동이 빨라지고 두 팔이 떨려 왔다. 클로버가 이야기를 하는 도중이 아니었다면 미아는 그만 그네에서 뛰어내렸을 것이다.

"나랑 한 오십 미터쯤 떨어져 있을 때, 그자가 사각 수영복을 한쪽으로 잡아당기는 거야. 그 안에 있는 걸 모두가 보게. **내가 보게.**"

"구역질 나! 그래서 넌?"

"반대쪽으로 갈 수는 없었어. 비도 더 오고 집에 가야 하니까."

클로버가 허공으로 차올리던 발을 멈추자 그네가 느려졌다. 미아도 똑같이 했다. 이내 둘의 그네는 조금씩만 흔들거리고 있었다. 분홍빛 복숭아처럼 저물어 가는 해가, 호수 저편 애디론댁 산맥 봉우리들을 스쳤다.

"그래서 난 그냥 계속 앞으로 갔어."

클로버는 마른침을 꿀꺽 삼키고 이어 말했다.

"거리가 점점 좁혀지는데, 그 남자는 계속 수영복을 그렇게 잡고 있었어. 뛰고 싶긴 했지만, 옆을 지나칠 때 그자가 날 잡아채거나 할까 봐 못 뛰겠더라고."

"클로버, 진짜 끔찍하다."

미아가 한 손을 뻗어 클로버의 어깨에 얹었다.

"나라면 정말 겁났을 거야."

"나도 겁났어."

클로버가 숨을 깊이 들이쉬고는 말했다.

"그런데 바로 그게 그놈이 원하는 일이란 생각이 드는 거야. 내가 겁먹는 거. 그놈은 내가 겁먹기를 **원해서** 수영복으로 그 더러운

짓을 하고 있었던 거야. 그래서 그냥…… 모르겠어, 그냥 겁이 안
나는 척하자 싶었지. 그놈 보기에 내가 겁먹지 않은 것 같으면 아
무 일 없을 것 같았어.”

미아는 클로버를 빤히 보았다.

“그래서 어떻게 했어?”

“그놈 옆을 지나칠 때쯤 얼굴을 똑바로 마주 봤어. 그러니까 그
놈이 눈을 돌려 바다를 보더라고. 나는 계속 얼굴을 빤히 보면서
아주 큰 목소리로 ‘안녕하세요!’라고 했어.”

“와…… 정말?”

미아는 상상도 할 수 없는 행동이었다. 자신이었다면 뒤돌아 집
반대 방향으로 영원히 뛰었을 것 같았다.

“그래서 그놈이 어떻게 했는데?”

“좀 어쩔 줄을 모르더라. 움찔 놀라더니 손에 꽉 움켜쥐었던 수
영복을 놓아 버리고는, 이렇게 고개를 끄덕하는 거야. 그러고는
막 빠르게 걸어가 버리더라.”

클로버는 입술을 깨물었다.

“그놈이 뒤돌아 내 쪽으로 다시 오진 않는지 계속 확인하다가,
안 돌아오는 게 확실하고 내가 충분히 멀어졌을 때 집으로 달려
가서 엄마들한테 다 얘기했어.”

미아는 그렇게 하는 것 역시 상상할 수 없었다. 미아의 부모였
다면 사람 없는 바닷가에서 그렇게 멀리까지 갔다는 사실에 미아

를 매우 야단쳤을 것이다.

"왜 그렇게 멀리 갔냐고 혼났어?"

"아니. 우리 엄마들은 그냥 내가 얘길 해 줘서 다행이라고 했어. 그리고 경찰을 불렀지. 다만 우리가 다음 날 집에 돌아왔기 때문에, 그놈이 경찰에 잡혔는지 안 잡혔는지는 몰라."

"와……."

산봉우리들 속으로 해가 가라앉고 있었다.

"너, 그다음부터 다신 그 바닷가 안 걸었겠다."

"아니. 지금도 걸어. 거기 갈 때면."

클로버는 햇빛에 눈을 찌푸렸다.

"기분이 좀 다르긴 하지. 그러니까…… 뭐랄까, 굉장히 좋아하던 셔츠가 있는데 이상한 얼룩이 묻어 지워지지 않는 것 같은 기분? 그래도 그런 놈 때문에 그 바닷가를 잃진 않을 거야."

"응……."

해가 사라지는 동안 클로버의 말을 곱씹던 미아는 깨달았다. 작년 그 사고 이후에 너무 많은 것을 잃었음을. 맨발에 닿는 평균대의 감촉을 사랑했지만 더는 느낄 수 없었다. 체조를 하며 만난 친구들이 그리웠지만 이제 만날 수 없었다. 엄마와 같이 텔레비전으로 체조 경기를 보는 일도 정말 좋아했는데, 더는 재미있지 않았다. 하지만 되찾고 싶어도 너무 늦어, 하나도 되찾을 수 없을 것 같았다.

미아가 그네에서 일어나며 말했다.

"가자, 곧 불꽃놀이 시작하겠다."

담요 위에 둘러앉은 가족들에게 돌아가니, 선창 천막에서는 이글스 헌정 밴드가 공연을 하고 있고 어른들은 「호텔 캘리포니아」를 따라 부르고 있었다. 클로버의 엄마들 말고는 썩 잘 부르는 사람이 없었지만, 두 엄마는 개의치 않는 것 같았다.

"미아! 너 오길 기다렸다."

할머니가 유리병을 들어 보이며 말했다. 빈 유리병 같아도 그 안에 무언가 은은히 빛나는 게 있었다.

"반딧불이 찾으셨네요!"

미아가 버몬트주로 돌아온 뒤 아직 한 마리도 보지 못한 반딧불이인데, 할머니는 언제든 찾을 수 있는 것 같았다.

"생체 발광이 어떻게 일어나는지 알아?"

할머니가 유리병을 돌리며 묻자, 미아는 답을 알면서도 이렇게 되물었다.

"어떻게요?"

이 말에 할머니 얼굴도 환하게 빛났다.

"반딧불이 몸속에서 일어나는 화학 반응 때문이야. 반딧불이는 빛을 낼 때를 스스로 결정하는데, 빛을 내는 이유는 여러 가지가 있어. 대부분은 짝짓기와 관련이 있지. 늘 수컷 반딧불이가 빛을 내며 으스대고, 같은 종의 암컷 반딧불이가 거기에 응답을 해."

할머니가 놓아 주자 반딧불이는 나무들 사이로 사라졌다.

"만약 암컷 반딧불이가 자기를 부르는 수컷 반딧불이를 좋아하지 않으면요?"

클로버가 물었다. 이 질문에 할머니의 두 눈이 반짝거렸다.

"음······ 사실 반딧불이 중에 어떤 종을 보면, 암컷이 자기와 종이 다른 수컷한테 신호를 보내. 짝짓기 대상으로서는 전혀 관심 없는 수컷한테 말이지."

"그래서 수컷이 오면 뭘 하는데요?"

미아가 물었다.

"잡아먹지."

할머니의 대답에 엄마들 모두가 박수를 쳤다.

"아이고, 아프네, 아파."

아빠는 이렇게 말하더니, 모두에게 물었다.

"불빛 얘기 나온 김에, 막대 폭죽 필요한 사람?"

다들 필요하다고 하자, 아빠는 상자째 막대 폭죽을 돌린 다음 모두가 불을 붙이도록 라이터를 켜고 기다려 주었다. 미아와 클로버는 일어나서 슬리퍼를 벗어 버리고는 폭죽 빛으로 일렁일렁 선을 그리며 돌았다. 미아는 그네 탈 때와 비슷한 기분이 들었다. 보스턴 친구들과 있었다면 폭죽 들고 춤출 나이는 지났다고 느꼈을 텐데, 클로버와 함께하니 그저 즐겁기만 했다.

"이름 써 봐!"

클로버가 이렇게 외치고는 불꽃으로 필기체 C를 화려하게 만들어 보였다.

"내 이름은 쉽지!"

미아도 알파벳 M, I, A를 공중에 수놓았다.

"어, 나도 어릴 때 그거 했는데!"

클로버의 엄마 제스가 벌떡 일어나 자기 이름을 쓰기 시작했다. 다른 엄마 앨러산드라도 합류했지만 이름을 반 넘게 썼을 때 불이 꺼지고 말았다.

"에잇, 이 놀이 별로야! 이름 긴 사람한텐 불리해."

모두가 웃었다.

"어, 어, 진짜 불꽃놀이 시작한다!"

아빠가 외쳤다.

"막대는 다 여기로!"

뜨거운 막대 끝을 밟는 사람이 없도록, 엄마가 준비해 둔 물컵을 내밀었다. 모두의 막대 폭죽이 쉭쉭 소리를 내며 꺼졌고, 다들 자리를 잡곤 붉게 푸르게 터지는 물 위 불꽃 분수를 바라보았다.

불꽃으로 호수가 환해지는 동안, 호수의 물결 소리를 들으며 미아는 행복했다. 할머니가 올해의 불꽃놀이를 함께하고 있는 것이, 여름 첫 반딧불이를 잡아 주고 반딧불이의 불 밝힘에 관해 이야기해 준 것이 행복했다. 그리고 무엇보다 새 친구가 생겨서 행복했다. 미아의 몫까지 용감한 새 친구가.

11장
귀뚜라미 로봇 계획

토요일 아침, 할머니에게서 초파리 상황이 훨씬 나아졌다며 전화가 왔다. 더 부화한 초파리는 없어 보인다는 말에 미아는 기뻤다. 그리고 귀뚜라미 농장을 위해 할 일이 있다는 것도 떠올랐다.

클로버가 미아네 집에 왔다. 다음 주말 농산물 장터에서 쓸 '귀뚤귀뚤 챌린지' 현수막을 만드는 클로버 곁에서 미아는 농산물 장터와 이후 방문할 음식점들에서 할 말을 연습했다. 그리고 클로버가 집에 돌아가기 전, 미아는 채집을 비롯한 귀뚜라미 생산 과정이 너무 느려 힘들다는 대니얼의 말을 전했다.

"그 남자 믿어도 된다고 확신해?"

클로버의 물음에 미아는 주저했다.

"확신은 못 해."

미아는 여전히 대니얼이 어떤 식으로든 파츠워스와 공범일 가능성이 있다고 여겼다.

"하지만, 대니얼이 믿을 만한 사람이건 아니건 채집이 문제인 건 맞아. 대니얼이 하는 걸 내가 직접 봤어. 그런데 멍청한 생각일 수도 있지만, 보면서 나는 애나가 만든 로봇 생각이 나더라고. 너도 알다시피 그 로봇은 물건을 집어서 옮기고 그러니까."

"멍청한 생각이라니! 기발한 생각이야!"

클로버가 현수막을 돌돌 말면서 이어 말했다.

"요즘엔 모든 걸 자동화하잖아. 게다가 대니얼이 실제로 농장 일을 그만둔다면 할머니는 일을 더 빨리 할 방법이 필요하실 거야. 그리고 내가 장담하는데, 애나는 두 손 들고 하겠다고 할걸."

클로버의 말이 맞았다. 월요일 아침 캠프에서 미아와 클로버가 다가갔을 때, 애나는 독립기념일 맞이 빨강 하양 파랑 줄무늬 매니큐어가 아직 칠해진 손으로 로봇을 조작해 곰돌이 젤리를 집어 올리고 있었다.

"텔레비전 볼 때 옆에서 과자를 집어 주도록 프로그래밍 해 보고 있어."

"우리가 네 로봇에 관해 제안할 일이 있어, 네가 관심만 있다면 말이야."

클로버가 말을 꺼냈다.

"이 로봇이 뭔가를 흔들도록 프로그래밍 할 수도 있어?"

미아가 이렇게 묻는 순간, 로봇은 집게 손으로 노란색 곰돌이

젤리를 으깼다.

"응, 할 수 있지. 왜?"

"귀뚜라미를 털어서 통 속에 담아야 하거든."

이제 미아는 애나에게 자세한 내용을 설명했다. 로봇 팔이 귀뚜라미 집을 집어서 대니얼이나 그 후임이 준비해 둔 채집통에다 털도록 프로그래밍 하면 된다는 것, 타이머를 설정해서("로봇에 타이머도 쓸 수 있는 거 맞지?") 로봇이 네다섯 번 그 일을 반복하고 나면 일이 끝났다는 신호음이 나게 하면 된다는 것, 그렇게만 할 수 있으면 직원이 로봇을 작동시켜 놓은 채 본인은 다른 일을 할 수 있다는 것까지.

이야기를 듣는 내내 애나는 천천히 고개를 끄덕였다.

"물론이야. 가능할 거야."

미아는 기대감을 억누르며 조심스레 물었다.

"그러면…… 혹시 너 우리 팀에서 같이 작업할 마음 있어?"

"응, 하고 싶어. 캠프 끝나고 우리 집 가서 아이디어 회의 할래?"

"좋아!"

클로버가 미아 몫까지 대답했다. 미아는 엄마에게 문자를 보냈고, 캠프를 마친 뒤 셋은 애나의 집이 자리한 언덕을 자전거를 타고 올랐다. 그 언덕 바로 근처에 버몬트 대학이 있는데, 애나의 부모님 모두 거기서 일한다고 했다. 엄마는 컴퓨터 과학을 가르치고, 아빠는 입학처에서 어떤 일을 담당한다고.

"넌 매일 이 언덕을 올라가?"

클로버가 정지 신호등 앞에서 셔츠 자락을 들어 얼굴의 땀을 닦으며 물었다. 애나는 고개를 끄덕이고 대답했다.

"엄마가 차로 태워다 주지 않겠다 하셔서. 맨날 운동은 안 하고 지하실에서 뭐 만들기만 할 거면, 적어도 캠프는 내 몸의 힘을 써서 오가래."

"넌 그나마 나은 편이야. 클로버랑 나는 엄마들 때문에 전사 캠프 다니느라 고생이야."

"그 캠프가 **그렇게** 나쁘진 않아."

클로버가 덧붙였고, 셋은 애나네 집 앞 진입로에 들어섰다.

"뭐 하는 캠프인데?"

"근육이 울끈불끈한 코치들이 약하고 순진한 애들 고문하는 곳이지."

미아는 이렇게 말하고는 일어서서 페달을 밟았다. 말은 그렇게 했지만, 다른 건 몰라도 체력을 되찾고 있는 것은 확실했다. 전사 캠프가 아니었다면 이렇게 고약한 언덕을 끝까지 올라올 수 있었을까?

애나의 집에 엄마 아빠는 없었지만 애나의 언니 프리마가 식탁에 도표 가득한 책과 종이를 펼친 채 앉아 있었다. 양파와 기름과 양념이 뒤섞인 냄새가 부엌에 가득해, 미아의 위가 우르릉거렸다. 미아는 애나에게 물어보았다.

"무슨 냄새야?"

애나는 언니에게 물었다.

"파코라 냄새야?"

프리마는 고개를 끄덕이더니 조리대 위 채소 튀김 접시를 가리켰다.

"엄마가 만들어 놓고 가셨는데, 나는 벌써 한 접시 가득 먹었으니까 너희 먹어."

애나가 파코라 접시와 키친타월을 챙겨, 미아와 클로버를 데리고 지하실로 내려갔다.

애나네 지하실은 이삿짐 상자와 빨랫감이 있는 미아네 지하실과는 전혀 달랐다. 학교의 만들기 공간보다 더 많은 도구와 재료가 있는, 말 그대로 작업실이었다.

"이야, 여기 좋다!"

클로버가 감탄을 내뱉었다.

"응, 이 공간이 있어서 꽤 좋아. 언니가 매사추세츠 공과대학 다녀서 방학에 집에 오면 과제 하느라고 독차지하는데, 그때 빼곤 거의 내 공간이야. 자, 이거……."

애나는 파코라 접시를 내려놓고 연필과 커다란 종이 한 장을 집었다.

"먹으면서 귀뚜라미 채집 로봇 이야기해 보자."

애나가 스케치를 시작하며 설명했다.

"이렇게 6축 로봇이어야 하고, 다관절 팔이 있어야 하고, 판지는 그리 두껍지 않으니까 그걸 집을 수 있으려면 잘 안 미끄러지는 표면이 필요해. 맞지?"

"맞아."

파코라를 입에 가득 넣고 미아가 대답했다. 다관절 팔이 무엇인진 몰랐지만 애나가 안다는 것에 감사했다.

그 뒤로도 삼십 분쯤 애나는 그림을 그리면서 질문을 하고, 클로버와 미아는 최선을 다해 대답했다. 그러고 나니 파코라는 동이 나 있고 지하실은 답답하게 느껴져, 셋은 밖으로 나가기로 했다. 애나는 나무들 사이에 자리 잡은 나무 요새로 둘을 안내했다.

"언니가 대학 가기 전에 우리 둘이서 여길 지었어."

애나가 밧줄로 된 계단을 당겨 내렸고, 세 사람 모두 그것을 타고 올라갔다.

"진짜 멋지다."

미아는 그곳이 무척이나 튼튼하단 점이 좋았다. 미아의 옛 친구 릴리도 나무 요새가 있었지만, 릴리 아빠의 건축 솜씨가 썩 좋지 않았던 탓에 금방이라도 무너져 버릴 것 같은 느낌이었다.

"저기…… 고마워, 나한테 프로젝트 같이 하자고 해 줘서."

"어우, 아니야. 우리가 **너한테** 고맙지. 이 부분은 절대 우리끼리 못 해."

미아의 말에 애나가 고개를 끄덕이고는 말했다.

"나한테 꼭 맞는 일이야. 내가 팀으로 활동하는 걸 좋아하기도 하고. 내가 혼자 작업했던 건 팀 활동을 싫어해서가 아니라……."

애나가 말을 끝맺는 대신 클로버와 눈을 맞추자, 클로버가 말했다.

"맞아, 일라이가 좀 골치 아프지."

"일라이 얘길 했더니 우리 엄마가 너무 화를 내더라고. 엄마가 캠프로 마구 돌진해서 일라이를 멱살 잡고 끌고 나가는 건 아닐까 겁이 났어. 그러니까 그냥 내가 혼자 작업하는 게 더 쉬운 해결책 같았지. 우리 엄마가 버몬트 대학에 와서 교직을 얻고 아빠를 만나기 전에는 실리콘 밸리에 있는 첨단 기술 회사를 다녔어. 그 회사 전체에 여자가 겨우 네 명인가 그랬대. 내가 일라이 일을 말하고 나니까 엄마가 처음으로 얘기해 준 건데, 엄마도 그 회사에서 성희롱을 많이 당했대. 거기서 유일하게 백인이 아닌 여자가 엄마였는데……. 아, 혹시 아직 눈치 못 챘으면 말인데 우리 엄마는 인도 사람이야. 아무튼 엄마 말로는 일라이처럼 멀끔하게 생긴 백인 남자들이 그중에서도 최악이었대. 자기가 신이 이 세상에 내린 선물이라고 믿고 있어서 엄마가 자기와 데이트하고 싶지 않을 리 없다고 생각하더래."

애나가 큰 숨을 내쉬고는 눈을 들었다.

"이걸 왜 다 너희한테 얘기하는지 모르겠다. 난 그냥……."

"아니야, 왜 이야기하는지 알겠어."

미아는 정말로 알았다. 그래서 더더욱, 애나에게 도움을 청하길 잘한 것 같다고 생각했다. 미아는 덧붙였다.

"난 그냥 네가 우리랑 같이 하게 돼서 좋아. 그리고 좀 더 같이 시간을 보냈으면 좋겠다."

"아, 맞다!"

애나가 일어섰다.

"전사 캠프에서 하는 거 나도 좀 가르쳐 줘. 정글짐 비슷한 걸 탄다고 하지 않았어? 여기 봐……."

애나가 나무 요새 뒤편의 창문을 가리키자, 밖으로 구름다리 철봉과 거기에 늘어뜨려진 밧줄 계단이 보였다.

"클로버가 가르쳐 줄 거야. 나는 매달리기밖에 못 해."

미아의 말에 클로버는 웃으며 말했다.

"그래도 너 매달리기 늘고 있잖아! 지난주엔 십오 초인가까지 매달리지 않았어?"

"나도 해 볼래!"

애나는 말했고, 셋은 한 명씩 돌아가며 구름다리 철봉에 매달려 서로 시간을 재어 주었다. 미아는 십육 초까지 버티다가 솔잎 가득 깔린 바닥으로 떨어졌다. 클로버는 사십오 초간 매달렸다. 애나는 십이 초. 그러고는 모두 다시 매달려 시도했다.

"이번엔 셋이 동시에 해 보자."

클로버의 말에, 세 아이는 셋까지 카운트다운을 하고는 다 같이 땅에서 뛰어올라 철봉을 붙잡았다. 몇 초 지나 애나가 말했다.

"난 벌써 팔 떨어질 것 같아! 할 때마다 더 힘들어진다고 왜 말 안 했어!"

그러자 클로버가 제안했다.

"딴생각을 하는 게 좋아. 로봇이나 뭐 그런 걸 생각해."

미아는 다른 제안을 했다.

"음악이 필요해."

체조를 할 때 끝나지 않을 듯 긴 플랭크를 하면서 알게 된 것이었다. 킥복싱 선수들의 주제곡 메들리에 맞춰 친구와 함께 발끝을 까딱거리면 시간이 좀 빨리 갔다. 하지만 지금은 모두의 휴대폰이 요새 안에 있었다. 미아는 대안을 외쳤다.

"누가 노래 좀 해 봐!"

클로버가 시작했다.

"반짝반짝 작은 별…… 내 팔이 떨어지네……."

"도움 안 돼!"

이렇게 외친 애나는 너무 웃다가 그만 떨어졌지만, 미아는 계속 버티며 외쳤다.

좀 더 나은 노래! 수준 높은 음악이 필요해!"

클로버가 노래했다.

"에메랄드 시티에서의 짧은 하루…….'

"어, 나 그 뮤지컬 진짜 좋아했어!"

애나가 말했다. 손이 미끄러지기 시작한 미아는 최대한 버티다가 "나도!" 하고는 바닥으로 떨어졌고, 이내 클로버도 떨어졌다. 이야기를 해 보니 셋 다 클로버가 부른 노래가 나온 브로드웨이 뮤지컬 「위키드」를 할머니랑 손잡고 가서 보았다는 사실이 밝혀졌다.

"내가 제일 좋아한 부분은 엘파바가 관중 위를 날아가는 부분이었어."

미아의 말에 애나가 눈이 커다래지며 맞장구쳤다.

"그렇지? 나는 도르래 장치를 어떻게 했기에 저리도 자연스러울까, 하고 보는 내내 생각했어."

"애나는 언젠가 브로드웨이의 특수 효과 엔지니어가 될 거야."

물을 마시러 집으로 돌아가며 클로버가 말했다. 애나는 이렇게 대답했다.

"그럴지도. 하지만 귀뚜라미 채집 로봇부터 만들고."

***

화요일 아침, 창업 캠프에서 만난 세 아이는 로봇 이야기를 더 나누었다. 미아와 클로버는 파츠워스를 염탐하겠다는 계획에 실패했다. 캠프 후 자전거를 타고 그 식품 가공 공장으로 갔으나, 휴일로 일주일 내내 문을 닫는다고 안내되어 있었기 때문이다. 클로버는 말했다.

"괜찮아. 파츠워스가 지금 이 동네에 있지 않다는 건 너희 할머니께도 아무런 해를 끼치지 못한단 거잖아. 우린 그동안 다른 일에 집중할 수 있어."

그 주의 남은 날들 동안 미아와 클로버는 애나에게서 로봇 제작의 진전 상황을 들었고, 농산물 장터에 나갈 준비를 했고, 시내 음식점에 귀뚜라미 농장을 홍보할 말을 연습했고, 전사 캠프에서도 살아남았다. 클로버는 쿼드 스텝에 꽤 능숙해졌으며, 흰 벽도 삼 미터 지점까지 닿을 수 있게 됐다.

미아는 흰 벽을 탈 마음이 전혀 없었으며, 긁힌 종아리가 아물고 이미 딱지가 앉은 지금도 쿼드 스텝을 그리 좋아하지 않았다. 하지만 목요일엔 트램펄린에서 뛰어올라 거미 벽에 손과 발을 붙이는 데 몇 번 성공했다.

그 작은 트램펄린을 보며 미아는 예전 체조 학원의 도마가 생각났다. 미아가 아주 좋아했던 체조 기구. 이날, 전사 캠프의 휴식 시간에 미아는 체조실 창문 앞에 멈추어 서서 도마 운동을 하는 사람이 있는지 살펴보았다. 하지만 아이들은 모두 평행봉과 평균대에 있었다. 평균대 위 여자아이는 체조를 아주 잘했다. 한때의 미아처럼. 그 아이가 뛰어오르고 회전하는 것을 보면서 미아는 아주 조금, 발꿈치를 들어올렸다. 그때 그 제이미라는 코치가 문을 열고 나왔다. 미아의 발꿈치는 순식간에 바닥으로 내려왔다.

"다시 보니 반갑네! 우리 수업 관심 있으면 나한테 말만 하면 되는 거 알지?"

미아는 고개를 젓고 뒤로 물러났다.

"그냥 구경하고 있었어요. 너무 바빠서 할 시간이 없어요."

미아는 실제로 바빴다. 창업 캠프의 사업 계획서를 거의 완성에 이를 만큼 많이 썼다. 일주일 내내 할머니의 귀뚜라미 농장 일을 도왔고 시드를 산책시켜 낯선 사람들을 향해 짖게 했다. 또 전사 캠프의 저녁 추가 수업에도 몇 번 참가했다. 이제 철봉에 삼십 초 간 매달릴 수 있었다.

"이제 곧 링도 할 수 있겠다, 너."

목요일 캠프를 마치고 나오면서 클로버가 말했다.

"글쎄."

이렇게 대답하기는 했어도, 미아는 더 강해진 기분이었다. 심지어 손바닥에 굳은살도 생겨 났다. 역도 선수들처럼.

"이봐!"

별안간 크게 소리치는 남자 목소리가 복도에 울렸다. 미아는 심장이 목구멍까지 솟구쳤지만, 돌아보니 다름 아닌 제이컵슨이었다. 그가 사슴 인형 하나를 안고 복도를 달려왔다. 그러고는 머리에 분홍색 머리띠를 하고 체조복을 입은 그 사슴 인형을 내밀며 말했다.

"이거 주려고. 체조 선수 사슴이다."

그 사슴은 만듦새가 울룩불룩하고 비뚜름했으며 너무 큰 뿔이 나 있었다. 평균대에 오르던 시절의 미아만큼이나 우아한 연기를 할 것 같았다. 또 한 번 체조 선수가 아니라고 말하면 무례하게 들릴 것 같아, 미아는 그냥 고맙다고 인사했다.

"여기 봐라!"

제이컵슨이 인형의 귀 하나를 꽉 쥐자 인형이 말했다.

"안녕? 버몬트주로 놀러 와요!"

"우아."

그냥 체조 선수 사슴이 아니라 **말하는** 체조 선수 사슴이었던 것이다.

"감사합니다."

"이사하고 새로운 동네에 적응하기가 힘들 텐데, 새 친구를 하나 선물하면 네가 좋아할 것 같아서 말이야."

클로버를 보며 제이컵슨은 덧붙였다.

"그렇다고 친구가 없다는 말은 아니고!"

모두가 웃었고, 미아와 클로버는 자전거로 향했다. 미아는 사슴 인형을 운동 가방에 넣었지만 뿔이 너무 커 들어가지 않았다.

"그 사슴 참 허접하다."

"그러네. 그래도 친절한 마음으로 준 거니까 뭐. 제이컵슨이 할머니를 많이 돕고 있기도 하고……."

미아는 어깨를 으쓱하고는 자전거에 올랐다. 그 인형을 좋아하는 척할 수 있었다.

"토요일을 위한 준비 다 됐어?"

집으로 출발하면서 클로버가 물었다.

"다 됐지."

그렇게 느끼지 않는데도 그렇게 답했다. 용감한 척을 자꾸 하다 보면, 나는 용감한 사람이라고 스스로를 속일 수 있을지도 모르니까. 게다가 할머니가 귀뚜라미 농장을 지킬 수 있도록 모두가 힘을 보태고 있었다. 대니얼은 추가 근무를 했다. 애나는 벌써 로봇이 얇은 판지도 미끄러짐 없이 집어 들도록 하는 방법을 찾아냈다. 클로버가 만든 '귀뚤귀뚤 챌린지' 현수막은 너무나 근사했다. 미아는 귀뚜라미 소개말을 자면서도 읊을 수 있을 정도로 많이 연습해 두었다.

농산물 장터에 찾아올 그 많은 사람에게 말을 건다는 생각만으로도 속이 흐물거린다. 하지만 괜찮다. 흐물거리는 속을 안고도 귀뚜라미를 홍보할 수 있을 테니까. 할머니의 농장이 문 닫는 것을 막으려면 할 수 있는 일은 다 해야 한다. 아직은 포기할 때가 아니라는 걸 할머니가 대니얼과 미아의 부모에게, 그리고 모두에게 보여 주도록 도와야 한다. 미아는 자전거 핸들에서 한 손을 떼고 손바닥의 굳은살을 엄지로 쓸었다. 나는 전사야. 할 수 있어. 그렇지?

12장
귀뚤귀뚤 챌린지

토요일 아침, 엄마는 시청 공원의 농산물 시장까지 차로 미아와 클로버를 데려다주었다. 장터가 문을 닫은 뒤에도 클로버와 처치 스트리트에서 오후를 보내다 가고 싶다는 미아의 말에, 엄마 아빠는 끝나고 걸어서 집으로 오면 되겠다며 허락했다. 미아가 말하지 않은 부분은 클로버와 양말을 사고 아이스크림을 먹는 것이 아니라 귀뚜라미 판촉 활동을 할 것이라는 사실이다. 심지어 할머니와 대니얼, 그리고 창업 캠프의 다른 누구에게도 말하지 않았다. 아무도 모르는 계획으로 남겨 두면 설사 실패해도 비웃음 당하지 않을 테니까.

"왔구나!"

대니얼이 장터 부스에서 손을 흔들었다. 대니얼은 부스에 이미 파란 식탁보를 깔고, 식용 곤충이 영양학과 생태계 보호 측면에서 매우 이롭다는 것을 설명하는 안내지를 배열해 두었다.

"내가 적어도 정오에는 자리를 떠야 하지만 그 전엔 같이 있을 거야. 귀뚜라미 좀 팔아 볼 준비 됐어?"

"됐죠!"

미아와 클로버는 귀뚜라미 시식대를 마련했다. 조그만 종이컵을 한 줄로 늘어놓고 그 안에 시식용 귀뚜라미를 몇 개씩 담아 두었다.

겨우 9시인데도 장터는 부산했다. 농부들이 케일과 애호박 상자를 가져와 내려놓았고, 레모네이드를 팔러 온 여자도 주스기 설치를 마쳤고, 히말라야 음식점은 모모를 찌고 있었다. 미아는 '귀뚤귀뚤 챌린지' 현수막을 거는 클로버를 도우며 그 냄새를 맡았다. 너무 긴장되어 아침을 먹지 않았는데 이제 배가 고팠다.

"모모 먹기에는 너무 이른가?"

미아가 묻자 클로버는 이렇게 대답했다.

"모모 먹기에 너무 이른 시간이란 없지."

장터가 공식적으로 열리는 10시가 되기 전에 둘은 모모 한 접시를 사서 나누어 먹었다. 그 음식점을 운영하는 가족이 할머니 집 근처에 살고 있어서 미아와는 꼬마 때부터 아는 사이였다.

"감사합니다, 도지!"

미아는 입안 가득 그 쫄깃 매콤하고 환상적인 만두를 물고 귀뚜라미 부스로 돌아왔다.

10시가 되기 조금 전부터 손님들이 도착하기 시작했다. 대니얼은 휴대폰을 두고 왔다며 차로 달려갔다.

"대니얼은 오늘 정말 경기가 있는 걸까, 아니면 이번에도 몰래 누굴 만나는 걸까?"

미아는 대니얼이 멀어지자 클로버에게 물었다.

"나도 그 생각 들었지. 그런데 진짜로 경기가 있더라. 내가 인터넷으로 확인해 봤어."

클로버는 휴대폰을 들어 보였다. 그러고는 미아의 옆구리를 살짝 찌르더니 부스로 다가오는 가족을 가리키며 말했다.

"손님이야!"

가족 중 엄마가 이런 말을 했다.

"식식용 귀뚜라미? 와, 우리 카멜레온 프랭클린을 데려왔더라면 이거 딱이었겠네."

아빠로 보이는 사람은 웃어 넘겼지만 아이들은 흥미로워하는 눈빛이었다. 미아는 지금이 기회임을 느꼈다. 가슴이 마구 뛰고 배 속에선 아까 먹은 모모가 울렁였다. 하지만 숨을 깊이 쉰 다음, 지금 「투자 오디션」에 출연해 투자자들에게 귀뚜라미 사업의 가치를 설명하는 중이라고 상상했다.

"사실, 귀뚜라미는 새로운 슈퍼 푸드이기도 해요."

귀뚜라미의 단백질, 환경에의 이로움 등을 차례로 다 설명한 다음, 미아는 이렇게 마무리했다.

"시식해 보시겠어요? 오늘은 바다 소금 맛이랑 마늘 맛, 바비큐 맛, 메이플 시럽 맛으로 준비했어요."

"나는 바비큐 맛!"

가장 작은 꼬마가 말했다. 미아는 아이의 부모에게 물었다.

"아가한테 이거 줘도 될까요? 조개류 알레르기 있거나 한 건 아니에요?"

부스에 알레르기에 대한 경고 표지판을 세워 두긴 했지만, 부모의 허락 없이는 아이들에게 귀뚜라미를 주지 않는 게 좋겠다고 판단했다. 아빠가 아이에게 말했다.

"나한테 먹으라는 것도 아니고 뭐, 먹고 싶음 먹어 봐."

미아는 꼬마 여자아이에게 귀뚜라미가 담긴 작은 컵 하나를 내밀었고, 아이는 몽땅 한입에 털어 넣었다.

"맛있어!"

"나도 좀 먹어도 돼?"

좀 더 큰 남자아이가 물었다. 이내 아이들 모두와 엄마가 바비큐 맛 귀뚜라미를 짭짭 먹고 있었다. 클로버가 아이들 아빠에게도 컵 하나를 내밀었다.

"하나 맛보실래요? 부담 드리려는 건 아니고, 소외감 느끼실까 봐서."

"먹어 봐, 아빠! 바삭바삭해!"

작은 여자아이가 외쳤다. 아빠는 귀뚜라미를 경계하는 표정을 지어 보였지만 이내 고개를 끄덕였다.

"음, 나는 이왕이면 메이플 시럽 맛으로 될까? 메이플 시럽의 고장, 버몬트주에 왔으니까."

미아가 메이플 시럽 맛 귀뚜라미를 건넸고, 아이들 아빠는 귀뚜라미 딱 한 마리를 두 손가락으로 집어 들었다. 고개를 젖히고 입 바로 위에 대롱대롱 들고는, 겁내는 표정을 지으며 아이들을 보았다.

"먹어야 돼, 아빠!"

꼬마 여자아이가 소리쳤고, 이어 온 가족이 같이 외쳤다.

"먹어 봐! 먹어 봐!"

그 소리가 시끌시끌해 구경꾼들이 모였고, 아이들 아빠는 더 과장된 표정을 지었다.

그 연기를 보자니 미아는 우스꽝스레 사진 포즈를 잡던 일라이의 모습과 함께 '귀뚤귀뚤 챌린지'가 생각났다.

"잠시만요!"

아이들 아빠가 장난을 끝내고 정말로 귀뚜라미를 먹으려는 순간, 미아가 외쳤다.

"드시기 전에 이 현수막 앞에서 사진 찍으시면 어때요? 그러면 '귀뚤귀뚤 챌린지'에 참여하시는 거거든요!"

그는 흔쾌히 사진을 찍었다. 그다음엔 온 가족이 현수막 아래에 모여 더 많은 귀뚜라미를 들고 포즈를 취했다. 아이들 엄마가 말했다.

"이 사진 크리스마스 카드에 쓰면 재미있겠네."

"주변 분들이랑 나눠 드실 것 좀 사 가시겠어요?"

클로버가 이렇게 말하고는 오 달러짜리 바비큐 맛 귀뚜라미 한 통을 흔들었다.

"사 가면 안 돼, 엄마?"

꼬마 여자아이가 물었다.

"그러자."

엄마는 가방으로 손을 넣었고, 그 가족이 종류별로 하나씩 귀뚜라미 세 통을 사 가지고 떠날 때쯤 부스 앞에는 기다리는 사람들의 줄이 생겼다. 도지네 모모를 사려는 줄보다도 길었다. 부스로 돌아온 대니얼이 두 눈썹을 올리곤 미아와 클로버에게 엄지를 들어 보였다.

"저 현수막 진짜 좋은 생각이다. "

곧바로 손님맞이에 합류한 대니얼은 귀뚜라미 셀카를 찍으려는 사람들을 도왔다.

애나도 가족과 함께 부스를 찾았다. 온 가족이 사진을 찍고 싶어 했다.

"만나서 반갑다."

애나의 아빠가 바비큐 맛 귀뚜라미 한 통 값을 치르며 말했다.

"새로 사귄 친구가 재미난 프로젝트를 한다며 우리 애나가 애기를 많이 했는데, 나는 눈으로 봐야 믿기겠더라고."

미아는 애나가 자기를 벌써 친구라고 부른 게 기뻐서 웃음이 번지는 걸 참을 수 없었다.

"애나가 만드는 채집 로봇이 저희 사업 계획에서 아주 중요한 부분이에요."

애나의 엄마가 고개를 끄덕이고는 말했다.

"그 사업 계획서 우리도 어젯밤에 봤어."

"언니가 몇 가지 문제 해결하는 걸 도와줬어."

애나가 초콜릿 크루아상을 한입 가득 우물거리는 언니 쪽으로 고갯짓을 했다.

"부품 몇 가지가 더 필요하긴 한데, 곧 로봇을 실연해 보일 수 있을 거야."

애나는 어깨너머 길어지는 줄을 흘깃 보고 말했다.

"우리 이제 너희 놔 줘야겠다. 팬들이 기다려!"

미아와 클로버는 손을 흔들어 인사하고 일자리로 돌아갔다. 사람들이 '귀뚤귀뚤 챌린지'에 참여하는 모습이 어찌나 재미있어 보이는지, 미아는 얼마나 긴장했는지도 잊어버리고 함께 웃었다. 이따금 일행들이 빠짐없이 '귀뚤귀뚤 챌린지' 사진에 담길 수 있도록 미아가 부스 밖으로 나가 사진을 찍어 주었다. 한 여자 손님도 미아에게 사진을 찍어 달라고 부탁했다. 자기가 타고 온 자전거도 사진에 나왔으면 좋겠다며 말이다.

"자, 찍었습니다!"

미아는 휴대폰을 돌려주면서 귀뚜라미 농장 홈페이지가 적힌 명함도 건넸다.

"좋은 하루 보내세요!"

막 부스로 돌아온 클로버가 손님을 보낸 미아의 팔을 꽉 붙잡았다.

"방금 그 사람 누군지 알아?"

미아는 도리질을 했다.

"재키 오바산조!"

미아가 반응이 없자 클로버는 설명했다.

"시장! 너 방금 **시장**한테 '귀뚤귀뚤 챌린지' 사진 찍어 준 거야!"

"어…… 우아!"

자전거를 끌고 장터 사람들 사이를 걸어가는 오바산조 시장을 미아는 발뒤꿈치를 들고 쳐다보았다.

"몰랐어. 우리가 여기 살 땐 브렛 커닝햄이 시장이었거든."

"이번에 브렛 커닝햄한테 맞서는 후보로 나와서 이긴 거야. 완전 멋진 사람이야. 내가 팔로우하는데……. 잠시만……."

클로버가 제 휴대폰을 꾹꾹 누르다가 헉 하고 놀랐다.

"야, 이것 봐!"

미아는 휴대폰을 받아 들었다.

"우아!"

오바산조 시장이 방금 미아가 찍어 준 사진을 SNS에 올린 것이 보였다. 이런 설명과 함께.

'벌링턴 농산물 장터를 찾은 즐거운 날! 혁신적인 우리 고장 기업의 맛있는 바비큐 맛 귀뚜라미도 맛봄. 기회가 되면 방문해 보시길! #귀뚤귀뚤 챌린지 #버몬트 농산물'

"할머니 농장 홈페이지도 링크해 줬네!"

클로버는 제 휴대폰을 되찾아 가며 말했다.

"이 사람 팔로워가 육만 명이야! 엄청난 거야, 미아!"

그때 대니얼이 외쳤다.

"어이! 줄이 긴데 와서 좀 안 도와줘?"

미아와 클로버는 휴대폰을 넣고 돌아가 줄 선 사람들을 맞이했다. 그리고 이어지는 세 시간 동안 시식 컵을 채우고, 사진을 찍어 주고, 귀뚜라미 농장 안내지를 나누어 주고, 귀뚜라미를 팔았다. 대니얼은 예정대로 정오에 떠났지만, 장터가 마무리될 때쯤 제임스가 올 테니 염려 말라고 했다. 야구 경기에 가기 전 들러 현수막과 돈 등 모든 짐을 싣고 갈 것이라고 말이다.

제임스가 도착한 2시 무렵엔 미아와 클로버가 귀뚜라미를 다 팔고 난 뒤라, 남은 것은 바다 소금과 마늘 맛 귀뚜라미 한 통뿐이었다. 그 한 통마저 짐을 싸고 있을 때 도지가 사 가 버렸다.

클로버가 챌린지 현수막을 말면서 미아에게 말했다.

"장터에서의 임무는 성공적이었어. 오늘 임무의 2막 시작할 준비 됐어?"

"준비됐지! 처치 스트리트로 가 보자!"

파란 식탁보를 개어 제임스의 트럭에 실으면서, 미아는 참 재미있다는 생각이 들었다. 딱 다섯 시간 전까지만 해도 남의 가게에서 귀뚜라미 이야기를 한다는 생각만으로 속이 울렁거렸는데, 이젠 아무 일도 아닌 것처럼 느껴지는 것이 말이다. 어쩌면 정말로 조금씩 클로버를 닮아 가고 있는지도 몰랐다. 게다가 그 멋진 벌링턴의 새 시장도 좋아했는데, 감히 누가 우리의 귀뚜라미를 싫어할까?

13장
귀뚜라미 사세요

직접 해 보니, 귀뚜라미를 메뉴에 넣어 보라고 가게 주인을 설득하는 일은 귀뚜라미를 먹고 셀카를 찍으라고 사람들을 설득하는 일보다 어려웠다. 우선, 주인이 가게에 없는 경우가 태반이었다.

"그런 얘기는 월요일에 토니 나오면 하도록 해."

한 스포츠 관람형 술집을 지키고 있던 남자의 말이다.

"크리스티나가 내일이나 되어야 올 텐데."

한 멕시코 음식점 종업원도 이렇게 말했다. 너무 바빠 이야기를 나눌 수 없다는 사장도 둘이나 있었고, 앤더슨 호프집의 로이는 무릎 수술을 하러 갔다고 했다.

"로이가 무릎 수술을 하면 세상도 정지되나."

앤더슨 호프집 앞 벤치에 미아와 함께 쓰러지면서 클로버가 말했다. 미아도 짜증이 났다. 할 말이 다 준비되어 있는데 "안녕하세요? 저는 그린마운틴 귀뚜라미 농장의 미아 반스라고 하는데요, 아주 좋은 기회를 소개해 드리고 싶어서요…….”까지밖에는 말해 보지 못했다.

둘은 양초 가게 바깥 가판대에서 레모네이드를 사 마셨다. 레모네이드를 홀짝이면서, 미아는 쇼윈도 너머 바닐라와 시나몬 향 양초들을 바라보았다. 양초에도 귀뚜라미를 넣을 수 있을까? 세상 누가 그러려고 할까마는, 절박하다 보니 든 생각이었다.

“우리가 가기로 했던 곳 중에서 어디 어디 남았어?”

미아는 클로버에게 물었다.

“‘톰과 해리 아이스크림’이랑 ‘마젤라 피자’, ‘조르다노 이탈리아 식당’, 그 프랑스 음식 가게, 그리고 ‘초콜릿샵’.”

“이번에 ‘초콜릿샵’ 가 보자.”

미아는 말했다. 그곳 사장도 팔꿈치 수술 따위를 하러 나가 있을지 몰라도, 적어도 가게를 나오면서 솔티드 캐러멜을 사 먹을 순 있을 테니.

들어서니 가게는 조용했다. 아마도 다들 길 건너 ‘톰과 해리 아이스크림’ 앞에 줄을 섰기 때문인 듯했다. 조리대에서는 한 종업원과 가족들이 땅콩버터 시식을 하고 있고, 계산대 앞에도 한 여자가 서 있었다. 미아가 그에게로 다가가 말했다.

“안녕하세요? 저는 그린마운틴 귀뚜라미 농장의 미아 반스라고 하는데요, 이 가게에 아주 도움이 될 기회 하나를 소개해 드릴까 해서요."

미아는 마음의 준비를 하고 잠시 멈추었다. 이 초콜릿 가게도 주인이 어디 외출하고 없다고 하겠지. 어쩌면 프랑스에서 새로운 초콜릿을 맛보고 있는지도.

하지만 계산대의 여자는 웃어 보이며 말했다.

"좋아, 해 봐! 나는 캐럴라인이고, 내가 여기 주인이야. 늘 신선한 아이디어를 찾고 있지."

놀라서 잠시 그저 바라만 보고 있는 미아를 클로버가 슬쩍 건드렸다. 미아는 정신을 차리고 말했다.

"귀뚜라미 초콜릿이라는 새로운 디저트를 손님들이 아주 좋아할 거예요."

미아는 귀뚜라미 농장 안내지도 한 장 꺼냈다. 그리고 연습한 모든 말을 고스란히 해냈다.

"귀뚜라미를 넣은 레시피를 시도해 보고 싶으시면 시식용 귀뚜라미를 좀 드릴 수도 있어요."

미아는 클로버와 함께 준비해 두었던 시식용 귀뚜라미 한 봉을 내밀었다.

"다양한 맛이 있는데, 초콜릿하고는 아마 기본 맛이 가장 잘 어울릴 거예요."

"흠⋯⋯."

캐럴라인은 봉지를 열어 몇 개 먹어 보았다. 이 사람은 장터 손님들과는 달랐다. 신중하게 씹어 보더니 고개를 끄덕이고, 가게 진열장 속 화려한 초콜릿을 가만히 쳐다보았다.

"혹시 초콜릿에 이런 시도를 한 사례가 있었는지는 아니? 만약 시도한다면 토핑으로 올리는 게 가장 좋을까? 트러플 초콜릿 위에 올린 귀뚜라미라든지 뭐 그런 식으로."

"흥미로운 질문이네요."

미아의 큰 손가방에는 귀뚜라미를 소스에 활용한 고급 음식점에 관한 기사가 가득했지만, 미아의 할머니를 제외하고는 초콜릿 위에나 속에, 또는 주변 어디에 귀뚜라미를 쓰는 경우를 알지 못했다.

"제 생각엔 귀뚜라미를 올린 트러플 초콜릿 좋을 것 같은데요."

그때 클로버가 뭔가 떠오른 듯 말했다.

"아, 여기서 쌀 과자 들어간 초콜릿 판매하시잖아요, 바삭바삭한 거."

캐럴라인이 고개를 끄덕이고 말했다.

"제일 잘 나가는 것 중 하나지."

"그 초콜릿에 쌀 과자 대신 귀뚜라미를 넣어 보시는 거예요!"

미아가 거들었다.

"귀뚜라미 크리스피라고 해도 되겠어요."

"아이디어 괜찮네!"

캐럴라인은 손에 든 시식용 귀뚜라미를 내려다보았다.

"이거 가지고 약간 만들어서 어떻게 되나 볼게. 만약 결과가 좋으면 이거 어디서 살 수 있어?"

"인터넷으로 주문하실 수 있어요."

미아는 홈페이지가 담긴 명함을 건넸다.

"시간 내주셔서 정말 감사합니다!"

신이 난 나머지 솔티드 캐러멜을 사 먹는 것마저 잊어버린 미아는 가게를 나서면서 클로버의 팔을 붙잡고 말했다.

"이 거리에서 우리 할머니 귀뚜라미가 들어간 초콜릿 크리스피를 판다면 얼마나 좋을까? 상상이 돼?"

"이분한테는 나중에 또 연락을 해야겠어."

클로버의 말에, 미아는 몇 주 뒤 연락하도록 메모했다.

다음으로 찾아간 '마젤라 피자'에선 가게 주인의 아들이 귀뚜라미 피자가 재미있는 아이디어라고 생각했지만 아버지 의견을 확인해 보아야겠다고 했다. 그러나 '톰과 해리 아이스크림'에서는 행운을 만났다. 그렇지 않아도 가게 주인들이 다가오는 핼러윈 시즌에 어울리는 아이스크림을 개발하려고 이런저런 아이디어를 내고 있었던 것이다.

"이거 완벽한데!"

해리가 말했다.

"바닐라 아이스크림을 베이스로 해서 토피 사탕하고 코코넛, 초콜릿 코팅한 귀뚜라미를 더하면 되겠어. 이름은 '귀뚤귀뚤 오싹 코코넛'!"

미아와 클로버는 해리에게 시식용 귀뚜라미 한 봉지와 명함을 건네고는 아이스크림콘을 주문했다. 미아는 '무지개 셔벗', 클로버는 '빙글빙글 초코 커피'.

둘이서 모든 일정을 마치고 미아네 집에 왔을 때, 미아 아빠는 스파게티 삶을 물을 올리고 있었다.

"소금 어디 있는지 아는 사람?"

아빠가 묻자 미아는 대답했다.

"사슴 뒤를 봐."

"뭐?"

사슴이라는 말에 놀란 엄마는 주위를 둘러보다 조리대 한구석에 놓인 체조 선수 사슴을 발견했다.

"왜 이게 우리 양념 선반 앞에 앉아 있어?"

"미안. 내가 가져다 놨어."

사실 미아는 그 체조복 입은 인형을 제 방에 두기 싫었다. 다시는 할 수 없게 된 일과, 또 다른 일들이 떠오르는 것이 싫었다.

"할머니랑 오늘 연락했어?"

미아가 묻자 아빠가 답했다.

"응. 집에 오는 길에 들렀는데 초파리는 이제 통제가 됐대. 그리고 그 초파리가 귀뚜라미 질병을 옮기지 않아서 다행이라고 하시더라."

"귀뚜라미도 질병이 있어?"

"그렇대. 얘기해 주셨는데 그 이름이…… 뭐였지?"

엄마가 대답했다.

"귀뚜라미 마비병."

"맞아. 어떤 귀뚜라미 농장이 그 병 때문에 초토화되기도 했나 봐. 그 바이러스가 우리 농장에 들어오면 끝장이라고 하시더라."

"귀뚜라미를 새로 키우면 되지 않아?"

"안 된대. 거기 체 좀 건네줄래?"

아빠는 스파게티를 냄비에 넣었고, 수증기가 아빠의 얼굴로 올라갔다.

"그 바이러스가 구석구석 안 퍼지는 데가 없어서 말야. 퀘벡에 있는 귀뚜라미 농장도 얼마 전 그 바이러스가 돌아서 키우던 귀뚜라미를 다 잃었대. 그러고는 농장 전체를 싹 청소하고 새 귀뚜라미 알을 들여왔는데 부화하자마자 또 그 병에 걸렸다는 거야."

"와……. 그래도 초파리는 그 병 안 옮긴다는 거지?"

"사실 옮길 수도 있어. 그런데 할머니는 이번에 들어온 초파리들이 실험실에서 만들어진 거라고 보셔. 그래서 깨끗할 수밖에 없다는 거지. 그렇게 많은 초파리를 자기 부엌에서 묵힌 바나나 같은 걸로 키울 순 없으니까."

아빠가 치즈를 집으러 고개를 돌리는 사이 클로버가 미아를 보며 속삭였다.

"엄청나게 큰 부엌이 있다면 가능하지."

미아는 클로버가 두 눈을 커다랗게 뜨는 이유를 깨달았다. 쳇 파츠워스가 자신의 식품 가공 공장에서 초파리를 키우고 있다면?

미아는 고개를 끄덕였다. 다음 주에 클로버와 그 공장에 가 볼 때 이 점을 염두에 둘 것이다. 적어도 지금 할머니의 농장은 안전하다.

제 스파게티 위에 소스를 두르며 클로버가 말했다.

"귀뚜라미를 키우다가 잘못될 수 있는 일이 그렇게나 많다니 참 놀랍네."

"맞아."

미아도 스파게티에 치즈를 뿌리고 먹기 시작했다. 그러다 귀뚜라미 단백질 분말을 넣은 파스타 맛은 어떨까 궁금해졌다. 그 생각을 하다 보니 처치 스트리트에서 보낸 오늘 오후와 '귀뚤귀뚤 챌린지'를 열었던 오전이 떠올랐다.

미아는 클로버에게 웃어 보이고 말했다.

"그래도 일이 잘될 때도 있잖아."

14장

분홍색 운동화를 신은 스파이들

월요일 오후, 미아와 클로버는 파츠워스의 식품 가공 공장 쪽으로 자전거 페달을 밟았다.

"침입하기 전에 바깥에서 먼저 살피고 파악해야······."

"침입?"

미아는 자전거를 세우고 클로버를 빤히 보았다.

"괜찮아."

이렇게 대답한 클로버는 공장 주변의 산울타리 뒤로 자전거를 끌고 들어가더니 미아에게도 들어오라고 손짓했다.

"문 따고 들어가려는 건 아니야. 내가 읽는 책에 팔로마라는 여자애가 나오는데, 개도 폐장 시간 지난 박물관에 친구들이랑 들어가면서 문이나 창문을 따지는 않아."

"그래야지."

미아는 책 속 팔로마가 상식적으로 군 데 고마움을 느꼈다. 그 애가 창문을 깨고 들어가기라도 했더라면 클로버가 미아와 같이 실행하려고 품은 계획이 무엇이었을지 장담할 수 없었다.

"걔들이 쓴 방법이 뭐냐면, 직원들이 퇴근하는 순간을 노려서 뒷문을 몰래 열어 둔 거였어. 그러고는 나중에 다시 가서 열린 뒷문으로 들어간 거야. 잠금장치를 건드리거나 부술 필요 없이."

"그러니까 너도 그렇게 하겠다는 거야? 오늘?"

"아니, 내일. 오늘은 여기가 몇 시부터 텅 비는지 알아내기만 하면 돼."

클로버는 허리에 묶었던 재킷을 풀어 땅에 작은 둥지를 만들었고, 둘은 그 위에서 수풀 사이로 공장의 뒷문을 보았다. 가방에서 조그만 쌍안경을 하나 꺼내며 클로버가 말했다.

"지금 4시 반이야. 퇴근 시간은 아마 5시일 거야."

과연 몇 분 뒤 뒷문이 열리고 직원 두 명이 나왔다.

"좋았어."

클로버가 쌍안경을 내리면서 속삭이자, 미아가 물었다.

"뭐가 좋아?"

"뒷문이 저절로 닫히는 종류야. 그런데 느리게 닫히지. 아마 직원들이 뭔가 운반하고 그럴 때 문이 확 닫혀 버리지 않도록 고른 문이겠지. 덕분에 우리가 문틈에 돌 같은 걸 괴어 놓을 시간이 넉넉해. 그런 다음에……. 쉿! 더 나온다."

미아는 더 많은 사람이 그 문에서 나와 각자의 승용차로 가는 모습을 지켜보았다.

"일곱…… 여덟…… 아홉……."

작은 소리로 세던 클로버가 정문을 보며 날카롭게 속삭였다.

"어, 저 문 봐! 파츠워스야!"

회사 홈페이지의 사진으로 본 바로 그 쳇 파츠워스였다. 그가 반짝이는 빨간 컨버터블 승용차를 몰고 사라졌다.

"한 명 더 있을 거야. 직원이 열 명이거든."

그것도 이미 클로버가 홈페이지에서 확인한 사실이었다. 아니나 다를까, 키 큰 대머리 남자가 나오더니 마지막 차를 몰고 사라졌다. 클로버가 휴대폰을 보았다.

"5시 반밖에 안 됐네. 우리 일을 완수할 시간이 넉넉하겠어."

"우리 일……이 뭐라고 했지?"

"증거 찾기. 추리 소설 악당들은 꼭 부주의한 행동을 해. 파츠워스는 너희 할머니 농장을 건드린 걸 단단히 후회하게 될 거야."

클로버가 꼭 자신이 읽는 추리 소설 속 근성 있고 터프한 탐정처럼 말했다. 미아도 그런 자신감을 갖고 싶었지만, 현실은 추리 소설의 법칙대로 흘러가지 않을 터였다.

그럼에도 다음 날 전사 캠프가 끝난 후, 미아는 클로버와 자전거를 타고 식품 가공 공장으로 돌아왔다. 둘은 자전거를 수풀에 숨기고 자리를 잡은 채 기다렸다.

"어! 일찍 나가네."

클로버가 속삭였다. 4시 반밖에 되지 않았는데 파츠워스가 문으로 나왔다.

"좋은 저녁 보내게!"

아직 안에 있는 누군가에게 쩌렁쩌렁한 목소리로 말한 파츠워스가 승용차를 타고 멀어졌다.

"어디 가는 걸까?"

"할머니가 아직 농장에 계시고 대니얼도 같이 있어. 지금은 아무 짓도 하지 않을 거야."

다른 직원들도 공장에 오래 남아 있지 않았다. 아홉 번째 직원이 떠난 후 클로버는 말했다.

"저 차가 마지막으로 나가는 직원의 차일 거야."

클로버는 뒷문 모퉁이 가까이에 있는 초록색 스바루 자동차를 가리켰다.

"완벽해. 그 직원은 나오자마자 모퉁이를 돌아 차로 갈 거니까 그때 내가 달려가서 문틈에 뭘 끼우면 돼."

클로버가 적당한 크기의 나무 조각을 하나 주웠다.

"이거면 되겠다."

클로버는 수풀 가장자리로 기어가, 달리기 선수처럼 출발 준비 자세를 하고는 건물을 쳐다보았다.

5시 정각이 되었다. 그리고 5시 5분……, 5시 10분. 문은 열리지 않았다. 미아는 자세를 고쳐 바닥에 두 무릎을 괴었다. 오른발에 이미 감각이 없었다.

"클로버, 아무래도……."

"쉬이잇!"

바로 그때 문이 열리고 한 남자가 휴대폰을 귀에 댄 채 나왔다. 그 남자가 모퉁이를 돌자마자 클로버는 달려나갔다.

미아는 숨이 턱 막혔다. 심장이 쿵쿵거리는 소리가 어찌나 요란한지 차로 가던 그 남자가 듣고 돌아볼까 두려웠다.

하지만 클로버는 이미 그의 시야가 닿지 않는 곳에 다다라, 천천히 닫히는 중인 문으로 발소리 없이 달리고 있었다. 그래도 그 문이 멀리 있어, 클로버가 정말 성공할지 확신할 수가 없었다.

문이 닫혀 버리기 직전, 클로버가 초인처럼 속도를 내어 문고리를 붙들고 문틀과 문 사이에 나무 조각을 괴었다. 그런 다음 마치 고양이처럼 빠르게 벽을 따라 달려와 수풀 속 미아 곁으로 뛰어들었고, 그 순간 그 남자의 차에서 시동 걸리는 소리가 들렸다.

"너 대단하다."

달린 것은 클로버인데 거친 숨을 쉬는 건 미아였다.

클로버는 씨익 웃었고, 둘은 멀어져 가는 스바루 승용차를 바라보았다. 조용해질 때까지 잠시 기다린 클로버가 말했다.

"가자."

둘은 문으로 달렸다. 먼저 간 클로버가 문을 잡은 채 어서 오라고 손짓해, 미아는 서둘렀다. 그리고 미아가 안으로 들어선 순간, 불이 환히 켜졌다.

미아는 그대로 굳었다.

클로버도 마찬가지였지만 이내 벽에 있는 조명을 가리키면서 속삭였다.

"괜찮아. 움직임을 감지해서 자동으로 켜진 거야. 사실 밝은 게 우리한테도 도움이 되지."

미아는 클로버를 따라 공장을 가로지르는 길고 빛나는 작업대 옆을 지나갔다. 공장 안은 온통 스테인리스로 되어 있었다. 조리대, 오븐, 컨베이어 장치.

미아는 파츠워스가 할머니 편이 아닌 것이 안타까웠다. 귀뚜라미 채집의 어려움도 이런 공장을 가진 사람이라면 손쉽게 해결할 수 있을 텐데.

"이쪽으로."

클로버가 어느 통로로 미아를 이끌었다. 머리 위엔 온갖 크기의 파이프가 십자로 늘어서 있고, 안쪽 벽에는 무언가가 담긴 거대한 스테인리스 탱크 여섯 개가 나란히 놓여 있었다.

머리 위의 환풍기가 갑자기 돌아가자 미아는 기절할 듯 놀랐다. 클로버는 조리대와 줄지은 기계 사이를 돌아다니며 물었다.

"뭐 이상하게 보이는 거 있어?"

"전부 다 이상하게 보여."

"증거가 보이냔 말이지."

"안 보여."

미아에게 보이는 것은 반짝이는 수많은 식품 가공 장비뿐이었다. 느껴지는 것은 너무 거센 심박과 가쁜 숨, 캠프에서 마신 게토레이로 울렁거리는 배 속뿐이었다.

"클로버, 나 불안해 죽겠어. 우린 여기 들어와 있으면 안 돼."

"문 따고 들어온 것도 아니잖아."

"그래도 무단 침입이야."

"금방 나갈 거잖아. 얼른 한 번만 둘러보고 나가자. 초파리 키울 만한 데가 있나 찾아보고."

"설마 빵 포장하는 곳에서 초파리를 키우겠어?"

"남의 농장을 망치려 하는 인간이 식품 위생을 생각할 양심이 있을까?"

말이 된다.

"그건 그렇지만……."

그 순간 쿵 하고 뭔가 부딪히는 소리가 났다. 미아는 걸음을 멈췄다.

"차 문 닫는 소리야?"

"뭐?"

클로버도 멈춰 섰다. 건물 앞문이 쾅 닫히는 소리가 났다. 그리고 발소리.

숨을 멈춘 미아가 클로버를 보았다. 뒷문으로 달려야 하나? 누군가가 이 가공실에 들어온다면 들킬 수밖에 없다.

"여기!"

클로버가 미아의 손목을 잡고는 벽 가까이에 줄지은 스테인리스 탱크 뒤로 잡아당긴 순간, 또 하나의 문이 열리고 닫혔다.

"누구 있나?"

커다란 냉장고 건너편에서 찌렁찌렁한 목소리가 들려왔다. 파츠워스의 목소리가 분명했다.

미아는 숨을 참았다.

이어지는 발소리.

뚜벅…… 뚜벅…… 뚜벅…….

클로버가 팔꿈치로 미아를 찌르더니 제 발과 미아의 발을 황급히 가리켰다.

내려다본 순간 미아의 심장이 트램펄린을 뛰어 목구멍까지 올라왔다. 스테인리스 탱크 밑부분이 바닥에서 떠 있기 때문에 바닥까지 삼십 센티미터 정도 공간이 있었다. 파츠워스가 이쪽을 쳐다본다면 미아와 클로버의 신발이 보일 것이다. 게다가 미아가 신은 건 그냥 신발이 아니다. 왜 이렇게 생각이 없었을까? 무슨 탐정이 염탐을 하러 오면서 진분홍 하이탑을 신는단 말인가.

미아는 겁에 질린 눈으로 클로버를 보았다. 클로버는 입술에 손가락을 댄 다음 둘의 머리 위에 있는 파이프를 가리켰다. 잠시 그대로 있던 클로버는 파츠워스의 발소리가 다시 멀어지자 뛰어올라 파이프 하나를 붙잡아 매달렸고, 탱크 아래를 내려다봐도 발이 안 보이도록 무릎을 들어 올렸다. 고갯짓으로 미아에게도 똑같이 하라고 신호했다.

생각할 겨를이 없었다. 미아도 뛰어올랐다. 파이프에 매달린 미아가 스테인리스 탱크와 벽 사이의 공간에서 흔들거릴 때, 다시 발소리가 가까워졌다. 그리고 파츠워스의 휴대폰이 울렸다.

"여보세요?"

그의 발소리가 가깝게 들리다가 멈췄다.

"아니 잠깐 돌아올 일이 있었는데 불이 켜져 있더라고. 그래서 둘러보고 있지……."

"그러게……."

미아의 팔이 흔들리기 시작했다.

"맞아……."

"뭐, 전에도 한 번 이랬는데 어쩌다 다람쥐 한 마리가 들어온 거더라고. 그래서 뭐……."

"하! 무슨 소리……. 초파리에 센서 등이 켜지진 않지."

클로버가 헉 숨을 들이켰다. 미아는 파츠워스가 뱉은 말에 충격을 받을 틈도 없었다. 땀에 젖어 화끈대는 두 손이 미끄러질 것만 같았다. 두 팔이 어깻죽지에서 빠져 버릴 것만 같았다. 도대체 파츠워스는 언제까지 저기에 서 있을까?

156

"그러게 말이야. 그럼⋯⋯."

버텨, 버텨. 미아는 속으로 되뇌었다.

오른손의 굳은살이 갈라지는 것이 느껴졌다. 미아는 스스로에게 말했다. 전투의 상처야, 버텨.

버텨.

"응, 별문제 없어 보이네⋯⋯."

미아는 끝까지 버티지 못할 것 같았다. 손이 미끄러웠다. 팔이 불타는 것 같았다.

버텨.

"그래⋯⋯. 곧 보자고."

다시 발소리. 크게 나더니 다시 작아지기 시작했다.

아직 아니야. 좀 더. 좀 더.

문이 쾅 닫히는 소리가 들리자마자 미아는 바닥으로 떨어졌다.

역시 바닥으로 내려온 클로버가 미아의 팔을 붙잡고 "나가자." 하고 속삭였다. 먼저 벽을 따라 뒷문으로 다가간 클로버는 문을 아주 조금 열었다.

"차 떠나고 없어."

클로버는 미아에게 나가라고 손짓했다. 둘은 자전거를 향해 내달렸고, 자전거 페달을 밟아 집까지 반쯤 갔을 때 클로버가 불쑥 내뱉었다.

"미아, 방금 정말 끔찍했고, 내가 정말 미안해. 대단한 탐정이라도 되는 것처럼 해 놓고는 그렇게……. 미안해.”

클로버의 뺨으로 눈물이 한 줄기 흘러내렸다.

미아는 아직도 팔이 화끈거렸고, 이제는 가슴에서도 불이 나는
듯했다. 하지만 그 감정은 클로버를 향한 것이 아니었다.

“파츠워스가 전화로 하는 말 들었어?”

미아가 묻자 클로버가 코를 훌쩍이곤 말없이 고개만 끄덕였다.
미아는 말했다.

“게다가 웃기까지 했어!”

“그러게.”

클로버는 미아네 집으로 이어지는 길로 올라서면서 미아를 보
았다.

“너 나한테 화 안 났어?”

“화는 저 공장 주인한테 났지.”

미아가 자전거를 차고 옆에 세웠다. 클로버는 말했다.

“그래도 이젠 확실히 알았잖아. 누군가에겐 말을 해야만 해. 안
그래?”

미아는 망설였다.

“말하려면 우리가 그 공장에 들어간 것도 말해야 되잖아.”

“우리가 문을 딴 것도 아니고…….”

미아가 한 손을 들었다.

“허가 없이 들어갔잖아.”

미아는 긴 숨을 내뱉은 다음 이어 말했다.

"이제 우리가 알았으니까, 다시는 그 작자가 우리 할머니 농장 못 해치게 지키면 돼. 감시 카메라 같은 거 달 수 있는지도 할머니한테 여쭤볼게."

아직 자전거에서 내리지 않은 클로버에게 미아가 물었다.

"저녁 먹고 갈래?"

"바로 가는 게 낫겠어."

클로버가 휴대폰을 들어 보였다.

"캠프 끝나고 내가 문자를 안 해서 엄마들이 벌써 화났어. 그래도 내일 아침에 보자, 알았지?"

"그래, 그러자."

미아가 집에 들어가니 부엌에서 고기찜 냄새가 났고, 엄마는 샐러드를 만들고 있었다.

"늦게도 오네! 조금만 더 늦으면 수색대라도 보내려고 했다."

"캠프 끝나고 자전거 좀 탔어."

거짓말은 아니었지만 말하지 않은 진실 때문에 찔렸다.

"상 차리는 거 도와줄까, 엄마?"

"고맙지. 손부터 씻어."

엉망이 된 손바닥에 따뜻한 물이 흐르자 미아는 숨을 참았고, 엄마가 그 손을 보았다.

"이야, 전사 캠프 장난 아닌가 보다."

"응. 오늘 봉에 좀 오래 매달렸어."

적어도 이 부분은 사실이었다.

그 순간이 다시 미아의 머릿속에서 액션 영화처럼 고스란히 흘렀다. 아직도 잘 믿기지가 않았다. 미아 반스와 그 친구가 현실에서 스파이 임무를 완수했다. 초파리의 진실을 밝혀냈다. 거의 붙잡힐 뻔했다가 클로버의 빠른 판단으로 파이프 사이로 숨었다.

그리고 미아가 매달려서 버텼다.

버텨 냈다.

할 수 있다고 생각한 것보다 더 오래.

15장

무시무시한 도넛과 만만찮은 계획

그 후 삼 주 동안 많은 일이 일어났다. 미아는 할머니에게 감시 카메라 이야기를 해 보았지만 할머니는 그만한 비용을 들일 형편이 전혀 안 된다고 했다. 새로운 투자자를 찾아야만 설치할 수 있다는데, 할머니는 여전히 투자 회의를 잡고 있기는 해도 전처럼 희망차 보이지 않았다. 하루는 미아가 에이든의 '뜻있는 쿠키' 레시피에 응용할 귀뚜라미 분말을 사겠다고 하자, 할머니는 돈을 받지 않겠다고 했다. 미아가 돈을 내겠다고 고집하니 할머니는 코웃음을 웃고, 빚이 사만 달러면 이십 달러짜리 귀뚜라미 파우더쯤은 걱정하지 않게 된다고 말했다.

미아는 클로버와 함께 찾아가 홍보한 가게들에서 부디 귀뚜라미 주문이 들어오길 바라 왔다. 문제를 다 해결할 만큼은 아니어도 도움이 될지 모르니까. 미아는 그 피자 가게와 '초콜릿숍'에 또 연락을 해 보자고 메모해 두었다. 이제 미아는 가게 사장들과의 대화가 힘들거나 걱정되지 않았고, 클로버와 함께하는 영업 전화를 꽤 즐기게 되었다.

엄마에겐 절대로 인정하지 않을 셈이었지만, 사실 미아는 캠프도 둘 다 무척 즐기고 있었다. 전사 캠프에서 자기 한계를 시험하고 나면 몸에서 느껴지는 기분이 좋았다. 아프고 피곤했지만 동시에 강해진 기분이 들었다. 흰 벽이나 링 코스는 아직 시도하지 않아도 쿼드 스텝은 거의 끝까지 가게 됐고, 실내 암벽 등반 실력도 점점 늘고 있었다.

저마다 아이디어를 잔뜩 품고 나타나 서로를 응원하는 창업 캠프의 정신 없는 분위기도 좋았다. 미아와 클로버와 애나는 이제 거의 매일 함께 작업했다. 애나의 지도에 따라 클로버와 미아도 귀뚜라미 로봇의 전선 납땜을 도왔다. 조야 선생님은 이 셋을 '사업가 삼총사'라고 불렀다.

"전체 회의 할 테니까 모여!"

'버몬트 유소년 창업 대회'가 열리는 주의 월요일 아침이었다.

"너희들 할 일 시작하기 전에 알려 줄 게 있어."

"저 여기서 들어도 돼요?"

이미 제 노트북 컴퓨터 앞에 앉아 있던 일라이가 물었다.

"돼, 아침 먹고 싶은 맘 없으면."

선생님이 초록색과 흰색 줄무늬가 그려진 커다란 상자를 열었다.

"버몬스터 도넛 사 오셨네요!"

일라이는 노트북을 탁 닫아 버리고 달려가 코코넛 가루가 뿌려진 거대한 초콜릿 도넛을 입으로 가져갔다.

"와!"

미아는 감탄을 내뱉었다. 크기가 지금까지 본 도넛들의 두 배는 되었다. 클로버가 메이플 시럽이 덮인 제 얼굴만 한 도넛을 집으면서 미아에게 설명했다.

"버몬스터는 작년에 체리 스트리트에 문을 연 도넛 가게야. 홍보 문구가 '무시무시하게 맛있는 도넛'."

"하!"

미아는 설탕 분말을 반 봉지쯤은 뿌린 것 같은 커스터드 크림 도넛과 공책을 가지고 클로버 옆에 앉아, 회의가 빨리 진행되길 기다렸다. 다른 아이들처럼 대회 준비로 바쁜 건 아니지만 할 일이 많았다. 할머니 농장의 오픈 하우스가 일주일밖에 남지 않아서 그 계획을 짜고 싶었고, 추가로 방문할 가게 목록도 업데이트하고 싶었다. 어쩌면 버몬스터 도넛 사장이 귀뚜라미 도넛을 만들어 보고 싶어 할지도. 미아가 공책을 펼칠 때 선생님이 말했다.

"우선은 일정 안내를 할게. 내일 다 같이 걸어서 버몬트 대학으로 갈 거야. '파이브 독 어패럴'이라는 기업의 회장이 하는 강연을 듣기 위해서."

"기업 회장이라고요? 그 남자 이름이 뭐예요? 무슨 이야기를 한대요?"

"그 **여자** 이름은 앤 마리 스팽글러야. 그 **여자**가 바로 여기 버몬트에서 첫 창업을 했을 때부터 지금의 커다란 의류 회사를 운영하기까지 어떤 과정을 거쳤는지 강연에서 이야기해 줄 거야. 버몬트 대학에서 여는 초청 강연 시리즈 중 하나지."

선생님은 클립보드를 내려다보았다.

"다음으로는 '버몬트 유소년 창업 대회' 이야기야. 음, 이 대회 말이야, 지금도 참가 신청을 할 수 있어."

이 말을 하면서 선생님은 미아를 보았다.

"단, 참가 신청을 하려면 목요일까지는 꼭 부모님 허가서에 서명을 받아 와야 해."

미아는 다시 공책을 보았다. 대회에 나갈 이유가 없었다. 이 대회는 미아를 제외한 모두가 오래 준비해 온 일이었으니까. 미아는 '**버몬스터에 방문하기 – 초콜릿 귀뚜라미 도넛?**'이라고 써넣었다.

하지만 클로버가 부모님 허가서를 미아 눈앞에 쓱 밀어 보이고는 대회의 평가 기준 부분을 톡톡 두드렸다.

"귀뚜라미 농장을 살리려는 네 계획, 이 대회에 딱이야. 너도 이 대회 나가자!"

대회 안내 사항을 훑어보니, 미아가 유리한 출발점에 설 것 같긴 했다.

"그래도 바로 **이번** 토요일이잖아! 그리고 넌 이미 다른 팀이고. 나는 혼자 나가기 싫어."

클로버는 외쳤다.

"선생님! 한 사람이 두 팀 이상에 참가해도 괜찮아요?"

"그래도 돼. 이전 캠프에서도 동시에 여러 팀의 프로그래밍을 담당하던 애들이 있었고, 그 애들은 각 팀 발표에도 다 참가했어."

"알겠습니다. 좋았어!"

클로버가 결정은 이미 다 되었다는 듯 미아를 보았다.

"모르겠어……."

미아의 속이 울렁거리는 건 버몬스터 도넛 하나를 다 먹어 치웠기 때문만은 아니었다.

"내용이 너무 부족한 것 같아."

그때 애나가 말했다.

"나도 같이 할게. 발표에 로봇 팔 직접 보여 주는 것도 포함시키자. 재미있겠어!"

클로버는 좀 더 설득했다.

"게다가 귀뚜라미 농장을 매체에 노출시키게 될지도 몰라. 신문사에서 사진가나 뭐 그런 사람들 다 오거든. 귀뚤귀뚤 현수막을 가져가도 되고, 텔레비전 방송을 탈지도 몰라!"

솔직히 이 이야기는 솔깃했다. 할머니는 투자를 '할지도 모르는' 사람들과 계속 만나는데, 농장이 텔레비전에라도 나온다면 좋은 효과가 있을지도 모른다. 정말 위기를 돌파할 계기라도 얻는다면? 만일 우승한다면? 그럴 가능성은 낮고 상금 오십 달러와 트로피로는 할머니의 농장 문제를 해결할 수 없지만, 멘토와의 만남은 도움이 될 것도 같다. 그리고 입상과 관계없이, 더 많은 사람이 할머니의 귀뚜라미 농장에 관해 듣게 될 것이다.

"좋아."

"정말?"

클로버가 놀란 표정으로 물었다.

"아자!!"

애나가 환호성을 지르더니, 두 아이와 차례로 하이파이브를 하고는 말했다.

"우리 아주 끝내주게 잘할 거야. 가자, 사업가 삼총사!"

* * *

그날 밤, 미아는 내용은 적지 않은 채 대회 참가 허가서에 엄마 서명을 받았다. 이 일이 귀뚜라미 농장을 위한 일임을 엄마에게 보여 줄 준비가 되어 있지 않았다. 엄마도 전화를 받느라 그 빈칸을 문제 삼지 않았다.

서명을 하면서 엄마는 휴대폰에 대고 말했다.

"네, 상황이 좀 바뀌었어요. 어쩌면 좀 더 마음이 열리셨을 수도 있어요."

위층으로 올라가려던 미아는 엄마의 다음 말이 귀에 들어왔다.

"구체적인 제안을 마련해 주시면, 제가 진지하게 고려해 보시게끔 잘 말씀드릴게요."

미아는 전화를 끊은 엄마에게 물었다.

"누구랑 통화했어?"

"아아, 오후 절반은 휴대폰만 붙들고 보낸 것 같네. 우선은 플로리다에서 네 외할머니가 전화하셨어. 크리스마스 계획을 물어보시기에 오늘 저녁에 뭐 먹을지조차 모른다고 했지. 아 참, 저녁은 피자 주문했어. 피자 주문하고 나서는 네 이모한테서 전화가 왔는데, 피오나가 체조를 배울 거라면서 체조 학원을 물어보더라."

"피오나가 텀블러스에 다닌대?"

미아는 심장 박동이 빨라졌지만, 엄마는 고개를 저었다.

"텀블러스는 자리가 없더래. 그래서 니덤에 있는 다른 체조 학원을 알아보고 있대. 그리고 네가 입던 체조복 몇 벌 찾아서 피오나한테 보내 주겠다고, 내가 말해 놨어."

"알았어. 그런데 방금 통화한 사람은 누구야? 제안 어쩌고 그랬잖아."

엄마가 한숨을 쉬고 답했다.

"쳇 파츠워스 사장이었는데······."

"엄마!"

미아는 엄마를 빤히 쳐다보았다.

"어떻게 그 사람이랑 대화를 할 수가 있어? 할머니가 농장 팔게 만들려고 나쁜 짓 하는 사람인데!"

"그건 확실한 게 아니야."

"확실해!"

어떻게 확실히 아는지를 엄마에게 말할 수는 없다. 하지만 어쨌건, 엄마가 할머니에게 이래선 안 된다.

"엄마는 그 많은 초파리가 어떻게 농장에 나타났을 것 같아? 마법으로?"

미아는 도저히 믿을 수가 없었다. 파츠워스가 최근 아무 짓 하지 않은 것도 납득이 갔다. 엄마가 자기 편이니 이긴 거나 다름없다고 생각할 테지.

"그 사람이랑 그런 얘길 하다니, 엄마 정말 생각이 있어?"

"누가 침입해서 초파리를 퍼뜨린 게 맞다 해도, 그게 누군지는 모른다는 생각이 있어. 할머니께서 여러 면으로 힘들어하신다는 생각도 있고. 더 많은 빚을 지고 집까지 잃으시기 전에 이 농장에서 해방되셔야 한다는 생각도 있어."

엄마가 허리에 두 손을 얹고 미아를 빤히 보았다.

"네가 말버릇을 좀 조심해야겠다는 생각도 있고. 너 뭐 잘못 먹었어?"

"할머니는 농장을 팔길 원치 않으셔!"

미아는 떨리는 목소리로 말했다. 이제는 사실인지도 자신이 없지만, 사실이기를 바랐다. 미아가 포옹과 격려가 필요할 때 언제나, 언제나 곁에 있어 준 사람이 할머니였다. 어쩌면 할머니는 이제 지긋지긋해 정말로 다 그만둘 생각을 하는지도 모르지만 미아는 그걸 두고 볼 수가 없었다. 미아는 그럴 준비가 되어 있지 않았다. 공장에서 파츠워스의 웃음소리를 들은 다음부터, 미아는 할머니에게서 증발해 버린 투지의 일부가 자신에게 들어온 것 같다고 느꼈다.

미아는 서명받은 허가서를 들고 센 걸음으로 방으로 올라왔다. 무언가 던지고 싶었지만 아무 도움이 안 되는 일이었다. 그래서 할 수 있는 일 가운데 실제로 할머니에게 도움이 될 유일한 일, 창업 대회 준비를 했다.

한 시간쯤 지났을까, 엄마가 올라와 미아의 침대에 앉았다.

"엄마가 할머니 돕고 싶어 그런다는 거, 너도 알지?"

"할머니는 도움 안 바라셔. 할머니 스스로 결정할 일인데 왜 엄마가 할머니 몰래 그 사람하고 이야기를 해?"

엄마가 고개를 천천히 끄덕였다.

"그건 네 말이 맞아. 그래서 벌써 할머께 말씀드렸어."

"그랬어?"

"너 방에 올라오고 나서 전화 드렸어. 내가 그 사람이랑 통화한 걸 달가워하시진 않더라. 그래도 그쪽 제안을 생각해 보겠다고 하셨어."

미아는 고개를 저었다. 이건 너무 잘못된 일이었다.

"설사 할머니 농장에 아무 짓도 안 했다고 쳐도 그 사장은 할머니 뜻 무시하고 자기 뜻만 밀어붙이잖아. 그건 형편없는 짓이야. 엄마는 그게 아무렇지 않아?"

"왜 아무렇지 않겠어. 그래도 그 사람한테 농장을 파는 게 할머니한테는 가장 나은 선택일 수 있으니까 그러지."

엄마는 넵튠을 집어 들어 날개 하나를 조금 펄럭거렸다.

"세상이 완벽했으면, 미아, 할머니같이 멋진 여성은 이런 일 하나도 안 겪었을 거야. 그런데 우리가 완벽한 세상에 살지 않잖아."

엄마는 그 사실이 슬픈 것처럼 보였고, 미아는 마음에서 분노가 조금 흘러나가는 것을 느꼈다.

"내가 로펌에 처음 취직했을 때, 임원 중 한 명이 여자 직원들을 굉장히 무시했어. 회의에도 참가를 안 시키고, 여자 직원이 입은 치마를 보며 평가하고, 또 농담이랍시고 자꾸…… 음…… 부적절한 말들을 했어."

미아가 엄마를 빤히 보았다. 클로버가 바닷가에서 겪은 일과 애나가 캠프에서 겪은 일, 실리콘 밸리 직장에서 애나 엄마가 겪은 일이 떠올랐다. 미아가 아는 모든 여자에게 이처럼 말하지 않은 끔찍한 이야기가 있는 것일까?

"왜 여태 한 번도 그런 얘기 안 했어, 엄마?"

엄마는 어깨를 으쓱했다.

"얘기할 일이 없었지, 뭐. 어쨌거나, 그 사람은 상사였고 나는 어리고 경력도 없었어. 대학 학자금 대출 갚으려면 그 일자리가 필요했기 때문에, 이직할 형편이 될 때까지 버텼어. 싫어도 그래야 했어. 이 일 역시…… 할머니가 싫어도 하셔야 하는 일일 수 있어. 가장 나은 선택일 수 있다는 말이야. 결단을 내리셔야 해."

엄마는 미아를 쳐다보고 물었다.

"엄마 이야기, 조금이라도 이해가 돼?"

미아는 어깨를 으쓱했다. 슬퍼지는 이야기인 것은 확실했다.

미아는 말했다.

"그냥……. 할머니는 아직 아무것도 포기 안 하셨잖아."

미아는 엄마에게서 넵튠 인형을 빼앗아 와 말을 이었다.

"그리고 할머니는 어리지도 경력이 없지도 않아. 능력 있는 전문가고, 귀 기울여 듣기만 한다면 진가를 알 수 있는 대단한 생각들을 하셔. 지금 이 상황은 너무 잘못된 거야."

"그래, 맞아."

엄마는 한숨을 쉬었다.

"피자 오면 부를게."

이렇게 말하고 문으로 향하던 엄마가 미아를 돌아보며 물었다.

"피오나 줄 체조복 찾았어?"

"아, 맞다. 뭐 하느라고 잊어버렸어. 지금 찾아볼게."

엄마가 나간 후, 미아는 이제는 맞지 않는 체조 용품들로 가득한 상자를 꺼냈다. 거기서 보라색 체조복 하나와 분홍색 체조복 둘을 꺼낸 다음, 가장 좋아했던 파란색 반짝이는 체조복 한 벌도 집어 올렸다. 이 옷은 피오나도 좋아할 게 분명했다. 어딘가에 이 체조복과 맞는 머리끈도 있을 것 같아, 미아는 바닥까지 손을 넣어서 상자 구석을 더듬었다.

찾던 것 대신 손에 잡히는 것이 있었다. 올림픽 배지였다.

미아는 가슴이 조여 왔고, 마치 뜨거운 것에 덴 듯 그 배지를 떨어뜨렸다.

다 없애 버렸다고 생각했는데, 예전의 체조 학원 가방에서 떨어진 모양이었다. 그래서 이렇게, 상자 바닥에서 미아를 기다리고 있었다.

16장

상자 밑에 숨어 있던 이야기

그 배지에는 선명한 색의 미국 국기가 있고, 평균대 위에 올라선 여자아이의 실루엣이 있으며, 맨 위에는 섬세한 다섯 개의 금빛 오륜기 고리가 있다. 그가 미아에게 준 첫 번째 배지. 그는 꼭 맞는 사람에게 주려고 계속 간직하고 있었다고, 평균대 운동을 정말로 열심히 하니 네가 받아 마땅하다고 미아에게 말했다. 미아는 그 배지를 매일 체조 연습에 들고 가는 가방에 달았다.

필 코치가 텀블러스 체조 학원에 처음 들어온 날을 미아는 기억한다. 그가 2012년 올림픽에 나간 선수들을 지도한 경험이 있다는 사실에 모두가 흥분했다. 올림픽에서 선수들의 보조 코치였던 사람이 우리 체육관에서 가르치다니! 그는 대학에서도 체조 선수였다고 했고, 여전히 도마 종목은 매우 잘했다. 그리고 그냥 참 친절한 사람이었다. 언제나 친절했다. 모두에게, 그러나 특히 미아에게.

바닥에 둔 배지를 보면서, 미아는 언제부터 그의 행동이 다르게 느껴졌는지 기억하려 해 봤다. 확실하게 짚을 순 없었다. 하지만 이제 돌이켜 보면 이상하게 느껴지는 점이 아주 많았다. 그는 모든 학원생의 SNS를 팔로우했고, 연습 시간을 문자로 보내 주겠다는 이유로 모두의 휴대폰 번호도 받았다. 미아가 SNS에 무언가를 올리면 그는 항상 '좋아요'를 눌렀으며, 때론 연습 일정 소식이 없는데도 미아에게 문자를 했다. 딱히 나쁜 내용이었던 적은 없었다. 그냥 소소한 격려 문자 같았다. **'안녕! 월요일에 백핸드스트링 시도해 볼 준비 됐지?'**, 혹은 나무를 잡고 매달려 버티는 고양이 사진과 잘 버텨 보자는 메시지 더하기 웃는 이모티콘. 몇 번은 필 코치 자신을 찍은 실없는 사진들을 보냈다. 샘플레인호 선창에 있는 호수 괴물 '챔프'의 동상 옆에서 찍은 사진, 바닷가에서 수영복 차림으로 물구나무서기를 하는 사진, 그리고 그에 딸린 **'너도 네 사진 한 장 보내!'**라는 메시지. 한번은 미아가 이미 자려고 누운 밤에 그에게서 이런 문자가 왔다. **'안녕! 오늘 밤 네 생각이 나네. 내일 만남이 기대된다!'**

미아는 방바닥의 배지를 내려다봤다. 보통 어른들은 그런 일을 하지 않는다. 이제야 그게 보였다. 멀리서 보니 쉽게 보이는 것이다. 꼭 그 귀뚜라미들 같다. **얘들아, 그냥 있으면 죽으니까 물에서 나와!** 하지만 당시의 미아에게 그 모든 것은 그저 좀 이상하게 느껴질 뿐이었다. 그리고 주변에 물어보면 다들 '그래, 필 코치가 아주 살가운 성격이고 사람이 좀 어색한 데가 있긴 하지. 스킨십이 좀 많은 편이기도 하고. 그래도 그게 원래 필 코치 성격인걸.' 하는 식이었다. 모두가 그를 아주 좋아했다. 캐리 코치는 학원 아이들에게 언제나 몸에 좋은 음식을 먹고 과자나 패스트푸드는 멀리하도록 주의를 시켰지만 필 코치는 연습 후 캐리 코치가 보지 않을 때 스키틀즈 캔디 같은 걸 아이들에게 슬쩍 건네곤 했다. "우리끼리만 알기다, 알았지?" 그는 윙크를 하면서 미아에게 커다란 트윅스 초코바를 건넸다.

그는 다른 몇몇 여자아이에게도 배지를 주었고, 모든 아이를 포옹했다. 처음엔 괜찮은 것 같았다. 캐리 코치도 가끔 수업이 끝나면 아이들을 안았고, 필 코치는 미아가 **안아야 하는** 사람으로 그냥 거기 있었다. 미아에게 선택권이 있는 것 같진 않았다.

하지만 언젠가부터, 정확히 언제부터 변했는지도 알 수 없었지만, 미아는 필 코치가 자신에게 하는 포옹이 이상하게 느껴지기 시작했다. 그는 지나치게 꽉 안았고 지나치게 몸을 밀착시켰으며 그 시간도 지나치게 길었다. 미아가 물러나려 해 봐도 그럴 수가 없었다. 그래서 미아는 연습이 끝나면 그를 피하기 시작했다. 피하기를 일주일 정도 계속했을 때, 미아의 친구 키라와 유니스는 미아(MIA)라는 이름이 '전투 중 행방불명(Missing In Action)'이라는 뜻 아니냐며 농담을 하기 시작했다.

미아는 웃어넘겼다. 일부러 행방불명을 선택한 것이라고, 필 코치와 포옹하지 않기 위해 화장실에 숨는 것이라고 친구들에게 말하지 않았다. 미아는 그의 시선이 닿지 않는 투명 인간이 되려고 노력했다. 쿵후 사마귀가 하는 것과는 정반대의 일이었다.

쿵후 사마귀는 할머니가 귀뚜라미 다음으로 가장 좋아하는 곤충이다. 할머니는 미아에게 동영상을 보여 주기도 했다. 붉은색과 검은색으로 된 조그만 이 사마귀는 자신에게 덤벼드는 거미들을 겁주기 위해 두 뒷다리로 일어서서 두 앞다리를 머리 위로 한껏, 맹렬하게 들어 올린다. 되도록 크고 강해 보이려고.

할머니는 말했다.

"그러니까 앞으로 용기가 좀 필요하다 싶을 땐, 숨을 크게 쉬고 이 작은 녀석처럼 허릴 펴고 우뚝 서 봐. 그러면 진짜로 자기가 커지고 용감해진 기분이 들어."

하지만 미아는 오히려 작아지는 법을 익혀 버렸다. 실력을 뽐내고 친구들과 자축하는 것이 아니라, 가장 잘하는 것들을 그만하기 시작했다. 미아는 눈에 띄지 않으려 애를 썼다. 필 코치와는 아주 멀리 있게 된 지금도 미아는 가끔 그때의 습관이 나온다. 작게 웅크리는 습관이 들면, 웅크리지 않은 자신이 좀처럼 안전하게 느껴지지 않는 법이다.

미아는 손을 뻗어 올림픽 배지를 집어 들었다. 그러고는 뒷부분을 떼어 내 뾰족한 침이 손가락을 찌르게 했다. 필 코치가 미아의 등을 문지르기 시작한 것은 미아에게 그 배지를 주고 얼마 지나지 않아서였다. 필 코치는 운동 후 몸이 뻐근한 사람에게 늘 자청하여 등을 문질러 주곤 했다. 시원한 등 마사지를 싫어하는 사람이 어디 있겠나?

하지만 그날, 연습을 마친 미아가 집에 가려고 버스 시간을 기다리며 학원에 앉아 있을 때, 어느새 뒤에서 다가온 필 코치가 말했다.

"오늘 너 평행봉을 많이 해서 녹초가 됐겠다!"

그는 미아의 어깨를 문지르기 시작했다. 그때 달라졌던 점이 정확히 무엇이었는지, 그가 너무 가까이에 섰는지, 자신의 몸을 미아에게 붙였는지, 미아에게 숨을 뱉었는지, 그의 손이 어디에 있었는지조차 잘 기억나지 않지만, 갑자기, 미아는 역겨운 기분을 느꼈다.

미아는 그의 행동이 역겨웠다. 그리고 어찌해야 할지를 몰랐다. 그래서 이렇게 말했다.

"저 버스 확인하러 가야겠어요."

그러고는 일어나려는데, 그가 두 손으로 어깨를 눌러 미아를 다시 앉혔다. 그가 정말 미아를 억지로 눌러 앉혔나? 그랬다. 안 그랬다면 미아는 이미 문으로 가 있었을 테니까. 그리고 미아는 제몸에 붙은 그의 손을 떨어내지 못하고 그대로 앉아 있었다. 다시 일어서기를 시도하는 게 두렵기 때문이었고, 어쩌면 미아의 판단이 틀린 것일 수도, 실은 아무 일 아닐 수도 있기 때문이었다. 바로 앞 사무실에 캐리 코치가 있었다. 그러니 그의 행동에는 문제가 없을 것이었다. 그렇지 않겠는가?

하지만 그렇지 않았다. 미아는 집에 가서도 역겨운 기분을 느꼈다. 정확히 무슨 일이었는지 설명할 수조차 없을 것 같았지만 분명 어떤 일이 일어났고, 그 일은 역겹고 나쁘게 느껴졌으며, 그때 엄마에게 어떤 식으로든 얘기했다면 좋았겠지만, 스스로에게도 설명할 수 없는 일을 어떻게 엄마에게 설명한단 말인가? 할 수 없었다. 미아는 할 수 없다고 느꼈다. 그래서 암컷 귀뚜라미처럼 침묵하고, 저녁을 먹자마자 방으로 숨었다.

다시 체육관에 가야 하는 주말이 돌아왔을 때에도 미아의 기분은 여전히 괜찮아지지 않았다. 그래서 엄마에게 배가 아프다고 했지만 스노플레이크 체조 대회가 얼마 남지 않은 때였고, 일단 가면 기분이 나아질 테니 그래도 가 보라는 엄마 말을 따랐다.

가 보니 미아의 기분은 나아지기는커녕 더 나빠졌다. 대회를 위해 짠 평균대 체조 루틴을 연습해야 했지만 필 코치가 평균대 옆에 있는 동안에는 하고 싶지 않았다. 미아는 그가 유니스에게 도마 체조를 지도하느라 바쁠 때를 기다렸다가 평균대에 올라갔다.

루틴 동작을 하나하나 해낸 미아는 루틴의 중반, 뒤 허리재기를 할 차례에 이르렀다. 미아는 오른발로 평균대를 디디고 왼 다리는 앞으로 곧게 뻗어 완벽하게 균형을 잡았다. 하지만 몸을 뒤로 깊이 숙여 평균대를 보려는 순간, 평균대가 아니라 다가오는 필 코치가 눈에 들어왔고 정신을 차렸을 때 미아는 평균대 아래의 매트에, 무서운 각도로 팔이 꺾인 채 떨어져 있었다.

그때 엄마는 속이 좋지 않다던 미아를 살피기 위해 남아서 체조실 유리창 너머로 지켜보고 있었다. 엄마가 달려와 미아를 응급실로 데려갔다. 엑스레이 촬영들, 수군거리는 사람들의 말소리, 의료 회의와 수술과 회복과 텔레비전 시청과 아이스바, 그리고 추가 수술과 오 개월의 회복 기간을 거친 후에야 미아는 다시 운동을 하러 갈 수 있게 되었다.

미아는 손에 쥔 배지를 돌려 보았다. 올림픽 배지를 운동 가방에 달고 너무나 신났던 그 시절의 여자아이가 미아는 기억조차 잘 나지 않는다. 그 시절의 미아는 언젠가는 자기도 올림픽에 갈 수 있을지 모른다고 생각했다. 하지만 추락 사고 후, 미아는 한 번도 그런 생각을 하지 않았다. 텀블러스로 돌아갈 뜻이 없었다. 필 코치가 거기 있는 한. 또한, 설사 그가 없어져도 이루어지지 않을 일이라 생각했다.

체조에선 모든 것이 빠르다. 미아가 부상으로 학원에 다니지 못한 시기는 마루 체조의 몸 펴 뒤 공중돌기와 평균대 체조의 자이언트를 배울 시기였고, 미아가 다시 체조 수업을 받을 수 있게 되었을 때 키라와 유니스는 이미 다른 단계에 올라가 있었다. 그래서 미아는 그냥 계속 지하실에서 리얼리티 방송을 보고 첵스 과자를 먹기로 했다.

"찾았어?"

방문 앞에 나타난 엄마가 물었다.

미아는 배지를 주먹으로 쥐어 감추었다.

"응, 피오나한테 맞을 만한 체조복 세 벌 있어."

미아는 다른 손으로 엄마에게 체조복을 던졌다.

"잘됐네. 내일 내가 소포로 부칠게."

엄마는 미아의 상자로 고갯짓을 하며 말했다.

"그거 집어넣고 내려와서 피자 먹어. 아빠도 왔고, 할머니도 오셔서 같이 드시기로 했어."

"알았어."

엄마가 미아를 두고 나갔다. 미아는 엄마의 발걸음 소리가 아래층으로 멀어지고 나서야 쥐었던 손을 펴고 내려다보았다. 배지의 뾰족한 부분들이 미아 손바닥의 부드러운 부분들을 찔러 자국이 남았다. 그 위, 손가락과 손바닥이 만나는 부분에는 굳은살이 다시 단단해져 있었다. 체육관에서 계속해 온 매달리기 덕분이었다. 미아의 매달리기 최근 기록은 칠십 초였다. 마리아 코치는 이제 미아가 링 코스도 통과할 수 있을 것 같다고 말했지만, 미아는 자신이 없었다. 아직도 가끔은 필 코치가 쳐다보며 서 있던 평균대 밑 매트에 모든 자신감을 두고 온 기분이 들었다.

17장

저도요

"집에 빨은 홍고추 있어?"

아빠가 물었다.

"사슴 뒤에 확인해 봐."

엄마가 말했다.

"간 김에 그 사슴 귀 한번 눌러 봐."

할머니가 말했다.

아빠는 고춧가루를 찾은 다음 사슴 귀를 쥐어 보았지만 아무 일도 일어나지 않았다.

"원래 사슴이 말을 하는 거야? 안에 작은 스피커 같은 게 만져지긴 하는데 말은 안 하네."

아빠가 다른 쪽 귀를 눌러 보았을 때에야 사슴이 외쳤다.

"안녕? 버몬트주로 놀러 와요!"

할머니가 설명했다.

"원래 두 가지 말을 하게 돼 있어. 스피커 하나는 고장 났나 보다. 내가 이 건물에 막 사업장을 차릴 때도 제이컵슨이 사슴 인형을 줬는데, 그것도 한쪽 스피커가 고장 나 있었어. 난 어차피 사무실에 말하는 인형을 두고 싶은 것도 아니고 해서, 유치원에 가져가라고 이웃한테 줬어."

"이 인형을 좋아하는 사람도 있을 텐데. 꽤 인기 많지 않아요?"

미아가 묻자 할머니는 답했다.

"제이컵슨이 사업을 잘해. 괜찮은 사람이기도 하고. 내가 귀뚜라미 농장 문을 닫아야만 할 경우에는 자기가 그 건물을 임대하겠대. 농장을 팔아 버리는 건 어떻게 생각하는지 제이컵슨 의견을 물어볼까 싶기도 하고……."

"정말 농장을 팔 수도 있다고요, 할머니?"

할머니가 지쳐 가는 것을 알기는 해도, 미아는 여전히 믿을 수가 없었다.

"아이고, 미아. 우린 냉동고 문제도 있었지, 습도 문제도 있었지, 갈매기에다 초파리까지 들어왔지. 나도 내가 포기를 모르는 여자라고 생각하고 싶어. 그런데 또 너무 어리석지는 않았으면 좋겠거든. 그리고 여태 투자자가 생기지도 않았어. 조만간 상황이 나아지지 않는다면, 파는 게 가장 나은 선택일 수도 있어."

엄마가 말했다.

"전 그게 현명한 선택이라고 생각해요. 어머니 연세에는 이제 인생을 즐겁게 사셔야 해요, 일을 하시는 게 아니라……."

"나는 일하는 게 **즐거워**. 항상 그랬어. 시작했을 때부터 늘. 버몬트 대학에서 일하고부터 십 년 동안은 곤충학과에서 여자가 나 하나였는데, 속 터지는 일이 많았지. 남자 동료들이 내가 한 일에 내 이름을 안 넣기도 하고, 집에 가서 애나 키우라고 하기도 하고……. 그런데도 나는 매일 일하러 가는 게 좋았어."

"상황이 나아질 수도 있어요, 할머니. 농산물 장터에서 '귀뚤귀뚤 챌린지' 정말 인기 많았던 거 대니얼한테 들으셨죠? 그리고 우리가 이거 보여 드렸어요?"

휴대폰을 꺼낸 미아는 오바산조 시장이 찍어 올린 '귀뚤귀뚤 챌린지' 사진을 할머니에게 보였다.

"시장이 할머니 귀뚜라미를 정말 좋아해요!"

할머니가 휴대폰을 내려다보았다.

"이야, 이것 좀 보게!"

"사백 번쯤이나 공유됐으니까 진짜 잘된 거예요. 시장이 여기 할머니 귀뚜라미 홈페이지 링크도 걸어 뒀는데, 거기에 일요일 오픈 하우스 정보도 있잖아요. 사람들이 많이 보고 찾아올지도 몰라요!"

미아는 할머니가 희망의 끈을 놓지 않기를 바랐다. 곧 미아가 할 일이 일말의 도움이 될지도 모르니까. 적어도 아직은.

"오픈 하우스 그대로 강행하세요?"

엄마는 실망스러워 보이는 얼굴로 물었다.

"그간 농장에 문제가 많이 생겨서 취소하실지도 모른다고 생각했어요."

"아니다. 벌써 신문에 광고도 냈고, 괜찮을 거야. 최근에 생긴 문제 때문에 계획했던 양만큼 키워 내지 못했지만, 얼려 둔 귀뚜라미가 백삼십 킬로그램쯤 있고, 곧 채집할 준비가 된 귀뚜라미도 있어. 온도와 습도만 안정적으로 유지되고 냉동고에만 문제없으면, 우린 괜찮을 거야."

미아는 말했다.

"잘됐다! 분명 아주 많이들 찾아올 거예요."

"그랬으면 좋겠네. 이게 우리의 마지막 잔치일지도 모르니까 많이들 찾아 주면 고맙지."

할머니가 아주 피곤한 사람처럼 말했다. 그래서 미아는 더욱 힘을 내어 싸우고 싶어졌다.

* * *

교실에서는 한 시간만 보내고 나머지 시간에는 강연을 들으러 가기로 한 화요일의 창업 캠프가 돌아왔다. 대회 준비가 막바지여서 교실에선 모두가 이리저리 분주하게 돌아다녔다. 입안 가득 음식도 우물거리며.

에이든은 전날 밤에 할머니의 귀뚜라미 가루를 넣어서 여러 쿠키 레시피를 시도해 보았다고 했다.

"맛과 영양을 다 잡는 완벽한 비율을 찾았어."

에이든의 말을 들은 일라이가 교실 저편에서 외쳤다.

"귀뚜라미는 빼고 초코칩 더 넣은 거야?"

"아니. 총 밀가루 양에서 이십 퍼센트를 귀뚜라미 가루로 대체하면 질감을 망치지 않고도 몸에 좋은 쿠키를 만들 수 있어. 귀뚜라미 가루 양이 그것보다 많아지면 식감이 좀 깔깔해져."

에이든이 그렇게 해서 만든 쿠키를 미아가 먹어 보니, 아주 맛있었다. 콴과 벨라가 만들어 온 바오도 그랬다. 부드럽고도 푹신한 빵 속에 달콤한 돼지고기 바비큐가 들어 있었고, 줄리아와 딜런은 이미 세 개째 먹고 있었다.

"자, 다들 주목! 대회가 얼마 안 남아서 오늘 캠프 시간 줄어든 게 좀 안타까우리라 생각해. 그래서 오늘 저녁에도 이곳이 열려 있도록 해 두었으니까, 나중에 다시 와서 몇 시간 쓰고 가도 좋아. 다시 올 사람?"

모두가 손을 들었다, 미아를 포함하여.

"좋아. 그러면 일단은 자리 정리하고, 대학으로 출발하자."

네 블록을 걸어서 모두가 버몬트 대학의 커다란 강연장에 도착했다. 객석을 채운 사람들을 보니 미아네 캠프 일원들만 아이들이고 나머지는 다 경영학을 배우는 대학생 같았다. 미아는 지루할 경우에는 생각을 적으려고 공책도 가져왔지만, 앤 마리 스팽글러의 강연은 정말 좋았다. 그는 자신이 처음 버몬트에 작은 벤처 기업을 세운 과정과 그 기업을 좀 더 큰 기업에 팔고 새 회사를 세운 과정, 그리고 결국 수백만 달러 가치의 파이브 독 어패럴을 운영하게 된 지금까지의 과정을 들려주었다. 그중에서도 그가 사업 계획을 세운 이야기를 들어 보니 미아 자신이 귀뚜라미 농장을 위한 계획을 세운 과정과 거의 비슷해 그 점이 멋지게 느껴졌다.

강연이 끝나고 캠프의 아이들은 십오 분 동안 화장실에 다녀온다음, 그 건물의 미술관을 구경한 뒤 학교로 돌아가기로 했다. 여자 화장실 앞에서 클로버가 나오기를 기다리던 미아는 여자 대학생들이 강연자 앤 마리 스팽글러와 대화하는 소리에 이끌려 다시 강연장으로 들어갔다.

"동료 남학생들은 겪지 않을 어려움이 여러분에게는 있을 거예요. 대학 졸업하고 나서 내가 처음 들어갔던 직장이 얼마나 악몽이었는지. 부서 책임자가 자꾸 여자 직원들 몸을 슬쩍슬쩍 만져서 말이죠."

미아는 조금 더 가까운 객석 의자로 다가가 앉았다. 앤 마리는 여학생들에게 조용한 목소리로 이야기했지만, 그의 직장 상사가매일같이 그를 성추행했다는 내용이 미아에게도 뚜렷이 들렸다. 퍽 끔찍한 이야기였다.

한 여학생이 물었다.

"그래서 어떻게 하셨어요?"

"결국엔 그만뒀어요. 다른 직장을 구했지."

다른 여학생이 말했다.

"부당해요. 그만둬야 할 사람은 그 상사인데요."

"그렇죠. 그래도 그 시대에는 그랬어요. 가부장제가 지금보다 더했지, 뭐."

앤 마리는 마치 가부장제가 날려 보낼 수 있는 초파리쯤 되는 것처럼 허공에 손을 휘저었다.

"그래도 결국엔 좋은 결말이 났지. 작년에 내가 그 회사를 사서 그 사람을 해고했거든."

"와, 멋있어요."

한 여학생이 감탄을 내뱉는 그때, 로비에서 목소리가 들려왔다.

"앤 마리? 차가 도착했어요."

여학생들은 고맙다는 인사를 하고 자리를 떴고, 앤 마리는 컴퓨터를 정리해 가방에 넣기 시작했다. 코드를 말아서 서류 가방 안에 넣는 앤 마리는 참으로…… 평범해 보였다. 또 멀쩡해 보였다. 마치 그런 일이 일어나지 않았던 것처럼. 어떻게 그럴 수 있을까? 미아는 묻고 싶었지만, 몸이 의자에 붙어 버리고 소리가 목구멍 안에서 떨어지지 않는 것 같았다.

앤 마리 스팽글러는 지퍼를 잠근 가방을 어깨에 걸치고는 강연장을 나서려고 몸을 돌렸다.

"어! 미안해요. 거기 있는 걸 못 봤네. 뭐 질문 있어요?"

앤 마리가 미아에게 물었다. 미아가 고개를 끄덕이자 그는 미아를 보면서 기다렸다.

"질문은 아니고요……. 그냥……."

미아가 눈을 빠르게 깜박였다.

"……저도 겪었어요, 그런 일을."

앤 마리는 잘 이해가 안 되는 듯 고개를 갸웃했다.

"아까 얘기하신 일 말이에요. 그 상사 이야기."

"아아……."

앤 마리는 가방을 내려놓고는 미아 옆 의자를 가리켰다.

"옆에 잠깐 앉아도 될까?"

미아가 고개를 끄덕였다.

"비슷한 일을 겪었다니 마음이 아프네."

미아가 또 고개를 끄덕이고는 말했다.

"저도요."

"그 일 좀 더 이야기하고 싶어요?"

"아니요. 제가 겪은 일은 아까 들려주신 일처럼 심하지 않았어요. 그래도……."

"상대적으로 덜 심했다고 해서 괜찮은 건 아니지. 괜찮지 않은 일이에요."

"맞아요."

미아는 대답했다. 그리고 더 크게 또 한 번 말했다.

"맞아요. 괜찮지 않은 일이었어요."

"그 일 부모님께도 이야기했어요?"

미아가 도리질을 했다. 이 순간까지도 미아는 그 일에 관해서라면 한 마디도, 아무에게도 이야기하지 않았다. 모두가 필 코치를 좋아했고, 그 일이 일어난 직후에는 너무 혼란스럽고 두려워 아무 말 하지 못했다. 그리고 시간이 지난 다음에는 너무 늦어 말할 수 없게 된 것 같았다. 곧바로 말했어야 했다. 이제 와서 말하는 건 이상하다. 아닌가? 이만큼 시간이 지났으니, 아무 상관 없는 지난 일이어야 할 것이다. 그런데 그렇지가 않다.

마침내 미아가 입을 열었다.

"오래된 일이거든요. 그리고 지금은 마주칠 일이 없는 사람이에요."

"그러니까 지금은 안전한 거네."

미아는 고개를 끄덕였다.

"앤 마리, 비행기 놓치지 않으시려면 지금 가야 해요."

차가 기다린다고 했던 여자가 다시 고개를 내밀고 말했다.

"알았어요."

앤 마리는 다시 미아를 보았다.

"이런 일이 일어나면 마음이 많이 복잡할 수 있어요. 하지만 학생은 괜찮을 거예요, 정말로. 다만 가족이나 신뢰하는 어른한테 애기하는 건 한번 생각해 봐요. 도움이 될지도 몰라요."

그렇게 할 수 없지만, 미아는 마지막으로 고개를 끄덕였다. 지금은 누구에게도 말할 수 없다. 처음 만난 이 사람에게 털어놓은 까닭조차 알 수 없다. 다시는 안 볼 사람인데.

아니, 어쩌면 다시는 안 볼 사람이기에 말했는지도 모른다.

아니면 이런 모습으로 이런 강연을 하고 기업을 운영하는 앤 마리 같은 사람한테도 그런 일이 있었다는 게 너무 놀라운 까닭이었는지도.

18장

큰일과 스파이

전사 캠프에 온 오후, 미아는 평소처럼 철봉으로 가지 않고 링 코스에 줄을 섰다. 마리아 코치가 하이파이브를 하며 반겼다.

"좋았어! 여태 정말 열심히 했으니까, 거의 날아서 통과할 수 있을 거예요."

"적어도 시도는 해 보려고요."

미아는 매트에서 뛰어올라 간격이 꽤 가까운 첫 번째 링 두 개를 붙잡았다. 여기까지는 쉬운 부분이다. 미아는 깊은숨을 쉬고는 뒤쪽 링에서 손을 떼고, 반동으로 나아간 다음 링을 잡았다.

"좋아요! 추진력 유지해요!"

미아가 다시 한 손을 놓고 다음 링을 잡았다. 이제 통과가 코앞인데 마지막 남은 링이 너무 멀었다. 미아는 손을 뻗어 보았지만 잡지 못하고, 링에 한쪽 팔로만 매달린 채 흔들렸다. 그러다 두 발로 허공을 차서 나머지 팔로도 같은 링을 붙잡았다. 그런데 몸이 사방으로 마구 흔들려, 도무지 앞으로 갈 추진력이 없었다. 포기하고 떨어지려는데 마리아 코치가 외쳤다.

"뒤로 물러나서 안정을 찾아요! 할 수 있어요!"

두 팔이 화끈거렸다. 미끄럼 방지 테이프를 감은 링 표면에 굳은살이 밀리는 게 느껴졌고, 그 굳은살이 다시 갈라지지만은 않기를 바랐다. 하지만 뒤로 물러나기를 생각해 보았다. 예전의 자신이 얼마나 자유롭고 강하다고 느꼈는지, 그 높고 붉은 바위에서 뛰어내리면서, 차갑고 맑은 물로 첨벙 빠지면서, 여름의 파란 하늘을 쳐다보면서 어떤 기분이었는지를.

아마도 다시 그 호숫가 바위에 서 있던 때만큼 용감해질 수는 없을 것이다. 하지만 그 지난날로 손을 뻗어, 그때의 자신에게서 용기를 좀 빌려 올 수는 있을 것이다. 아마도 보스턴으로 돌아가 텀블러스 체조 학원을 사들인 다음 필 코치를 쫓아낼 수는 없을 것이다. 하지만 이 장애물 코스의 마지막 링에는 틀림없이 다다를 수 있을 것이다.

손이 화끈거려도 미아는 버텼다. 두 손으로 링을 꽉 쥐고는 몸이 흔들리지 않을 때까지 기다렸다. 그런 다음 한 손을 놓아 뒤쪽 링으로 뻗었다. 마리아 코치가 외쳤다.

"그거예요! 이제 팔에 힘 주고 몸을 당겨서, 다시 앞으로 가는 추진력을 얻어요. 몸이 크게 반동하도록!"

클로버도 소리쳤다.

"할 수 있어, 미아!"

시도해 보았지만 그다지 반동이 생기지 않았다. 그래서 더 힘껏 해 보았다. 그리고 또 한 번의 시도에 몸이 흔들리기 시작하자, 그러니까 '제대로' 흔들리기 시작하자 미아는 잡고 있던 뒤쪽 링을 놓고 한껏 앞으로 손을 뻗었다. 마지막 링의 거친 테이프가 손바닥에 닿았다. 미아는 그 링을 꽉 쥐고, 한 번 더 몸을 앞으로 반동시키고는 링 코스 끝에 놓인 매트에 착지했다.

체육관이 떠나가라 박수가 터졌다.

미아는 제 두 손을 내려다보았다. 아주 기분 좋게 붉고 쓰리고 따가웠다.

클로버가 달려와 껴안았다. 다음으로는 아이작과 리엄이 다가와 하이파이브를 했다.

"이제 흰 벽 타 볼래?"

아이작이 물었다. 아이작이 꽁지 머리를 하고 오기 시작해서 이제 미아는 이 쌍둥이를 구분할 수 있었다.

"할래!"

미아는 이제 기세를 탔다. 해 보지 뭐!

흰 벽 달려 오르기는 좀 달랐다. 첫 번째 시도에서는 이 미터 오십 센티미터 지점까지도 올라가지 못했지만, 캠프가 끝났다는 호루라기 소리가 들려왔을 때는 삼 미터 지점에 거의 다다랐다.

"너 오늘 대단하더라."

귀뚜라미 농장으로 향하는 복도를 걸어가며 클로버가 말했다. 저녁에 창업 캠프장으로 돌아가기 전 귀뚜라미 농장에서 먹이와 물 주기를 돕기로 대니얼과 한 약속이 있었다.

"너 이제 금방 꼭대기 가겠어!"

"그랬으면 좋겠다."

미아의 대답은 진심이었다. 이 캠프를 시작할 때 흰 벽을 보며 **턱도 없어!** 하고 생각했던 것을 돌이키면 신기한 일이었다. 반면 클로버는 여름 내내 흰 벽을 달려 올라갔다. 지난주에 흰 벽 꼭대기까지 올라가 거기 달린 종을 울리던 클로버가 얼마나 의기양양해 보이던지, 순간 미아는 자기도 거기에 올라가는 것을 상상했다.

"좀 더 진작부터 시도할걸 그랬어."

이렇게 말하면서, 미아는 귀뚜라미 농장 문을 당겨 열었다.

"이제는 겨우 일주일밖에 안 남아서…… 으윽! 여기 왜 이렇게 더워?"

이제 막 커다란 선풍기를 가지고 농장으로 달려 들어온 대니얼이 말했다.

"잘 왔다! 물 줘야 해, 당장!"

미아는 체육관 가방을 떨어뜨리고 가장 가까운 사육 통에 있는 물그릇을 집어 들었다. 완전히 말라 있었다.

"무슨 일이에요?"

창문을 열고 커다란 선풍기를 튼 대니얼이 윙윙거리는 선풍기 소리 너머로 말했다.

"내가 십 분 전에 왔는데, 온도 조절기가 망가져 있었어. 아침에는 아무도 없었으니까 얼마나 오래 이랬는지는 몰라. 성충 이십 퍼센트 정도가 벌써 죽었어."

대니얼이 또 다른 창문을 열고 이어 말했다.

"그래도 빨리 물 주고 온도 낮추면 손실이 여기서 멈출 거야."

미아와 클로버는 최대한 빠르게 수습을 도왔다. 둘이서 물그릇을 채우는 동안 대니얼은 한 사육 통의 귀뚜라미를 채집했다. 미아는 애나의 로봇을 이용할 때 이 작업이 얼마나 더 빨라질지를 생각해 보았다. 아직 실제 귀뚜라미 채집은 못 해 봤어도 판지로 된 귀뚜라미 집을 캠프에 가져가 실험했을 때는 성공이 코앞 같았다. 미아는 어서 할머니에게 말하고 싶어 안달이 났지만 유소년 창업 대회가 끝날 때까지는 기다리기로 했다. 특히 농장에 이런 사고가 생긴 오늘은 말하기 적당한 때가 아니었다.

한 시간 정도 만에 모든 사육 통의 물그릇에 새 물이 채워졌고, 온도도 한결 낮아진 게 느껴졌다. 미아는 물었다.

"이제 뭐 해요?"

"이젠 더 할 수 있는 게 없어. 그냥 이 귀뚜라미들을 냉동고에 넣어……. 아, 제발."

미아는 농장 뒤편의 커다란 냉동고로 급히 다가갔다.

"또 왜요?"

"퓨즈가 또 나간 것 같아."

대니얼은 냉동고 안을 빤히 들여다보았다.

"아니면 누가 일부러 껐을 수도요."

미아가 대니얼을 쳐다보면서 말했다. 이건 사고일 리 없었다. 대니얼이 직접 이 냉동고를 꺼뜨린 걸까?

클로버는 물었다.

"얼마나 오래 꺼져 있었던 것 같아요? 어쩌면 아직은 괜찮을지……."

대니얼이 냉동된 귀뚜라미가 들어 있어야 할 통을 하나 꺼내어 뚜껑을 열어 보았다. 다 녹아서 죽처럼 되어 있었다. 대니얼이 작게 욕을 내뱉었다.

"이 냉동고 안에 있는 게 할머니 귀뚜라미 전부예요?"

미아가 물었다.

"대부분이지. 교수님 댁 냉동고에도 좀 있긴 하지만 이 안에 지난달 채집한 귀뚜라미가 다 들었어."

대니얼이 고개를 저었다. 실제로 상심한 것 같은 표정이었다.

"오늘 채집한 건 우리 집 냉동실에 저장해야겠다. 너희는 이제 가도 돼. 도와줘서 고맙다."

다시 클로버와 자전거를 타고 학교로 가면서 미아는 눈물을 참았다. 대니얼이 가담했는지 파츠워스의 단독 소행인지 알 수 없지만 너무 지독하다. 정말이지 이럴 수는 없다. 할머니가 얼마나 노력했는지 모른다. 여태 얼마나 많은 장애물을 헤치고, 거의 남자들뿐인 분야에서 얼마나 훌륭한 커리어를 쌓았는지 모른다. 할머니는 다른 여성들도 곤충학을 공부할 수 있기를 바라며 대학에 곤충학과를 만들었다. 많은 큰일을 해냈다. 그런 할머니가 이제 꿈을 좇아 귀뚜라미 농장을 일구려는데, 어째서 무엇 하나 순탄하지 않을까?

캠프에 도착하자, 애나가 귀뚜라미 채집 로봇에 어떤 변화를 주었는지 신이 나서 설명했다. 미아는 6주기 반복 어쩌고 하는 설명에 귀 기울이려 애써 보았지만, 집중이 되지 않았다.

"얼마나 더 효율적으로 변할지 알겠어?"

"미안."

미아는 농장에서 방금 있었던 일을 애나에게 다 말했다.

"진짜 이상해. 우리가 집에서 온도와 습도에 문제없고 냉동고만 잘못되지 않으면 순탄할 거라고 대화한 게 어젯밤인데, 바로 오늘 온도랑 냉동고 문제가 생겼어."

"그래서 내가 대니얼이 한 패라고 생각하는 거야."

클로버의 말에 미아는 고개를 끄덕이고 말했다.

"알아. 할머니가 정말 좋아하는 사람이긴 하지만……."

미아는 고개를 저었다. 애나가 물었다.

"그 이야기 나눌 때, 누구누구 있었어?"

"그냥 우리 엄마 아빠랑 할머니만."

"너희 부모님이 그런 일을 하셨을 가능성은 없을까?"

"없어."

미아도 그 생각을 안 해 본 건 아니었다. 하지만 아무리 할머니가 농장을 팔아 버리길 원한다 해도, 엄마가 그렇게까지 나쁜 사람일 리는 없었다. 미아는 말했다.

"그래도 대니얼이건 아니건, 누군가가 우리 이야기를 들은 것 같아."

애나는 물었다.

"너희 집에 육아 감시 카메라 같은 거 있는 건 아니지?"

"그게 뭔데?"

"부모들이 아기 돌보는 사람 감시하려고 집에 두는 카메라. 보통 곰 인형 같은 것 속에다 숨겨 놓거나 하잖아. 그런 카메라가 얼마나 해킹하기 쉬운지를 모르는 사람들도 있어."

"우리는 아기가 없어. 감시 카메라도 없고……. 잠깐만, 곰 인형 같은 것 속에다 숨긴다고?"

"응, 왜? 그 이야기 할 때 주변에 이상한 곰 인형 같은 거라도 있었어?"

"아니."

미아는 어릴 때도 곰 인형 없이 자랐고, 지금도 솜 인형은 넵튠뿐이었다. 그러나 그 사슴 인형이 떠올랐다. 미아가 그 사슴 인형을 갖다 놓은 부엌에서 가족들이 무슨 대화를 나누었던가? 너무나 이상한 생각이어서 그저 헛다리일 것 같았지만, 미아는 그냥 말해 보았다.

"근처에 이상한 사슴 인형은 있었어."

클로버가 숨을 헉 들이키고는 말했다.

"그 인형 주던 남자, 뭔지 모르게 느낌이 안 좋다 했어!"

미아는 제이컵슨에게서 받은 말하는 사슴이 자기 집 부엌에 자리하게 된 이유를 애나에게 설명했다.

"그래도 그 안에 감시 카메라가 들어 있다는 게 상상이 안 돼. 그렇게 첨단 기술을 장착한 것처럼 보이는 인형이 아니야. 말하게 하려고 우리 아빠가 귀 눌렀을 때도 스피커 둘 중 하나는 작동을 안 했어. 아무래도 그건 아닌 것……."

"잠깐만!"

애나가 한 손을 들어 올렸다. 오늘 애나의 손톱은 까만 바탕에 분홍색 물방울무늬로 칠해져 있었다.

"너희 아빠가 그 인형 귀를 눌렀는데 속에서 뭔가가 만져졌다는 거야?"

미아는 고개를 끄덕이고 설명했다.

"그냥 스피커였고, 고장 나 있었어. 할머니가 받은 사슴 인형도 마찬가지였다던데."

클로버는 물었다.

"너희 할머니도 이상한 사슴 인형을 받으신 거야?"

미아는 머릿속이 빙글거렸다.

"응, 할머니 사슴 인형도 스피커가 하나 고장 나 있었대."

애나는 말했다.

"그것들이 고장 난 스피커가 아니면? 도청 장치라면?"

클로버가 맞장구쳤다.

"그래, 내가 읽은 책에서도 누가 책상 밑에 도청 장치를 달았어. 범죄자들이 하는 짓이야."

애나는 미아에게 물었다.

"그 사슴 인형 어디서 난 건지 다시 얘기해 줄래?"

미아는 제이컵슨이 누구인지를 좀 더 자세히 이야기했다.

"그래도 제이컵슨은 항상 우리 할머니를 돕는 사람이야. 그리고 그 사람이 농장을 훼방 놓을 이유가 뭐 있겠어? 그 장소를 매입할 계획이 있다거나 뭐 그런 것도 아닌데."

클로버는 의견을 냈다.

"어쩌면 파츠워스하고 손잡은 게 **이 사람**인지도 모르지. 친절하게 행동한다고 해서 반드시 좋은 사람인 건 아니야."

"그건 그래."

미아 역시 그걸 알았다.

"그 사슴 지금 어디 있는데?"

애나가 물었다.

"내 건 우리 집 부엌에 있어. 할머니가 받으신 건 한참 전에 유치원에 주셨다고 하고."

"잘됐네. 도청 도구가 맞는다면 「버스 바퀴가 데굴데굴」이나 알파벳 노래만 질리게 들었겠어. 그럼 네 사슴 인형, 내일 캠프에 갖고 올 수 있어?"

"응."

그 사슴이 정말로 대화를 엿듣는다고 생각하니 미아는 오싹했다. 하지만 과연 사실일까? 스파이 영화 같은 데 도청하는 사슴 인형이 나왔다면 미아는 어설픈 설정이라며 비웃었을 것이다. 클로버가 읽는 추리 소설 속 아무리 이상한 악당이라도 이보단 나은 아이디어를 낼 것이다.

"넌 정말 그게 도청 인형일 수도 있다고 생각해?"

미아가 묻자 애나는 대답했다.

"가능성은 있어. 내일 네가 가져오면 확실히 알아낼 수 있고."

미아는 다시 섬뜩해졌다.

"진짜 도청 장치면 돌로 귀를 내리치건 어쩌건 해서 부숴야 하는 거 아니야? 더는 도청 못 하게."

"안 돼!"

이렇게 외친 클로버가 이어 말했다.

"그러면 그걸 심어 놓은 쪽에서 네가 발견했단 걸 알게 되잖아. 그러면 자기가 범죄에 개입했다는 증거를 싹 다 없앨 거야."

애나가 맞장구쳤다.

"맞아. 정말 도청 장치라면 우리가 오히려 그걸 거꾸로 이용해서 사태를 파악할 수 있을지도 몰라. 다만 그러려면 범인이 아무것도 몰라야 해."

애나가 미아를 보며 물었다.

"그게 무슨 뜻인지 알겠지?"

미아는 소름이 돋았다.

"이제 그 사슴 인형을 이중간첩으로 쓸 거니까, 부엌에서 우리 이야기를 계속 엿듣게 내버려 둬야 한다는 거지?"

"딱 오늘 밤만이야. 그리고 내일 갖고 와. 정체를 확실히 알아내야 하니까."

클로버가 말을 보탰다.

"조심해. 그 사슴 앞에서는 중요한 말 절대로 하지 마."

19장

사슴이 듣는다

그날 밤 미아네 가족은 다들 늦게 귀가해, 거실 소파에서 샌드위치로 저녁을 먹었다. 미아는 엿듣는 사슴에게 신경을 곤두세운 채 먹지 않아도 되어 다행스러웠지만, 이내 설거지를 하러 부엌으로 가야 했다.

엄마가 말했다.

"오늘 너 바빴네. 아침에 강연한 사람은 어땠어?"

"좋았어. 자기 사업이랑 그런 거 다 이야기해 줬어."

앤 마리의 이야기 중에서 가장 중요하게 기억할 부분은 따로 있었지만 엄마에게 그 이야기를 할 준비는 되어 있지 않았다. 더욱이 그 사슴 가까이에서는 말하고 싶지 않았다.

"엄마 예심은 어땠어?"

미아는 좀 더 안전하게 느껴지는 화제로 말을 돌렸다. 듣는 사슴이 지루해 죽을지도 모르는 화제로.

"뭐, 복잡했어."

엄마는 무언가에 대한 명령이 기각될 수 있는데 왜 기각이 안 될 것 같은지 따위를 설명했다. 미아는 접시의 물기를 닦으면서 고개를 끄덕였고, 설거지가 끝나자 사슴을 제 방으로 가지고 올라왔다.

그 인형을 방에 두고 싶지 않았지만 엄마 아빠가 그 앞에서 중요한 말을 해 버릴까 봐 미아는 그것을 벽장 속 상자 깊이 넣고 잠자리에 들 준비를 했다. 그러나 결국 밤새 잠을 설쳤다. 그 사슴이 숨소리를 들을지도 모른다는 생각에 소름이 끼쳤기 때문이다.

"학교에 친구 데려가네."

다음 날 아침, 운전석의 엄마는 미아가 옆자리에 내려놓는 사슴 인형을 보며 말했다.

"캠프에 가져가는 거야. 성공한 사업 아이템의 예시로 같이 보려고."

이건 캠프에서 누가 사슴에 관해 물을 때에 대비해 준비한 대답이기도 했다. 사슴이 도청하는지도 모른다는 것을 설명하기보단 쉬울 테니까.

"재미있게 하고 와!"

엄마가 미아를 내려 주고 떠나자, 클로버와 애나가 학교 입구에서 기다리고 있었다.

"그거야?"

"응."

미아는 대답하며 애나에게 사슴을 내밀었다.

"진짜 귀엽다. 왜 성공했는지 알겠어."

클로버가 이렇게 말하더니, '물론 끔찍한 인형이지만 도청하는지도 모르니까 내 말에 쿵짝 맞춰.' 하는 표정을 지었다. 미아는 대답했다.

"맞아."

교실로 가져간 그 인형을 만들기 공간의 탁자 위에 올렸다. 애나는 작은 종이에 글을 적어서 두 아이에게 스윽 밀었다.

내가 이거 작업하는 동안 너희는 사슴 칭찬 계속해.

미아와 클로버는 고개를 끄덕였다. 애나는 조그만 가위를 집어 들고는 사슴 귀에 바느질된 실을 자르기 시작했다.

"어때? 이 사슴 인형 꽤 멋지지 않아?"

미아가 어색한 말투로 먼저 말했다.

"말을 한다는 점이 좋아."

클로버는 이렇게 말하며 애나가 가위질하지 않는 쪽 귀를 꾹 집었다. 인형이 말했다.

"안녕? 버몬트주로 놀러 와요!"

그때 애나가 반대쪽 귀에서 무언가를 꺼냈다. 크기는 오십 센트 동전 정도이고, 전자기기처럼 생긴 물체.

미아가 펜을 쥐고 썼다.

그게 먼지 알겠어?

애나는 그 둥근 물체를 손바닥 위에서 잠시 뒤집어 보다가 고개를 끄덕였고, 미아가 건네는 펜을 잡고 글을 썼다.

소리를 도청해서 전송하는 장치가 분명해. 이런 거 본 적 있어.
이 안에서 SD 카드를 꺼낼 테니까 너흰 계속 이야기해.

"내일 전사 캠프에서 넌 뭐 해 볼 거야?"

미아는 이렇게 물었지만 거미 벽 어쩌고 하는 클로버의 대답이 귀에 들어오지 않았다. 애나가 이제 막 사슴 귀의 녹음기에서 빼낸 아주 작은 사각형에서 눈을 뗄 수 없었다.

그 SD 카드를 자신의 노트북 컴퓨터에 끼운 애나는 녹음기를 다시 사슴 귓속에 넣더니 이렇게 말했다.

"저기, 미아! 나 이 사슴 인형 집에 가져가서 우리 엄마 보여 줘도 돼? 곧 우리 사촌 생일이라서, 엄마가 선물로 이거 하나 주문하려 할 것 같아서 말이야."

"어…… 그래."

"고마워. 잊어 먹고 가지 않게 가방 옆에 갖다 놓아야겠다. 내 가방 다른 교실에 있으니까 갔다 올게."

손가락으로 '금방 올게.' 하고 신호한 애나는 인형을 들고 사라졌다가 이내 돌아와 말했다.

"됐어, 이제 소리 내서 말해도 돼. 내가 도청 장치를 인형 안에 다시 넣어 놨으니까, 아직도 그 인형 주변의 소리는 도청돼서…… 어딘가로 보내지고 있을 거야. 내가 거기서 빼낸 녹음 카드에 뭐가 녹음됐는지 확인해 보자."

애나가 노트북 화면에서 버튼을 하나 누르자 목소리가 흘러나왔고, 미아는 아빠 목소리라는 걸 깨달았다.

'그리고 그 초파리가 귀뚜라미 질병을 옮기지 않아서 다행이라고 하시더라.'

이제는 미아 자신의 목소리가 들렸다.

'귀뚜라미 질병이 있어?'

대답하는 아빠.

'그렇대. 얘기해 주셨는데 그 이름이…… 뭐였지?'

이젠 엄마 목소리가 나왔다.

'귀뚜라미 마비병.'

굳은 채 노트북을 바라보던 미아는 애나와 클로버에게 말했다.

"이거 다 우리가 부엌에서 한 대화야!"

그 바이러스가 귀뚜라미 농장에 재앙일 수 있다고, 퀘벡의 한 농장에서 바로 그런 일이 일어났다고 말하는 미아 아빠의 목소리가 이어서 흘러나왔다.

애나가 시간을 조금 건너뛰어 다른 지점으로 옮기니, 미아 할머니의 목소리가 나왔다.

'……**온도와 습도만 안정적으로 유지되고 냉동고에만 문제없으면, 우린 괜찮을 거야.**'

"이 얘기를 한 바로 다음 날 둘 다 문제가 생겼어!"

미아는 말하면서 머릿속이 핑핑 돌았다.

"이게 이 안에 녹음만 해 두는 건 아니라고 했지? 우리가 집에서 이야기를 할 때마다 실시간으로 누군가가 엿들었다는 거지?"

애나는 답했다.

"매초, 매 순간은 아니더라도……. 응, 그랬을 거야. 그리고 내 예상으로는 원격으로도 녹음하고 있을걸. 그러니까 이 녹음 카드는 그냥 백업일 거야."

미아는 구토가 날 것처럼 속이 울렁거렸다. 하지만 이 인형을 특별히 미아를 위해 만들었다던 제이컵슨을, 그가 늘 할머니를 '도우러' 나섰으면서 실은 내내 파츠워스와 짜고 수작을 부렸을 것을 생각하자 그 울렁거림은 단단한 무언가로 변했다. 어떻게 사람이 이런 짓을 할 수 있을까? 미아는 당장 그 인형 귀를 뜯어 녹음기를 수만 조각으로 부수고 싶었다. 하지만 그럴 수 없었다.

"그럼 이제 나 뭘 하면 돼? 우리 가족 말을 엿듣는다는 걸 모르는 척하면서 인형을 다시 집에 갖다 두면 돼?"

"아직은 아냐. 오늘은 우리 집에 가져갈게. 내가 생각이 있어. 그다음에는…… 그래, 네가 아무 일 없다는 듯 다시 집에 가져가야 해. 우리 뜻대로 일을 풀려면, 우리가 발견했다는 사실을 제이컵슨이라는 자가 몰라야 해. 그래도 우리가 제대로만 하면 이 인간 제대로 대가를 치르게 될 테니까 날 믿어."

* * *

목요일, 애나가 사슴 인형을 다시 캠프에 가져왔다. 도청당하지 않고 이야기를 나눌 수 있도록 애나는 인형을 복도에 두고 교실에 들어왔다.

"도청 장치 아직 그 안에 있어?"

미아가 묻자, 애나가 대답했다.

"응. 그런데 내가 새로운 녹음기를 추가로 넣었어. 언니가 도와줘서……."

"뭐? 그러면 이제 **너도** 우리 가족 대화를 엿듣는다는 거야? 그게 어떻게 도움이 돼?"

"그 사슴이 너희 집에 계속 있을 게 아니라, 제자리로 돌아갈 거니까. 제이컵슨 사무실에 사슴 인형이 가득하다고 했지? 네가 몰래 들어가서 거기 있는 인형 하나랑 이 사슴을 바꿔치기할 수 있겠어?"

"이제 나더러 그 사슴 인형 회사 사무실에 침입하라는 거야?"

식품 공장에서 거의 잡힐 뻔했을 때도 심장마비가 오는 줄 알았다. 미아는 도리질을 하고 말했다.

"절대 못 해."

그러자 클로버가 말했다.

"문 따고 들어가지 않아도 돼."

"나 그런 거 다신 안 해. 그때 우리 체포될 수도 있었어!"

"알아, 알아. 이번에는 무단으로 들어가는 일 자체가 필요 없어. 그냥 그 사무실에 들러 인사를 하는 거야. 제이컵슨이 너 좋아한다며, 안 그래?"

"좋아하는 척하지."

"그러니까 우리 다 같이 가면 돼."

클로버는 애나와 눈을 맞추었고 애나는 고개를 끄덕였다. 클로버가 이어서 설명했다.

"가서 제이컵슨한테 성공한 사업가의 조언이 필요하다고 하는 거야. 그리고는 우리 중 두 명이 제이컵슨 주의를 돌리는 동안에 한 명이 그 사슴을 거기 잔뜩 있는 인형 중 하나랑 바꿔 놓자."

미아는 그 시나리오를 머릿속으로 재생해 보았다. 고난 그 자체였던 식품 공장 침입보단 조금 덜 무서울 것 같았고, 성공할 수 있을 것 같기도 했다. 그리고 무엇보다, 제이컵슨과 파츠워스의 덜미를 어떻게든 꼭 잡고 싶었다.

"알았어."

"좋았어, 이번 주말에 하자. 그럼 이제 슬슬 창업 대회 준비를 해 볼까?"

클로버는 이렇게 말하며 노트북 컴퓨터를 꺼냈다.

창업 캠프는 휘리릭 지나갔다. 일라이와 닉은 대회 전에 킥파인더를 앱스토어에 등록하는 과정에 있었다. 칸과 벨라는 아직 사업 계획서에 수정할 부분이 있었다. 에이든은 '뜻있는 쿠키' 레시피 카드를 썼다. 딜런과 줄리아는 액세서리 진열대를 만들었다.

귀뚜라미 채집 로봇은 거의 완성되었지만 애나가 마지막까지 손을 보고 있었다. 미아가 가져온 구운 귀뚜라미로 실험했을 때는 오작동을 해, 뒤로 회전하며 사방에 귀뚜라미를 뿌리기도 했다. 애나는 그걸 고칠 수 있다고 보면서도, 설사 로봇이 좀 삐걱거린다 한들 괜찮다고 했다. 견본은 원래 그렇다고, 기본 아이디어만 전달할 수 있으면 된다고.

미아와 클로버는 대회의 나머지 필수 항목들을 거의 다 준비했지만 완전히 마무리하려면 서둘러야 했다. 그래도 미아는 늦게 시작한 것 치고 꽤 잘해 왔다는 생각이 들었다. 캠프가 끝날 무렵, 미아는 상당히 기분이 나아져 있었다.

하지만 복도로 나왔을 때, 다시 그 사슴 인형이 생각났다.

20장

럼블러스 체육관의 진실

미아는 사슴 인형을 운동 가방에 넣어 둔 채 전사 캠프장으로 들어갔다. 링 코스를 또 통과하고 나서 흰 벽을 달려 올라가 보았지만 집중을 할 수 없어 한쪽 무릎이 벽에 계속 부딪혔다. 흰 벽에서 미끄러져 내리는 미아에게 마리아 코치는 외쳤다.

"자, 자! 집중합시다!"

집중할 일이 너무 많다는 게 미아의 문제였다. 귀뚜라미 농장, 창업 대회, 당분간 곁에 두어야 하는 도청 인형.

집에 도착한 미아는 곧장 제 방 벽장을 열고 어느 상자 바닥, 언젠가의 핼러윈 복장 더미 밑에 그 인형을 넣어 버렸다. 저녁을 먹으며 엄마 아빠와 창업 대회 이야기도 조금 나누었다. 가족들도 객석에 와서 대회를 관람할 수 있지만 고맙게도 엄마 아빠는 참석하지 않는 데 동의해 주었다. 엄마 아빠까지 오면 너무 긴장될 거라는 미아의 말은 진심이었다.

한편으론 자신과 클로버가 지금껏 준비한 내용이 무엇인지 엄마가 모르기를 바라는 마음도 있었다. 알자마자 엄마는 또 할머니 은퇴 이야기를 꺼낼 테니까. 더욱이, 비웃을 것 같았다. 어쩌면 어른들이 잘 짓는, 그 귀엽다고 여기는 미소를 지을지도 몰랐다. 열심히 준비한 진지한 일로는 여기지 않는 표정 말이다.

이건 열심히 준비한 일이 맞았다. 다가오는 토요일에 발표할 내용을 완벽하게 준비해 두었다. 미아는 이 사업 계획을 소개하면서 곤충이 얼마나 몸에 좋고 친환경적인 단백질 공급원인지 설명할 것이다. 클로버는 SNS를 이용하는 홍보 방법을 이야기할 것이고, 애나는 귀뚜라미 채집 로봇을 실연해 보일 것이다. 시식용 귀뚜라미도 나누어 줄 것이다. 할머니가 최근 만들어 둔 바비큐 맛 귀뚜라미가 정말 맛있어서 미아는 그것과 바다 소금 맛, 마늘 맛을 대회에 가져가기로 정했다. 요즘 너무 멍한 할머니는 미아에게 그 귀뚜라미가 어디에 필요하냐고 묻지도 않았다.

이날, 잠자리에 들 준비를 하면서도 미아는 그런 할머니 생각을 멈출 수가 없었다. 다 포기해 버릴 준비가 된 듯한 지금의 할머니는 한 달 전 가족들에게 귀뚜라미 농장을 자랑하며 신이 났던 할머니와는 다른 사람 같았다. 끔찍한 자들이 도청 인형을 이용해, 사랑하는 일을 향한 할머니의 설렘을 빼앗아 가 버렸다. 어떻게 감히 그런 짓을 한단 말인가.

미아는 이불을 젖히고 침대에서 내려가 다시 상자에서 사슴 인형을 꺼냈다. 그걸 노려보고 있으니 분노가 단단한 매듭처럼 가슴을 죄었다. 계획을 성공시키려면 건드려선 안 된다는 걸 알지만, 누더기가 될 때까지 찢어 제이컵슨의 거짓말투성이 입에 쑤셔 넣고 싶었다. 제이컵슨은 단지 누군가를 해치기 위해서 친절한 척을 했다. 어떻게 그런 사람이 있을까?

미아의 손톱이 그 솜 인형을 파고들었다.

솟아오르는 눈물에 두 눈이 따가웠다. 세상에는 그런 사람도 있다는 것을 미아는 이미 알았다.

미아는 사슴 인형을 바닥에 떨어뜨리고는 다른 상자 하나를 벽장 밖으로 끌어냈다. 주름진 체조복과 운동복 사이로 손을 넣어 더듬었다. 그게 어디 있지? 트로피와 티셔츠와 리본과 보온 점퍼를 꺼냈다. 체조 시범 행사의 안내장과 부상 방지 테이프와, 아홉 살 때 나간 스노플레이크 대회에서 모두가 받은 수건도 꺼냈다.

그러고 나니 상자 바닥에 있는 그것이 보였다.

꼭 맞는 사람한테 주려고 간직한 거야.

너 평균대 체조 진짜 열심히 했잖아.

너한테 주는 게 마땅해.

아니야, 하고 미아는 생각했다.

아니야.

그가 미아에게 한 어떤 행동도 마땅하지 않았다.

214

그 배지를 방에서 치워 버리고 싶었다. 집 밖으로, 세상 밖으로 없애 버리고 싶었다.

미아는 배지를 꽉 움켜쥐고 문을 열었다. 텔레비전 소리가 나는 걸 보면 엄마 아빠는 방에 있는 모양이었다. 미아는 살금살금 아래층으로 내려갔다. 부엌문을 열어, 요란하게 닫히지 않도록 천천히 손을 놓고는 발코니로 나갔다.

이웃집 오크나무 가지 사이에 직소 퍼즐처럼 걸린 달이 돌담 아래 엄마의 정원을 밝혔다. 귀뚜라미가 울었다. 수컷 귀뚜라미만이. 미아는 울지 않고 있을 모든 암컷 귀뚜라미에게 이렇게 소리를 지르고 싶었다.

무슨 말이라도 해!

너희도 소리를 내란 말이야!

미아는 차가운 잔디 위를 맨발로 걸었다. 정원 담장에서 커다랗고 평평한 돌 하나를 빼서 잔디밭에 놓고, 그 한가운데에 올림픽 배지를 올려놓았다. 그 배지를 받고 아주 특별해진 기분이 들었던 것이 기억났다.

실제 올림픽에서 가져온 거야……

꼭 맞는 사람한테 주려고……

미아는 돌멩이 하나를 쥐고 젖은 풀밭에 두 무릎을 꿇었다. 그러고는 머리 위로 높게 들어 올린 그 돌멩이로 힘껏 그 배지를 내려쳤다. 에나멜 조각들이 풀밭 위를 날았다. 미아는 상관하지 않왔다. 다시 그 돌멩이를 들어 올렸다가 내려쳤다.

너한테 주는 게 마땅해.

다시, 또다시 내려치자 결국에 남은 것은 구부러지고 긁힌 금속 막대와 먼지뿐이었다.

미아는 그것을 후 불어 날려 버렸다.

미아는 이제 바닥에 앉아 거칠게 숨을 쉬었다. 관자놀이의 머리 카락이 땀에 젖어 있었다. 바람이 한 줄기 불어와 두 뺨의 눈물을 식힐 때에야 비로소 미아는 자신이 울고 있다는 것을 깨달았다.

미아는 어둡고 조용한 공기를 길고 깊은 숨으로 들이쉬었다. 일어서서 엄마 정원의 돌담에 돌을 되돌려 놓았다.

그러고는 안으로 들어가 침대에 누웠다. 잠을 잤다.

*　*　*

금요일 아침, 미아가 시리얼을 먹고 있을 때 엄마가 아래층으로 내려왔다.

"오늘은 일찍 일어난 새네."

엄마의 말에 미아는 고개를 끄덕였다.

"대회 나가기 전의 마지막 캠프 날이거든."

조야 선생님이 아이들이 하루 더 작업할 수 있도록 금요일에도 캠프를 연 것이었다.

"가는 길에 할머니 댁 들러야 해서 조금 일찍 나간다, 알겠지? 너 내려 주고 나서 할머니를 안과에 모셔다 드릴 거거든."

"난 오 분이면 준비돼."

"너 이 캠프 다니기로 한 거 정말 좋은 결정이었어."

엄마가 자신이 마실 커피를 따랐다.

"아, 맞다! 피오나 결국 텀블러스 다닐 것 같다고, 내가 너한테 얘기했나?"

"뭐?"

미아는 입속 시리얼이 톱밥처럼 느껴졌다.

"그렇게 됐대! 너무 잘됐지?"

미아는 대답할 수가 없었다. 갑자기 심장이 몸 밖으로, 그리고 부엌문 밖으로 나가 버릴 것처럼 빨리 뛰었다.

"이번 시즌 시작되기 직전에 빈자리가 하나 났대. 네 이모 말론 피오나가 그 얘기만 한단다. '미아 언니처럼' 거기 다니게 됐다면서, 미아 언니처럼 평균대 대회도 나가고 그럴 거라고 한대."

미아가 아무 대답이 없자 엄마는 물었다.

"너 괜찮아?"

미아는 입속 시리얼을 억지로 삼켜 보았지만 목이 막혔다. 겨우 삼켜 낸 후 말했다.

"괜찮아. 그냥 대회 생각하니까 긴장돼서 그래."

"잘할 거야. 옷 갈아입고 올 테니까 곧 출발하자."

미아는 남은 시리얼을 그냥 버렸고, 방으로 올라가 창업 대회 폴더에 필요한 것을 챙겼다. 사슴 인형은 가져갈 필요 없었다. 오늘 삼총사는 미아 집에서 저녁을 먹고는 농장에 들른 뒤, 제이컵슨의 사무실에 그 인형을 갖다 놓을 계획이다. 하지만 지금 미아는 그 계획을 생각할 수가 없었다. 머릿속에 피오나 생각만 가득했다.

필 코치가 아직 텀블러스에 있다. 미아가 아직 가끔 텀블러스 홈페이지에 들어가 보기 때문에 아는 사실이다. 그가 대회에서 아이들과 찍은 사진이 거기 올라온다. 사진 속에서 그는 예전 그대로 실없는 미소를 지으며 엄지를 내밀거나 누군가와 어깨동무를 하고 포즈를 취하고 있다. 미아는 사진 속 여자아이들의 얼굴을 살펴보면서 궁금해지곤 했다. 이 아이들에게도 필 코치가 너무 오래 포옹을 하거나 밤에 문자를 보내거나 이상한 등 마사지를 할까? 이 아이들도 미아와 같은 기분을 느낄까? 아니면 그랬던 건 미아뿐이었을까? 미아는 그것이 늘 궁금했다.

그런데 이제 피오나도 그가 있는 체육관으로 간다니.

"나갈 준비 됐어, 미아?"

엄마가 부르는 소리에 미아는 아래층으로 내려가 차에 올랐다. 오늘 기온이 삼십이 도가 넘는다고 하더니 차 안이 벌써 후끈했다. 엄마는 에어컨과 라디오를 켜고, 미아는 창밖을 내다보았다. 엄마에게 말해야 한다. 하지만 이미 말하지 않은 채 너무 오랜 시간이 흘렀다. 엄마가 미아 말을 믿어 주기나 할까? 아무것도 아닌

일에 미아가 지나친 반응을 한다고 생각하는 것은 아닐까?

상관없다. 그래도 말해야 한다. 피오나가 그곳에 다니게 내버려 둘 순 없다.

그런데 차가 벌써 할머니 집에 다다랐다.

"안녕!"

앞 좌석에 오른 할머니가 뒤로 고개를 돌려 인사했다.

"내가 가장 사랑하는 손녀는 기분이 어떠신가?"

"좋아요."

미아는 거짓말을 하고는 할머니가 다시 앞으로 고개를 돌리기를 기다렸다. 하지만 할머니는 그러지 않았다. 계속 미아를 보았다. 할머니는 미아가 괜찮지 않을 때 꼭 눈치를 챘다. 미아는 괜찮지 않았다, 전혀. 하지만 지금은 이럴 때가 아니다. 마음을 다스려야 한다. 미아는 울지 않으려고 괜히 대회 준비 폴더를 펼쳐서 내려다보았다.

"병원에서 진료 시간이 대략 얼마나 걸릴지 짐작되세요? 시간이 괜찮으면 어머니 병원 계시는 동안 우체국에 들르려고요. 미아 사촌이 체조를 시작한대서, 미아가 입던 체조복 좀 보낼 거거든요."

엄마의 말에 미아의 심장 박동이 빨라졌다. 미아는 애써 마음을 진정시켜 보았다. 엄마가 그 체조복을 보내도 괜찮을 것이다. 미아가 겪은 일을 말할 수 있는 시간이 피오나의 첫 수업 전에 있을 것이다. 있지 않을까? 미아는 마른침을 꿀꺽 삼켰다.

"피오나, 텀블러스에서 수업 언제부터 시작해?"

"내일 아침부터! 새 시즌 시작하기 직전에 빈자리가 난 거야. 진짜 운 좋지?"

"아니!"

미아는 더 생각하지 않고 내뱉었다.

"응?"

빨강 신호등에서 차를 멈춘 엄마가 백미러로 미아를 보았다. 미아는 이미 흐느끼고 있었다.

"미아, 무슨 일이야?"

"피오나 텀블러스 들어가면 안 돼!"

할머니가 뒷좌석으로 손을 뻗어 미아의 손을 잡았고, 신호등이 파란불로 바뀌었다.

"미아……."

엄마는 아무 말 하지 못했고, 주위를 둘러보고는 편의점 주차장으로 차를 몰았다. 한산한 주차장 가장자리까지 가서 차를 세운 엄마가 미아에게로 몸을 돌려 물었다.

"무슨 일이야? 왜 그런 말을 해?"

미아는 힘들게 마른침을 넘겼다. 할머니 손을 놓지 않았다. 얻을 수 있는 모든 힘이 필요했다. 가슴이 조이고 입은 바싹 말랐지만, 목구멍 속까지 올라온 말을 반드시 뱉어야 했다. 피오나는 텀블러스에 다니면 안 되고, 그 이유를 아는 건 미아뿐이었다.

"필 코치 때문에."

마침내 엄마를 쳐다보며 말했다.

"필 코치 나쁜 사람이야. 내가 텀블러스 있을 때 나한테…… 무슨 짓을 했어."

"아이고, 미아……."

할머니가 이렇게 내뱉으며 미아의 한 손을 꼬옥 쥐었다. 할머니는 더 말하지 않고 그렇게 손을 잡고만 있었다.

엄마는 입술을 깨물었고, 긴 숨을 들이켰다. 엄마가 손을 뻗어 미아의 나머지 한 손을 잡았다.

"무슨 일이 있었는지 말해 줘."

그래서 미아는 말했다. 사람들이 아침 커피를 들고 가게에 들어가고 나오는 동안 미아는 모든 것을 이야기했다. 필 코치의 문자와 올림픽 배지와 포옹, 이상하고 역겨웠던 그의 등 마사지와 그것을 벗어나려 했던 일, 그랬더니 억지로 자리에 앉혀졌던 일, 그를 다시 마주하기 두려웠던 것과 다시 마주했을 때 평균대에서 떨어진 것까지.

"미아……."

엄마의 눈에 눈물이 차올랐다.

"엄마가 너무너무 미안해. 네가 그날 체조하러 가기 싫다고 한 거 기억나. 난 아무것도 몰랐어."

"내가 말 안 했으니까 몰랐지."

엄마는 고개를 끄덕였다.

"말을 하지."

미아가 조용히 대답했다.

"말해도 아무도 안 믿을까 봐."

"믿지. 난 무조건 믿어, 미아."

"누가 농장을 망치려 한다는 할머니 말은 안 믿었잖아."

"그건……."

엄마는 할 말을 찾지 못했다. 엄마가 눈을 깜빡이며 말없이 내다보는 창밖에서는 한 여자가 미니밴 카시트에 아기를 앉히고 안전띠를 채워 주고 있었다. 엄마가 마침내 한숨을 내쉬고 말했다.

"맞아. 농장에 무슨 일이 일어나고 있는지 모르면서도 내가…… 내가 잘못한 거야."

엄마가 할머니를 보았다.

"어머니 말씀을 믿었어야 했어요. 죄송해요. 정말 죄송해요."

할머니가 엄마의 손을 토닥거리며 말했다.

"괜찮다. 그리고 이거하곤 종류가 좀 다른 일이잖아."

할머니는 미아를 보고 말했다.

"미아, 네 엄마 아빠는 내가 아는 사람 중에서 가장 좋은 사람들이야. 이런 일 믿고 터놓아도 되는 사람들."

엄마가 덧붙였다.

"할머니께 이야기해도 되고. 무슨 일이든지. 우리가 널 얼마나 사랑하는데."

"알아."

미아는 안전띠를 풀고 몸을 앞으로 숙여 엄마에게 어색한 절반쯤의 포옹을 받았다. 할머니도 두 사람 모두에게 팔을 둘렀다. 너무 좋고, 따뜻하고, 안전한 기분이었다.

마침내 미아가 물러나서 엄마를 보았다.

"피오나 그 학원 다니면 안 된다고 이모한테 이야기할 거지?"

엄마가 고개를 끄덕였다.

"집에 가자마자 할 거야. 캐리 코치한테도 전화할 거야. 캐리 코치가 당장 알아야 해."

"필 코치가 자기는 안 그랬다고 하면 어떡해?"

미아의 가슴이 다시 한 번 조여들었다. 모두가 그를 좋아한다. 그들도 엄마나 할머니처럼 미아의 말을 믿을까?

"아무것도 아닌 일을 내가 큰일로 만든다고 하면 어떡해? 아무도 내 말을 안 믿으면 어떡해?"

"아무것도 아닌 게 아니야."

엄마는 이제 화가 난 얼굴이었다.

"캐리 코치라면 이 문제를 심각하게 받아들일 거야. 체육관에서 분명 조사를 할 거고 다른 학원생들 부모한테도 연락해서 비슷한 일이 없었나 확인하겠지. 내 짐작이 틀렸으면 좋겠지만, 미아, 성인이 아이한테 그렇게 부적절한 행동을 할 때는 대상이 한 명뿐인 경우가 거의 없어."

엄마가 떨리는 숨을 내뱉고 이어 말했다.

"아마 다른 여자애들한테도 같은 행동을 했을 거야. 더 심한 행동이나."

미아의 가슴이 내려앉았다.

"내가 아무 말도 안 했기 때문이야."

왜 여태 그 생각을 못 했을까?

"정말 나 말고 다른 애도 괴롭혔다면, 다 내 잘못이야!"

"아니야! 그자 잘못이지 다른 누구 잘못도 아니야. 미아, 그런 짓을 하는 인간들은 애들 마음을 조종하는 데도 능해. 아무한테도 말하지 말아야 한다고 생각하게끔 만든다는 얘기야. 너는 그런데도 말한 거야."

엄마가 다시 미아를 안았다.

"그건 너무나 용감한 행동이고, 네가 정말 정말 자랑스러워. 평생 그런 일을 속에 묻어 두기만 하고 사는 사람도 많아."

이 말을 할 때 엄마의 목소리가 조금 흔들렸고, 엄마의 눈에는 다시 눈물이 가득했다. 엄마가 첫 직장이었던 로펌에서 겪은 일을 이미 이야기해 주었지만, 미아는 어쩌면 그 일이 전부가 아닌지도 모르겠다는 생각이 들었다. 엄마에게도 상자 속에 숨겨 놓은 엄마만의 배지가 있는 것은 아닐까 하는 생각이.

"이 일을 말하기 전에도 너는 용감했고."

할머니가 조용한 목소리로 이렇게 말하며 다시 미아의 손을 잡았다.

"그 일이 자꾸 속에서 널 따라다니는데도 매일 아침 일어나서 학교 가고, 캠프 가고, 친구 사귀고 했잖아. **그거야말로** 얼마나 용감한 일인지 너 알기나 해?"

"그게 뭐가 용감한 일이에요, 그냥 할 일이 있었던 것뿐인데."

미아는 할머니를 쳐다보았다.

"우리 용감한 여자들이 하는 일이 바로 그거야. 그냥 계속 나아가는 거. 우리한테 일어난 일을 괴로워하고 슬퍼하면서도, 계속 세상도 구하고 사업도 운영하고 재판도 하고 가족도 꾸려 나가고 그러는 거."

마지막 부분을 말하며 할머니는 엄마에게 고개를 끄덕였다.

엄마가 덧붙였다.

"전사가 되기도 하고, 대회에 나갈 준비도 하고."

그리고 할머니는 말했다.

"조용한 용감함도 있어. 오늘 우리한테 그 일을 말한 것도 정말 용감했지만, 말하기 전에도 너는 용감했어, 미아. 무슨 일이 일어났건 누가 뭐라고 했건 아침에 일어나서 나로 살아가는 거, 그게 여성이 할 수 있는 가장 용감한 일, 가장 큰 저항일 때도 있어."

"나로 살아간다는 게 뭔지 더는 잘 모르겠어요."

미아가 조용히 말했다.

"나도 그래."

엄마가 이렇게 말하곤 울적한 미소를 지어 보였다. 할머니도 웃음을 짓더니 엄마의 어깨에 한 손을 올리고는 말했다.

"모두가 자꾸자꾸 새로 답을 찾아야 해. 그래도 괜찮아."

미아의 휴대폰에서 문자가 왔다는 신호음이 울렸다.

클로버다.

'너 오긴 오는 거야????'

미아는 차 시계를 보았다. 창업 캠프에 십오 분이나 늦어 있었다. 할 일이 정말 많았다. 더는 혼자만 늦고 싶지 않았다. 미아는 숨을 크게 쉬고 소매로 얼굴을 닦았다. 한 손을 엄마 어깨에, 다른 한 손을 할머니 어깨에 얹었다.

"고마워요. 전부 다. 그런데 우리 이제 가도 돼요? 캠프에 데려다 주세요."

21장

대회까지 카운트다운

"미아!"

미아가 캠프로 들어가자마자 클로버가 뛰어와 거의 태클과 같은 포옹을 했다.

"너 안 오는 줄 알고 진짜! 나 심장마비라도 걸렸으면 좋겠어?"

"미안. 엄마한테 좀 얘기할 게 있어서."

애나가 물었다.

"아무 문제 없는 거야?"

"그런 것 같아."

미아는 반짝이는 파란 체조복을 입은 피오나의 모습이 떠올랐다. 늘 피오나를 어떻게든 보호하려 하는 이모의 성격상, 이제 피오나가 텀블러스에 살 일은 없을 게 분명했다.

"응, 괜찮을 거야."

"다행이네."

클로버가 말했다. 그러고는 삼단으로 접힌 커다란 발표판을 펼쳐 보였다.

"내가 어젯밤에 다 준비했어. 어때?"

"진짜 잘했다!"

미아는 감탄을 내뱉었고, 애나에게도 물었다.

"너는 내일 그 로봇 가져갈 거지?"

애나가 고개를 끄덕이고는 로봇의 집게 손을 쓰다듬었다.

"아직도 살짝 손보고 있기는 한데 거의 준비됐어."

이날의 캠프는 모두에게 막바지 대회 준비 시간이었다. 여태 '뜻있는 쿠키' 레시피를 더 좋게 고치는 데만 몰두해 온 에이든은 이제 난리를 떨면서 포스터를 준비하고 있었다. 조야 선생님은 사업 계획서를 퇴고하는 줄리아와 딜런을 도왔다. 콴과 벨라는 아버지에게 문자를 보내 종이 접시와 냅킨을 가져다줄 수 있는지 물었다. 마무리 작업으로 바쁘지 않은 아이들은 일라이와 닉뿐이었다. 이미 준비된 발표판을 가지고 닉과 함께 앉아 바오와 시식용 쿠키를 먹던 일라이가 외쳤다.

"애나, 너 우리랑 계속 한 팀 할걸 그랬다고 후회하지 않아? 그랬으면 지금쯤 다 끝내고 놀 수 있었을 텐데."

애나가 곧바로 외쳤다.

"아니었을걸. 일하도록 가만히 내버려 두지 않는 사람이 있으면 뭐 하나도 끝내기가 어려우니까."

클로버는 애나와 손뼉을 마주치고는 이렇게 외쳤다.

"그리고 애나는 너희처럼 가만 앉아서 쿠키나 먹기보다는 세상을 바꾸기를 더 원해."

"야!"

기분 상한 얼굴로 에이든이 외쳤고, 클로버가 재빨리 덧붙였다.

"아니, 내 말은 아주 '맛있는' 쿠키라도 그렇다는 거야. 그리고……."

클로버는 에이든이 나눠 먹으려고 가져온 바삭바삭한 오트밀 건포도 쿠키를 하나 집어 들더니 말을 이었다.

"우리는 쿠키도 먹고 동시에 세상도 구할 수 있어. 그렇지?"

미아가 클로버와 손뼉을 마주치고는 말했다.

"맞아. 그리고 고마워. 너희 둘 아니었으면 난 절대 이거 다 못 했을 거야."

필수 항목들은 이제 거의 준비를 끝냈다. 소감을 쓰는 일만 남았고, 세 아이는 오늘 밤 미아네 집에서 같이 자면서 그걸 쓰기로 했다. 또한 일급 비밀 스파이 사슴 계획도 실행할 것이고.

캠프를 나섰을 때는 이미 오후였다. 자전거 길 바닥에서 열기가 솟아올랐다.

"우리 자전거 세우고 점심 먹고 가자, 호숫기에서."

클로버의 제안에, 다들 엄마에게 문자로 허락을 받은 다음 슈퍼마켓에서 자전거를 세워 샌드위치를 샀다. 그리고 붉은 바위가 있는 호숫가를 향해 다시 자전거 페달을 밟았다. 호숫가에 판판하게 튀어나온 바위 중 조그맣게 그늘진 곳을 발견한 세 아이는 플립플롭을 벗어 던지고 물에 발을 담근 채 샌드위치를 먹었다.

샌드위치를 다 먹어 갈 때쯤 그늘의 범위가 점점 줄어 미아의 눈에 해가 들어왔다.

"오늘 지인짜 덥다."

미아가 이렇게 말한 순간, 클로버가 벌떡 일어서서 말했다.

"수영하자!"

"우리 수영복 없잖아."

"그래서?"

클로버는 아무도 없는 호숫가를 훑어보았다. 물이 좀 더 깊은 쪽에서 호수를 향해 튀어나온 중간 높이의 바위 하나로 기어 올라간 클로버는 티셔츠를 벗어 버리고 반바지와 스포츠 브라 차림으로 호수에 뛰어들었다.

수면 위로 다시 솟아오른 클로버가 외쳤다.

"너희도 와! 진짜 좋아!"

애나도 소리 내어 웃고는 바위에 올랐다. 옷을 그대로 입은 채 무릎을 끌어안고 호수로 뛰어들자, 클로버에게 엄청나게 물이 튀었다.

"미아, 들어와! 물에 들어오니까 진짜 기분 좋아!"

애나가 말했고, 미아는 바위를 올려다보았다. 친구들 말대로 하고 싶지만 할 수가 없었다. 지난날로 손을 뻗어 보아도, 무지개 수영복을 입고 온 세상의 용기를 다 가졌던 여자아이를 기억해 보아도, 그것만으로는 모자랐다. 미아는 고개를 저었다.

클로버가 외쳤다.

"안 뛰어들어도 돼. 그냥 걸어서 들어와. 바위 옆에 완만한 길이 나 있어."

미아는 자리에서 일어나, 발을 끌며 천천히 물속으로 들어갔다. 미끄러워서 넘어지지 않게 조심하며 조금씩 나아가다 보니 어느새 물이 허리까지 왔다. 거기서 미아는 몸을 앞으로 고꾸라뜨려 머리부터 물에 빠져들었다. 얼음처럼 차가운 물에 잠시 숨을 쉴 수가 없었는데, 괴로운 건 아니었다. 정신이 확 드는, 살아 있다는 기분이었다.

물 밖으로 솟아오른 미아가 숨을 헐떡거리며 말했다.

"진짜 차갑다!"

"익숙해질 거야, 금방."

빙그레 웃으며 이렇게 말한 클로버는 다시 잠수했다가 미아와 애나 사이로 올라와 말했다.

"너희 둘을 겨우 몇 주 전에 처음 만났다는 게 믿기지가 않아. 꼭 훨씬 오랫동안 친구였던 것 같아."

미아는 대답했다.

"나도."

미아는 수면에 등을 대고 둥둥 떠서 하늘을 가만히 쳐다보다가, 눈이 부신 해에 눈물이 났다. 그래서 눈을 감고, 눈꺼풀 위로 쏟아지는 따뜻함을 느꼈다.

"야, 나 좀 봐!"

애나가 외쳤다. 쳐다보니, 반쯤은 호수에 잠긴 거대한 나무 위에 올라가 있었다. 애나가 일어서자 나무가 조금 잠겨서 마치 애나가 물 위에 서 있는 것처럼 보였다. 애나가 하늘로 두 팔을 뻗었고, 클로버가 외쳤다.

"나무 여왕이네!"

"너희도 와서 같이 나무 여왕 해!"

애나의 말에 둘도 헤엄쳐 그 나무 위로 올라갔다. 미아와 함께 일어서자마자 클로버는 살살 반동을 주며 발아래 나뭇가지를 흔들었고, 미아는 잠시 어쩔 줄 모르게 무서워졌다. 하지만 스스로에게 말했다. 균형을 잃고 떨어져도 괜찮아. 그냥 호수로 떨어져 물을 좀 튀길 뿐이야. 다치지 않아.

미아는 클로버와 같이 나뭇가지를 흔들기 시작했다. 결국 애나도 합류했다. 자전거 길을 지나던 사람들이 멈추어서, 함께 비틀거리며 시끄럽게 웃는 세 아이를 쳐다보았다.

클로버는 분홍색 자전거를 탄 한 노년의 여인에게 손을 흔들며 소리쳤다.

"우리는 나무 여왕이에요!"

"재미있게 놀아라, 얘들아!"

소리쳐 답한 그 여인은 자전거를 타고 멀어졌다.

"다 같이 뛰어들자!"

클로버가 애나와 미아의 손을 잡고 말했다.

"셋 세면 뛰는 거야. 준비됐어?"

아이들은 한 번…… 두 번…… 세 번 반동을 주고는 맑고 차가운 물속으로 뛰어들었다. 셋이서 첨벙거리고 수면에 몸을 띄우며 얼마나 더 놀았을까, 호숫가 바위 위에 두고 온 클로버의 휴대폰에서 문자 수신음이 울렸다.

"우리 엄마들일 거야, 나 잘 있는지 확인하려는."

"안 그래도 우리 돌아갈 때 됐어."

미아는 말했다. 가서 소감도 쓰고, 제이컵슨이 퇴근할 5시 전에 산업 단지로도 가야 했다.

옷이 흠뻑 젖은 채 자전거 헬멧을 쓰자 머리카락에서 물이 떨어져 눈에 들어갔지만, 미아는 개의치 않았다. 두 친구와 함께 몸을 식히며 놀고 나니 새로운 기운이 넘쳐흘렀다.

미아네 집에 도착한 세 아이는 미아의 방에 콕 박혀, 써야 하는 것들을 마무리했다. 미아는 벽장 속 사슴이 대화를 듣지 못하도록, 킥복싱 음악을 평소보다 더 크게 틀어 두었다.

"됐다! 우린 이제 완전히 준비됐어."

마지막 페이지들을 인쇄하면서 미아가 말했다.

"아니야, 아직 남은 게 있어."

애나가 이렇게 말하고는 제 가방에서 서로 다른 일곱 개의 매니큐어 병을 꺼냈다.

"셋이 맞춰서 매니큐어 발라야 해."

클로버는 신이 났다.

"오오오, 나 그거 좋아! 우리 무슨 색으로 바를까?"

"이거 어때? 귀뚜라미는 친환경적이니까."

미아가 반짝이는 초록색을 고르며 묻자, 애나는 답했다.

"완벽해! 그리고 손톱마다 중간에 번개 모양도 넣자. 우리 고모가 한쪽 발목에 번개 모양 문신을 했는데, 힘을 상징한대."

"보라색 번개 모양으로 해도 돼?"

클로버가 물었다.

"당연히 되지."

애나는 작업을 시작했고, 모두의 손톱에 초록색 바탕을 바른 다음 번개 모양을 더했다. 애나가 미아의 마지막 손톱을 바르고 있을 때, 클로버는 음악 재생 목록을 브로드웨이 뮤지컬 음악으로 바꾸었다.

"아, 나 노래 좋아!"

마지막 붓질을 마친 애나가 벌떡 일어서서는 짧은 보라색 매니큐어 붓을 마이크 삼아 「중력을 넘어서」를 부르기 시작했다. 미아와 클로버도 합류했고, 몇 소절 후엔 모두가 미아의 방 안을 돌아다니며 춤을 추고 손을 흔들고, 남들이 정한 규칙을 따르지 않겠다는 가사를 목청 높여 불렀다.

"조심해! 매니큐어 번지면 안 돼!"

아직 덜 마른 손톱을 침대 틀에 가깝도록 흔드는 클로버에게 애나가 소리쳤다.

"미안. 그런데 난 이 부분이 너무 좋아."

클로버가 침대 위로 올라가서는 조심스럽게 집어 든 넵튠을 향해 노래 불렀다.

"이 가오리와 나……. 날아올라……. 중력……을 벗어나……."

마지막 부분에서는 미아와 애나도 침대로 올라가 화려하게 노래를 마무리했다.

열려 있던 방문을 웃으며 들여다보던 미아 엄마가 말했다.

"트리오가 아주 대단하네!"

"우린 '사업가 삼총사'야."

미아가 침대에서 뛰어내리며 말하자 클로버가 덧붙였다.

"부업으로 뮤지컬 노래 공연해요."

모두가 웃었다.

엄마가 미아를 보며 말했다.

"캠프 활동 되게 재미있게 하는 것 같아서 좋네. 나 가게 갔다 와야 하는데 필요한 거 있어?"

"아니."

하지만 엄마가 손에 쥔 휴대폰을 보자, 미아는 피오나의 상황을 아직 모른다는 사실이 떠올랐다. 갑자기 배 속에서 매듭이 조였다. 미아는 애나와 클로버를 돌아보고 말했다.

"나 금방 올게."

엄마를 따라 아래층으로 내려간 미아가 물었다.

"이모랑 통화했어?"

엄마는 고개를 끄덕였다.

"피오나, 텀블러스 안 다니기로 했어."

미아는 참고 있는 줄 몰랐던 숨을 몰아서 내쉬었고, 눈물이 차올랐다. 엄마가 미아를 품으로 감쌌다.

"괜찮아. 네 얘기 듣더니 이모가 네 걱정을 제일 먼저 하더라. 내가 너 괜찮다고도 하고, 그렇지만 나라면 그 체육관에 애 안 보내겠다고도 했어. 그래서 이모가 다른 학원에 전화를 해 봤는데, 남은 자리가 있더래. 그래서 피오나는 다른 학원 다니기로 했어."

떨리는 숨을 들이쉬며 기다려 보았지만, 배 속을 조이는 매듭이 풀리지 않고 남아 있었다.

"텀블러스 다니는 다른 여자애들은? 캐리 코치님하고 얘기해 봤어?"

"내가 캐리 코치한테 메시지를 보내 놨으니 곧 연락 올 거야."

엄마는 미아의 턱을 살며시 올려 눈을 맞추었다.

"너 괜찮아?"

미아는 소매로 뺨의 눈물을 닦고는 고개를 끄덕였다. 괜찮았다. 대체로.

"내일이 기대돼. 준비하면서 정말 재미있었어."

엄마가 미소를 지었다.

"그런 것 같더라. 아까 방에서는 이디나 멘젤의 영혼이 몸에 들어온 것 같던데?"

미아가 고개를 끄덕였다.

"그러니까 나 대체로 잘 지내. 그런데 한 번씩 그때 일이 생각나. 그러면 다시 그때처럼 역겨운 기분이 들어."

고개를 끄덕이는 엄마가 슬퍼 보였다.

"당연히 그럴 수 있지. 너랑 비슷한 일 겪은 사람들 상담해 주는 전문가를 만나 보는 것도 좋겠어, 네가 원한다면."

"그런 전문가도 있어?"

미아는 세상에 필 코치 같은 자가 그만큼 많다는 사실이, 그래서 그들이 괴롭힌 사람들을 돕는 전문가가 있어야 한다는 사실이 슬펐다.

"지금은 상담하고 싶은지 잘 모르겠어. 나중에는 하고 싶을지도 모르겠지만."

"언제든지. 엄마한테 말만 해. 또 말하지만 너, 정말 강하고 용감했어."

미아는 제 손톱 위의 보랏빛 번개를 내려다보았다. 강하고 용감하다니. 한 번도 자신이 그렇다고 생각해 본 적 없었다. 그 바위에서 뛰어내리던 시절에조차도 말이다. 미아가 그 시절에 그럴 수 있었던 건 아는 것이 없어서 두려울 것도 없기 때문이었다. 하지만 이제는 알고도 용감할 수 있다는 것을 안다. 그게 멋진 일이라는 것을.

"미아."

부엌으로 고개를 내민 클로버였다.

"대화 방해하고 싶진 않은데, 너 농장에 할머니 뵈러 간다고 하지 않았어?"

전자레인지 시계를 보니, 벌써 4시 30분이다.

"으아! 맞아, 고마워."

미아는 엄마에게 짧지만 맹렬한 포옹을 하고, 귓가에 "사랑해." 하고 속삭였다. 엄마는 장을 보러 집을 나섰고, 미아와 애나, 클로버는 방으로 올라가 필요한 모든 것을 챙겼다.

헬멧을 쓰고 그 인형을 챙긴 다음, 세 아이는 자전거를 타고 산업 단지로 향했다. 이중간첩 사슴을 작전에 투입할 시간이었다.

22장

우승자는……

산업 단지에 도착해도 주차장에 제이컵슨의 차가 없자, 아이들은 할머니 농장으로 가서 일손을 보태기로 했다. 농장으로 들어서자마자 시드가 쪼르르 미아에게로 달려왔지만, 애나를 발견하고는 멈추어 서서 마구 짓기 시작했다. 놀라 물러서는 애나에게 클로버가 말해 주었다.

"걱정 마. 나도 한때는 얘한테 미움받았어."

클로버는 몸을 숙이고서, 이미 짖음을 멈춘 시드를 마구 쓰다듬었다.

"이 맹수야, 너 나 싫어했던 거 기억나지?"

시드는 배를 문질러 달라고 발라당 몸을 뒤집었다.

"안녕, 얘들아! 우리 일 좀 도와줄래?"

할머니가 사무실에서 나와 아이들을 맞이했고, 미아는 답했다.

"당연하죠!"

"잘됐다. 대니얼이 물그릇을 갈아 주는 도중에 다른 직장에 불려 갔거든. 괜찮으면 물그릇 마저 갈아 줘."

"잠시만요. 대니얼이 다른 직장이 있어요?"

빤히 보는 미아에게 할머니가 고개를 끄덕였다.

"말하기 어려워하는 것 같던데 지난주에 얘기하더라, 부업으로 대학에서 일을 좀 할 거라고. 대비를 하는 거지. 내가 고용 시간을 줄여야 할지도 모르니까."

할머니는 한숨을 쉬었다.

"그래야 하는 상황이 안 왔으면 좋겠지만, 대니얼이 대비책을 마련한 것도 이해가 돼."

"그러네요."

대니얼이 그토록 비밀스럽게 연락했던 것이 그저 할머니 기분을 생각해서였다는 사실에 미아는 안도했다.

"저희가 도와드릴게요."

"좋네. 곧 회의가 있어서 안 그래도 좀 허둥지둥하고 있었다."

할머니가 고개를 절레절레 흔들고는 이어 말했다.

"일손 돕겠다던 제이컵슨도 출장을 가서 말이야."

이로써 사슴 인형 바꿔 놓기 작전을 잠시 미루어야 함이 분명해졌다. 미아는 한편으론 실망스럽고 한편으론 다행스러웠다.

"얼마나 오래 다녀온대요?"

"얼마 안 걸린대. 비서 말로는 무슨 일 때문에 서둘러 퀘벡에 갔다는데, 내일 오후 1시나 2시 정도까지는 돌아올 거래."

"퀘벡이요?"

미아는 심장 박동이 빨라졌지만 그 이유를 곧바로 깨닫지 못했다. 하지만 사슴의 귓속에 녹음돼 있던 내용이 이내 떠올랐다.

'그 바이러스가 구석구석 안 퍼지는 데가 없어서 말야. 퀘벡에 있는 귀뚜라미 농장도 얼마 전 그 바이러스가 돌아서 키우던 귀뚜라미를 다 잃었대.'

"으응. 퀘벡에 가면 안 되는 이유라도 있어?"

할머니가 이상하단 표정으로 미아를 보았다.

"아니요."

미아는 억지로 미소를 지었다. 클로버와 애나를 쳐다보았지만, 할머니처럼 알아채지 못한 표정으로 미아를 보고 있었다. 하지만 지금은 아무것도 말해 줄 수 없었다. 그 사슴을 가지고 있는 지금은.

셋이서 귀뚜라미 물그릇을 씻고 밥을 주는 동안 미아의 머릿속은 뱅글뱅글 돌았다. 퀘벡은 큰 지역이니까 어쩌면 아무 일 아닐 수도 있다. 하지만 그 끔찍한 바이러스가 돌았다는 귀뚜라미 농장에 간 거라면? 제이컵슨이 어떻게든 그 바이러스를 가져와 할머니 농장에 퍼뜨린다면?

"미아 너 괜찮아? 너 갑자기 너무 조용해졌어."

클로버가 밥그릇에서 귀뚜라미를 비키게 하려고 후후 바람을 불다 멈추고는 물었다.

"응, 괜찮아."

미아는 말과는 반대로 도리도리 고개를 저어 보였고, 사육실 구석 제 책가방에서 삐죽 튀어나온 사슴 인형을 가리켰다. 할머니가 그 인형 앞에서 무슨 말을 할지 몰라, 로비에 두지 못했다.

클로버가 말했다.

"나 화장실 가고 싶은데 어딘지 좀 가르쳐 줄래?"

"나도 가고 싶어."

애나도 말했다.

"미아, 무슨 일이야?"

화장실 문을 닫자마자 애나가 속삭여 물었다.

"제이컵슨이 **퀘벡**에 갔다잖아."

미아는 바이러스가 돌았다는 퀘벡의 귀뚜라미 농장 이야기를 상기시켰다. 헉 하고 놀란 클로버가 물었다.

"언제 돌아온다고 했지?"

"내일 오후 1시나 2시."

"그렇구나……."

클로버는 세면대에 기댄 채 천장을 올려다보며 잠시 생각에 빠졌다가, 이렇게 말했다.

"우린 일단 대회에 예정대로 참가하고, 마치면 곧장 와서 농장에 아무 일 없는지 확인하자. 그다음에 사슴을 바꾸는 거지."

클로버는 미아에게 물었다.

"할머니께 말씀드려야 할까?"

미아가 고개를 저었다. 할머니에겐 이미 걱정거리가 너무 많다. 게다가 할머니는 제이컵슨을 아주 좋아한다. 사실 모두가 그를 좋아한다. 필 코치가 그랬듯 제이컵슨도 만인의 친구 같은 존재가 되어 있다. 그가 인형 속 도청 장치를 가지고 부모의 메시지를 녹음하려 했다는 등 희한한 핑계를 만들어 내면, 할머니는 믿을지도 모른다.

그래선 안 된다. 덜미를 잡아야 한다. 증거가 필요하다.

미아는 말했다.

"일단 내일 무슨 일이 일어나는지 보자. 지금 농장에 문제가 없다면 진짜 증거를 손에 넣을 때까지 기다리는 게 최선이라고 생각해."

그러자 애나가 말했다.

"인형을 그 사무실에 몰래 두자마자 증거가 생길 거야."

클로버는 고개를 끄덕였다. 셋은 사육실로 돌아가 일을 마무리했고, 미아가 챙긴 사슴과 함께 모두가 자전거를 타고 미아네 집으로 돌아왔다. 미아 방으로 올라온 셋은 미아 엄마가 만들어 준 칠리 수프를 먹으면서 영화를 보고, 넵튠에게 뮤지컬 노래를 좀 더 불러 주었다.

"너무 늦게까지 깨어 있으면 안 돼, 애들아."

밤 10시에 아이들을 확인하러 온 미아 엄마가 말했다. 하지만 할 필요 없는 걱정이었다. 자전거를 달리고 수영을 하고 사건을 추적하며 긴 하루를 보낸 세 아이 중 누구도 그 후 십 분 이상 눈을 뜨고 있지 못했다.

***

마침내 '버몬트 유소년 창업 대회'가 도심의 고급 호텔 연회장에서 열렸다. 대회장으로 갈 때는 미아의 부모가 세 아이를 차로 데려다주고, 끝난 후에는 미아와 클로버만 클로버네 엄마 차로 돌아와 일손을 돕기로 했다. 미아가 엄마 아빠에게 해 둔 이야기는 이것이었지만 농장으로 돌아오는 진짜 목적은 제이컵슨의 사무실에 이중간첩 사슴 인형을 갖다 놓는 것이었다. 대회 직후 사촌의 생일파티에 들러야 하는 애나는 되도록 빨리 파티를 빠져나와 합류하기로 했다.

발표판을 가지고 대회장 안으로 들어서며 클로버가 물었다.

"노트북 가져왔어?"

"응. 현수막이랑 시식용 귀뚜라미도."

"나는 로봇 가져왔어."

애나는 이렇게 말하며 거대한 상자를 끌어 날랐다. 차에 싣고 오는 동안 부품이 충격을 받거나 망가지지 않도록 로봇을 스티로

폼에 감싸야 했기 때문이다. 알고 보니 로봇은 탈피하는 귀뚜라미보다도 다치기 쉬운 모양이었다.

본격적으로 발표를 하기 전, 참가자들의 사업 계획을 보고 직접 이야기를 나눌 수 있는 한 시간짜리 박람회부터 열렸다. 그 후 10시부터 열 개의 팀이 발표를 하면, 「투자 오디션」에서처럼 앞에 한 줄로 앉은 심사위원들이 메모를 하고 질문을 하는 것이다. 미아, 클로버, 애나의 팀은 마지막에서 두 번째로 발표 순서를 배정받았다. 발표가 끝나면 십오 분의 휴식 시간을 가진 후 수상자들을 알린다고 했다. 미아와 클로버는 그 직후 달려나가 귀뚜라미 농장으로 향하기로 했다.

바비큐 맛 귀뚜라미를 시식용 컵에다 부으면서 미아가 말했다.

"정오까진 대회가 정말 끝났으면 좋겠는데 말이야. 그래야 우리가 늦지 않고……."

"쉿!"

애나가 탁자 아래 배낭을 가리키며 눈치를 주었다. 미아는 또 한 번, 그 사슴과 한시라도 빨리 작별하고 싶어졌다.

모든 문이 열리면서 사람들이 줄이어 연회실로 들어왔다.

"괜찮을 거야. 자, 이제 해 보자."

클로버의 말을 시작으로, 세 아이는 한 시간 동안 사람들에게 시식용 귀뚜라미를 건네고, '귀뚤귀뚤 챌린지' 사진을 찍어 주고, 식품으로서의 귀뚜라미에 대한 물음에 답했다.

"네, 정말로 몸에 좋은 단백질이에요."

"아니요, 어디 들판에서 잡아 온 귀뚜라미는 아니에요."

"맞아요, 가끔 귀뚜라미 다리가 이에 끼긴 하는데 익숙해져요."

그리고 10시 정각, 참가팀들의 발표가 본격적으로 시작되었다. 첫 번째 팀 아이들은 학생이 이용할 수 있는 'SOS 과제 상담 전화' 서비스를 기획했다. 두 번째 참가자는 '뜻있는 쿠키'를 준비한 에이든이었고, 심사위원들의 반응이 아주 좋은 것 같았다. 귀뚜라미 분말을 넣어 구운 '초코 귀뚤 쿠키'도 펀드레이저 옵션 중 하나라고 말할 때는 일부 심사위원이 놀라기도 했다. 에이든은 씨익 웃으며 이렇게만 덧붙였다.

"그에 관해서는 조금 있다 자세히 들으실 테니 염려 마세요."

다음 팀은 딜런과 줄리아였다. 스케이트보드를 제자리에 두고 무대로 나간 딜런이 액세서리 진열대를 들고 서 있고, 줄리아가 자신의 땋은 머리를 들어 올려 직접 찬 액세서리를 보여 주기도 하면서 손수 만든 친환경적 귀걸이를 설명했다. 다음은 일라이와 닉의 팀 차례. 축구팀 유니폼을 입고 축구공을 차면서 무대로 달려나간 둘은 공을 차려던 다리를 그대로 멈추고 주위를 둘러보았다. 일라이가 말했다.

"에잇, 오늘은 경기가 좀 있길 바랐는데."

킥파인더가 뭔지 궁금하게 하는 재미난 도입부라는 것을 미아는 인정하지 않을 수 없었다. 골치 아픈 아이기는 해도, 미아는 일라이의 저 자신감이 부럽기도 했다. 일라이는 보조개 띤 얼굴을 하고는 어디에서건 사랑받으리라 믿어 의심치 않는 듯 행동한다. 실제로도 대체로 사랑을 받고.

클로버도 이내 무대 위 일라이와 닉에게 합류하여 제가 맡은 프로그래밍에 관해 설명했고, 심사위원들은 감탄하는 것 같았다.

다음으로 (역시 유니폼을 입은) 하키 선수 남학생 두 명이 나와서 방향제가 내장된 하키 가방, '하키 프레시'를 소개했다. 그 가방의 냄새를 맡아 본 한 심사위원이 땀 냄새와 라일락 향이 섞인 것 같다고 평하는 걸 보니, 전망은 좋지 않았다.

다음 참가자는 청바지가 찢어졌을 때 덧댈 수 있는 '쿨 패치'라는 것을 소개하는 고등학교 2학년 여학생이었다. 자기가 직접 개발한 새로운 접착제를 사용해 만들었고, 이 접착제를 만드는 데 필요한 모든 화학 실험을 거쳤으며, 특허도 출원 중이라고 했다.

다음으로 올라온 여자아이는 직접 기른 벌들에게서 얻은 꿀로 레모네이드를 만들어 팔고자 했고, 그다음 참가자는 피시파인더(FishFinder)라는 애플리케이션을 만들어 온 여자아이였다. 미아는 점점 긴장되어, 피시파인더 소개가 제대로 들리지도 않았다.

그리고 드디어 순서가 되었다.

"자, 이번엔 '그린마운틴 귀뚜라미 농장 팀'을 맞이하겠습니다."

미아는 깊은숨을 쉰 다음 클로버와 애나를 따라 무대로 올라갔다. 발표의 시작은 미아가 맡았다.

"안녕하세요!"

첫 마디를 뱉은 후 주저하는 미아에게 한 심사위원이 격려의 미소를 지었다. 미아도 그 심사위원을 빤히 보았다. 심사위원석이 관객석을 등지고 있기 때문에 미아는 이제야 처음으로 이 사람의 얼굴을 보았다. 그는 바로 파이브 독 어패럴의 대표, 앤 마리 스팽글러였다. 대학에서 강연 후 미아와 대화를 나누었던 그 사람. 미아는 왜 이 낯선 사람에게 자기 이야기를 털어놓았을까? 그리고 이 사람은 지금 여기서 뭘 하는 걸까?

뭘 하긴. 다른 사업가들과 함께 이 대회를 심사하고 있다는 것을 미아는 잘 안다. 그리고 심사위원단 모두가 미아의 말을 기다리고 있다는 것도. 미아는 수없이 연습하기를 잘했다고 생각했다. 이렇게 머릿속이 하얗게 되어도 입에서는 자동으로 말이 흘러나오니 말이다.

"곤충을 먹음으로써 여러분 가족이 더 건강한 방식으로 살아갈 수 있고, 동시에 이 지구도 살릴 수 있다면 어떻게 하시겠습니까?"

클로버는 발표판을 들었고, 미아는 귀뚜라미에게서 얻을 수 있는 단백질과 환경적 이점을 모두 설명했다.

"저희가 하려는 것은 새로운 귀뚜라미 농장을 세우는 것이 아니라 이미 저희 할머니께서 바로 이곳 버몬트에서 운영하시는 귀뚜라미 농장을 확장하는 것입니다. 마케팅과 자동화를 통해서 말입니다. 클로버와 애나가 지금부터 좀 더 자세히 설명해 드릴 것입니다.”

됐다. 이제 미아는 뒤로 물러났고, 클로버가 사람들에게 곤충을 식품으로 받아들이게 하는 일의 어려움과 바이럴 마케팅 아이디어에 관해 발표했다. 벌링턴 시장이 SNS에 올린 글과 사진도 보여 주었다.

“저희는 이처럼 영향력이 큰 사람들을 타깃으로 삼으면 이 사업이 성장할 수 있다고 믿습니다. 그럼에도 남는 문제 하나가 있는데, 그건 귀뚜라미 생산 과정의 효율성이 낮다는 점입니다. 그 문제를 해결할 계획을 애나가 설명하겠습니다.”

무대 앞쪽으로 로봇을 가져간 애나는 사람이 손수 귀뚜라미를 채집할 때 얼마나 긴 시간이 걸리는지를 설명한 다음 로봇으로 채집하는 법을 완벽하게 실연해 보였다. 발표를 마무리하며 미아는 다음 날 열리는 오픈 하우스를 소개했고, 할머니의 귀뚜라미 농장으로 와서 이 모든 것을 직접 확인해 보라며, 심사위원과 관람객 모두를 초대했다.

“그리고 마지막으로, 우리의 발표를 들으셨으니…….”

미아는 할머니가 가족들을 귀뚜라미 농장으로 맞이하던 날 그랬듯, 구운 귀뚜라미 한 통을 흔들어 보였다.

“바삭한 바비큐 맛 귀뚜라미 맛보실 분?”

모든 심사위원과 관객 대부분의 손이 올라왔다. 예상하지 못한 반응이라, 클로버는 박람회 탁자로 달려가 시식용 귀뚜라미를 더 가져왔다.

"저희의 계획을 알릴 기회를 주셔서 정말 감사합니다."

마지막 인사말을 한 후, 미아는 발표 내내 쳐다보지 않았던 앤 마리 스팽글러를 마침내 쳐다보았다. 그가 작게 고개를 끄덕였다.

이제 미아는 자리로 돌아와 쓰러지듯 앉았다. 양쪽에 앉은 클로버와 애나가 미아의 손을 하나씩 잡고는 꼬옥 힘을 주었고, 마지막 발표자인 콴과 벨라가 무대에 올라갔다.

"드디어 했다! 잘한 것 같아? 난 입상할 가능성이 있다고 봐."

클로버가 속삭였다. 미아 역시 그렇게 생각했다. 하지만 이 대회가 정확히 어떻게 돌아가는지 잘 몰랐다. 체조는 판가름하기가 더 쉬웠다. 평균대에서 떨어지거나 이단 평행봉을 잘못 잡거나 할 때마다 점수가 깎여, 마지막 착지를 할 때쯤이면 몇 점쯤 나올지를 꽤나 추측할 수 있었다. 하지만 이 심사위원들이 뭘 보는지 알 수가 없었다. 잘했다는 **느낌**은 들었지만 괜히 희망을 품었다가 어리석었다고 느끼고 싶지 않아, 미아는 그냥 한 손가락을 입술에 대고 푸드 트럭의 인기를 설명 중인 무대 위 콴을 가리켰다.

콴과 벨라의 발표가 끝나자, 심사위원단이 모든 참가자에게 감사의 인사를 하고 십오 분 후에 수상자를 발표하겠다고 알렸다. 미아, 클로버, 애나는 사용한 탁자를 정리했다. 로봇을 다시 스티로폼에 싸는 일을 애나가 맡고, 미아와 클로버는 사용한 시식용 컵을 버렸다. 컵에 귀뚜라미가 전혀 남지 않은 것을 미아는 좋은 신호로 받아들였다.

"어서 결정해 줬으면 좋겠어."

벽에 걸린 시계가 12시 10분을 가리키는 것을 보며 미아는 말했다.

"우리 그냥 가는 게 좋을까? 시간 오래 걸리면 어떡해?"

"가면 안 돼. 너 멋있었어, 미아. 우리 정말 잘했단 말이야."

클로버가 미아를 보며 한 손을 잡았고, 다른 손을 뻗어 애나의 손도 잡았다.

미아는 보라색 번개가 그려진 모두의 반짝이는 초록색 손톱을 내려다보았다. 매니큐어일 뿐이지만 미아는 아무래도 그것이 마법 같은 걸 부린 덕분에, 힘을 불어넣어 준 덕분에 자신이 무사히 발표를 마친 것 같았다. 아니면 그저 친구들이 곁에 있었던 덕분이거나.

"저기 봐! 벌써 돌아왔어."

애나가 말했다. 심사위원들이 한꺼번에 들어오고, 모든 사람이 제자리로 갔다. 미아는 시계를 보았다. 심사위원이 모두 자리에 앉자 시각은 12시 15분. 제이컵슨이 퀘벡에서 좀 일찍 돌아왔다면 어떡하지?

클로버가 휴대폰을 내려다보았다.

"우리 엄마 이 앞에 도착했대. 우리 이거 끝나자마자 출발할 수 있어."

심사위원 한 명이 단상에 올라섰다.

"우선 모든 참가자에게 축하를 드리고 싶습니다. 쉽지는 않았지만 결국 수상자들을 선정했습니다. 우선, 아차상을 받을 두 팀을 발표하겠습니다. 뜻 있는 쿠키와 루시의 꿀 라임 레모네이드!"

"축하해, 에이든!"

미아가 상을 받으러 나가는 에이든과 꿀벌 소녀에게 손뼉을 치며 말했다.

"3등의 영예는……."

미아는 심장이 가슴 바깥으로 튀어나올 것 같았다. 정말 상을 받을 수 있을까?

"……바오 버스!"

"우와아!"

클로버가 트로피를 받는 콴과 벨라에게 환호를 보냈다. 그리고 들뜬 눈을 커다랗게 뜬 채 미아에게 속삭였다.

"나 느낌이 아주 좋아."

"2등 수상 팀은…… 킥파인더!"

역시, 하고 미아는 생각했다. 하지만 앞으로 나가는 일라이와 앨릭스에게 박수를 보냈다. 같은 팀인 클로버도 뒤따라 상을 받으러 나갔지만 서둘러 미아와 애나에게 돌아와 말했다.

"지금이야."

미아는 박수 소리가 잦아들자 숨을 죽이고 천장을 올려다보았다. 내내 희망을 품는 게 두려웠다. 하지만 이젠 그 희망이 가슴속에서 커다란 기체 방울로 부풀어, 호텔 천장의 화려한 샹들리에로 몸이 두둥실 떠오를 것만 같았다.

"자, 그럼 올해 '버몬트 유소년 창업 대회' 1등 수상 팀은······."

진행자는 잠시 멈추고 관객을 둘러보다, 다시 손에 든 종이를 보았다.

"쿨 패치!"

미아의 희망은 꺼져 버렸다. 미아는 애써 수상자에게 박수를 쳤다. 할머니의 귀뚜라미 농장에 관해서는 취재하지 않을 신문 기자들이 1등 참가자의 주변으로 모여들었고, 관객들은 자리를 뜨려고 일어섰다.

"미안, 난 정말 우리가 가능성 있다고 생각했어."

클로버가 말했다. 그리고 미아, 애나와 힘없이 주먹을 맞댔다.

"나도 그랬어."

애나가 말했다.

"너희 둘 대단했어. 고마워, 전부."

미아는 미소를 지어 보이며 말했지만 실은 누가 진흙투성이 장화로 심장을 짓밟고 간 기분이었다.

시계를 보고는 심장이 더욱 내려앉았다. 벌써 12시 30분.

"클로버, 우리 가야 돼!"

부모와 함께 사촌의 생일파티에 가야 하는 애나는 둘과 포옹한

다음 먼저 떠났고, 클로버는 미아에게 말했다.

"가서 사슴 챙겨 와, 알았지? 난 포스터랑 그런 거 다 챙길게."

미아가 사슴 인형이 불룩하게 든 배낭을 가지러 모퉁이를 돌아 갈 때, 누군가 어깨에 손을 얹었다.

"미아?"

그 손의 주인은 메모 가득한 클립보드를 든 앤 마리 스팽글러였다. 옆에는 다른 여자도 서 있었다.

"잠깐 우리하고 이야기 좀 할 수 있어요?"

23장

쿵후 사마귀처럼

"천사 투자자가 뭔지 알아요?"

미아가 고개를 끄덕이고 답했다.

"어느 정도만요."

할머니 농장을 계속 운영하려면 천사 투자가 필요하다는 대
니얼의 말을 들은 것이 전부였으니 말이다.

"천사 투자자는 신생 벤처 기업에 자금을 대고 그 대가로 그 기
업 일부를 소유하는 사람들이에요."

앤 마리는 옆에 선 사람을 가리키고 말했다.

"미란다랑 내가 여성 창업가 지원에 초점을 맞추는 지역 투자
자 그룹의 일원이거든요. 아까 발표한 사업 계획을 굉장히 인상
적으로 봤기 때문에, 할머니 귀뚜라미 농장에 대한 투자 가능성
을 논의해 보고 싶어요."

"정말요? 저희는 아차상에도 뽑히지 않았는데요."

"그렇죠, 대회에는 구체적인 요건과 채점 체계가 있으니까. 그렇지만 실제 투자를 생각할 때는 그런 기준을 넘어서서 검토하죠."

"그럼 저희 할머니께 돈을 드리고 싶으시다고요? 귀뚜라미 농장 일부를 소유하시는 대가로요?"

"그렇게 할 가능성이 있다는 거죠. 할머니께서 투자받기를 고려하고 계신다면."

앤 마리가 명함을 내밀었다.

"이쪽으로 연락하시면 된다고, 할머니께 좀 전해 드릴래요?"

미아는 명함을 보면서도 바로 받아들지 않았다. 이 사람은 정말로 조금 전의 발표가 할머니의 농장에 투자하고 싶어질 만큼 좋았을까? 다른 이유가 있어서 이러는 것은 아닐까? 그런 건 신경 쓰지 말자고, 이유가 뭐건 할머니에게 명함을 전해 주고, 이런 일이 일어난 것 자체를 기뻐하자고도 생각해 보았다. 하지만 미아는 알고 싶었다.

"혹시 이렇게 하시는 이유가…… 제가 전에 강연 끝나고 한 이야기 때문이에요?"

앤 마리는 동행을 보면서 말했다.

"잠깐 우리끼리 이야기 좀 해도 될까?"

미란다는 고개를 끄덕였고, 다른 심사위원들에게 다가가 이야기를 나누었다.

"미아, 그 일 나한테 이야기하길 잘했어요. 그리고 털어놓을 사람을 나 말고도 찾았기를 바라요. 미아가 잘 알고 믿는 사람."

미아는 고개를 끄덕였다.

"어제 엄마한테 얘기했어요."

앤 마리의 두 눈이 커졌다.

"어떻게 됐어요?"

"정말 잘됐어요. 그러니까…… 털어놓기가 어렵기도 했는데, 말하기를 정말 잘했다고 생각해요."

"나도 그렇게 생각해요. 그런데 내가 이 투자에 관심 있는 거하고 그거는 아무 상관 없는 일이에요."

앤 마리가 손에 든 클립보드를 돌려서 미아에게 보여 주었다. 귀뚜라미 농장의 확장 가능성에서부터 클로버가 소개한 SNS 홍보 방식, 애나의 채집 로봇까지 발표했던 내용이 두루 빼곡히 메모되어 있었다. 다른 작은 메모들도 눈에 띄었다.

'예상되는 성장 잠재력?'

'다른 자동화 가능성?'

"나는 사업가예요, 미아. 아주 성공한 사업가. 누군가가 안쓰럽다는 이유로, 사람이 좋다는 이유로 투자를 했다면 여기까지 올수 없었어요. 내가 성공한 건 똑똑해서이고, 장래성 있는 기회를 알아보는 눈이 있기 때문이에요. 오늘 미아네 팀이 보여 준 것도 그런 기회였어요."

앤 마리가 다시 명함을 내밀었다.

"우리는 미아 팀의 사업 계획에 장래성이 있다고 생각해요. 미아 할머니께서 그걸 이행하시는 데 필요한 자금을 우리가 댈 수 있어요. 우리는 여성이 여성을 돕는 일이 아주 중요하다고 생각해요. 그런데 착각하면 안 돼요. 우리가 이 투자에 관심이 있는 건 돈을 벌고 싶어서예요. 그리고 미아의 할머니가 돈을 버실 수 있다고 생각해서예요."

이번에는 명함을 받았다.

"감사합니다."

"미아, 이제 가도 돼?"

발표판을 들고 서 있던 클로버가 물었다.

"아, 맞다!"

미아는 서두르는 것을 까맣게 잊고 있었다.

"저 가야 해서요. 감사합니다, 이번에도요!"

미아와 클로버는 서둘러 차를 타러 나갔다. 사슴 인형이 든 배낭을 트렁크에 실은 후 둘은 뒷좌석에 탔고, 미아는 앤 마리가 한 모든 말을 클로버에게 전했다.

"진짜 대박이다!"

"할머니한테 어서 말하고 싶어!"

명함을 너무 꼭 쥐어 미아의 손에서 땀이 나기 시작했다. 농장에 도착할 때쯤 너덜너덜해져 있지 않게, 미아는 명함을 옷 뒷주머니에 넣었다.

"아직 아무 일 없어야 할 텐데."

미아가 클로버에게 속삭였다. 이제 1시 십 분 전이다. 제이컵슨을 막지 못하면 투자를 받을 농장 자체가 없어질지도 모른다.

클로버의 엄마가 주유소에 차를 세우자 미아는 소리를 지르고 싶은 심정이었지만 삼 분 기다리는 것이 연료가 떨어지는 것보다 나음을 애써 기억했다.

마침내 둘은 귀뚜라미 농장 주차장에서 내렸다.

"제이컵슨 차 아직 없어."

이렇게 말한 미아는 안도감이 밀려오는 것을 느끼며 농장으로 향했다. 이제 들어가서 할머니에게 천사 투자자들 이야기를 전하고 앞으로 어떻게…….

"온다, 와."

클로버의 말에 돌아보니 제이컵슨의 차가 평소의 주차 위치로 들어오고 있었다. 미아는 얼어붙었다. 사슴 인형으로 가득한 배낭이 무겁게 느껴졌다. 이제 작전을 실행해야만 한다.

제이컵슨은 미아와 클로버를 못 본 것 같다. 처음 보는 다른 남자와 함께 차에서 내린다. 그가 트렁크 문을 열고는 커다란 플라스틱 상자를 꺼내는 걸 보며, 미아의 심장이 뜀박질한다.

"저걸 늘고 들어가지 못하게 막아야 돼!"

클로버가 속삭여 물었다.

"어떻게 막아? 저게 그게 맞는지도 아직 모르는……."

"맞을 수도 있잖아! 맞는다면, 일단 농장에 들어가면 끝장이란 말이야."

아무것도 중요하지 않게 된다. 사업 확장 계획도, 내일 열리는 오픈 하우스도, 앤 마리와 미란다의 투자도. 그 바이러스가 귀뚜라미 농장에 퍼지면 모든 게 끝난다.

제이컵슨과 일행이 건물 뒷문으로 향하자, 미아가 달려가 그들 앞에 섰다.

"안녕하세요, 제이컵슨 아저씨! 제가 그거 들어 드릴까요?"

"아냐, 괜찮아! 재봉틀 업그레이드에 필요한 물품이야. 여기 있는 우리 새 직원 미치가 기계 전문가거든. 미치가 오늘 이 동네 처음이라, 안내를 좀 해 줘야 해서 그럼 이만."

"좀 봐도 돼요? 제가 재봉을 좋아해서요."

미아는 절박했다. 제이컵슨은 웃음을 내뱉고는 답했다.

"볼 만한 거 없어."

제이컵슨이 미아 옆으로 발걸음을 뗐다. 이때, 달려온 클로버가 말했다.

"잠깐만요! 캠프 과제 때문에 그러는데, 저희랑 인터뷰 좀 해 주실 수 있어요? 성공한 사업가랑 대화를 해야 하거든요."

"그래, 해 줄 수 있고말고. 그런데 나중에."

그는 아직 앞을 막고 서 있는 미아를 보며 말했다.

"우린 그만 가야겠다."

"그 상자에 뭐 들었어요?"

미아는 내뱉어 버렸다, 더 커진 목소리로.

제이컵슨이 두 눈을 가늘게 떴다. 미아가 질문을 한 것이 아니라 시비를 걸었다고 생각한 모양이지만, 상관없었다. 그 생각이 맞았으니까.

심장이 너무 뛰어 제이컵슨에게까지 들릴 것 같았지만, 미아는 물러나지 않았다. 바닷가에서 그 끔찍한 자를 물러서게 만든 클로버와 옛 상사를 해고한 앤 마리, 그리고 첫 로펌에서 많은 것을 견뎌낸 엄마를 떠올렸다. 그리고 할머니를 떠올렸다. 미아는 할머니를 생각하며 제자리에서 버텼다.

"보자 보자 하니까, 진짜. 그만해라, 얘들아."

그가 미아 옆으로 지나가려는데, 그가 든 상자 뚜껑에서 차 열쇠가 미끄러져 떨어졌다. 열쇠를 주우려고 제이컵슨이 상자를 내려놓은 순간, 미아는 생각하지 않았다. 그냥 상자 뚜껑을 열어 버렸다. 죽은 귀뚜라미가 가득했다.

다른 남자 미치가 미아 손에서 뚜껑을 빼앗아 다시 상자에 덮고는 말했다.

"사장님, 상자를 잘못 가져오셨네요."

미아가 어디선가 들어본 것 같은 목소리였다.

"그래, 잘못 가져왔네!"

제이컵슨은 미아를 보며 덧붙였다.

"이건 내가 너희 할머니한테서 산 귀뚜라미야."

하지만 미아는 그를 똑바로 보며 말했다.

"아니요!"

미아는 팔짱을 끼고 그의 앞에 섰다. 지독히 두려웠지만 분노가 더 컸다.

"바이러스가 휩쓴 퀘벡 농장에서 가져온 거겠죠, 여기에 바이러스를 옮기려고!"

"바이러스? 말도 안 되는 소리야."

제이컵슨의 목소리가 미세하게 떨렸다.

"나는 네 할머니 여기 처음 왔을 때부터 오로지 돕기만 한 사람이다."

"도우려고 할머니 도청했어요? 우리 가족도?"

미아는 배낭 지퍼를 열고 사슴 인형을 꺼냈다.

"당신이 여기 심은 도청 장치를 찾았다고요."

그때 귀뚜라미 농장 문이 열리고, 시드가 꼬리를 흔들며 뛰어나왔다. 미아는 시드가 낯선 남자 미치에게 짖기를 기다렸지만 시드는 짖지 않았다. 쪼르르 달려가서 미치의 발 위에 엎드렸다가 배를 문질러 달라고 몸을 뒤집었다.

미아는 미치의 익숙한 목소리를 어디서 들었는지 깨달았다.

"당신 이 동네 처음 아니잖아요! 초파리 침입 당신이 도왔잖아요! 농장 온도 조절 장치랑 냉동고도 당신이 건드렸겠지!"

제이컵슨의 얼굴이 빨개지다 못해 불타 버릴 것 같았다. 그는 미아의 손에서 사슴 인형을 낚아챘다. 그리고 미아를 거세게 뒤로 밀쳐, 미아는 연석에 발이 걸려 넘어졌다.

"이봐요!"

클로버가 재빨리 다가와 미아를 일으켰다. 제이컵슨은 상자를 다시 집어 들고는 획 돌아서서 차로 갔다.

미아는 떨고 있었다. 인도에 두 손이 긁혔지만 어떻게 하는 게 안전한지, 맞는지 따위를 생각할 수가 없었다. 제이컵슨에게 당신이 이긴 게 아니라고 알리고 싶었다. 미아는 허리에 두 손을 짚고 최대한 꼿꼿하게 서 보았다, 쿵후 사마귀처럼.

"우리는 당신이 무슨 짓 했는지 알아요."

"아이고 축하한다, 낸시 드루. 그런데 너흰 이 인형이 없으면 증거도 없어."

제이컵슨은 그 상자와 사슴 인형을 차 트렁크에 넣었다. 그러고는 미아의 어깨너머를 보았다.

"그리고 말이지, 내가 굳이 이 병든 귀뚜라미를 가져올 필요도 없었어. 어차피 네 할머니는 헛꿈 꾸는 노인네라 이 같잖은 사업도 제 스스로 말아먹을 게 뻔하고, 그래서 저 자리가 비워지면 우리 창고로 쓰면 되니까. 그래도 재미는 있었으니, 그건 고맙다."

그는 트렁크를 완전히 닫았다. 두 남자는 차에 올라 주차장에서 빠져나갔다.

미아는 연석 위에 앉아 숨을 골랐다. 시드가 뒤뚱뒤뚱 다가와서 미아의 팔꿈치를 핥았다.

"뭐가 어떻게 되어 가는지도 모르겠어. 제이컵슨이 파츠워스랑 한패라고 생각했는데, 들어 보니 저 혼자 한 짓 같아. 자기 창고 공간 늘리려고."

미아는 고개를 절레절레 흔들고는 이어 말했다.

"근데 이제 어차피 아무것도 상관없는 것 같아. 저자 말대로, 그 사슴이 없으니까 우린 다 끝난 거나 다름없어."

클로버는 반박했다.

"우리가 목격자잖아."

"우린 애들이잖아. 저 사람은 성공한 사업가고."

미아는 한숨을 내쉬고 덧붙였다.

"내가 인형을 끝까지 붙들었어야 했는데."

클로버는 미아를 일으켜 세우며 말했다.

"적어도 이제 그놈이 사라졌잖아. 이젠 너희 할머니께 다 이야기해야 돼, 안 그래?"

미아는 고개를 끄덕이고 클로버를 따라 안으로 들어갔다.

"왔구나! 대회는 어땠어?"

"좋았어요."

미아는 우선 이렇게 대답했지만, 남은 이야기를 어디서부터 해야 할지 알 수 없었다.

"그런데, 다른 할 얘기가 있어요."

미아와 클로버는 할머니에게 모든 것을 말했다. 크게 흥분할 거란 미아의 예상과 달리 할머니는 그저 듣기만 했다. 할머니의 분노에 찬 눈빛은 벽에 구멍이라도 뚫을 듯했다. 이야기가 끝나자 할머니는 짧게 고개를 끄덕였다.

"알았다. 적어도 이제는 우리가 적의 정체를 아네."

미아는 물었다.

"경찰에 신고하실 거예요?"

"해야지. 그런데 경찰이 그다지 할 수 있는 일이 없을 것 같아."

클로버는 물었다.

"경찰이 그놈 집 가서 수색하면 안 돼요?"

"영장 없이는 못 해."

평소 엄마한테서 듣는 법률 이야기 덕분에 그 정도는 알고 있는 미아가 말했다. 할머니가 덧붙여 설명했다.

"실질적인 증거가 있어야 영장이 나와."

미아는 말했다.

"그런데 사슴 인형이 없어져서, 이제 증거도 없어."

"아니야!"

애나였다. 애나가 옆구리에 노트북 컴퓨터를 끼고는 달려 들어왔다.

"너 생일파티 간다며."

클로버가 물었다.

"응, 가야 돼!"

애나는 잠시 숨을 고르고는 설명했다.

"가기 전에 집에 잠시 들러서 엄마가 파티 갈 준비하는 동안, 내가 노트북에서 그 인형 오디오 피드를 열었거든."

미아가 물었다.

"뭘 열었다고?"

"네 사슴 인형 오디오 피드."

아직도 알아듣지 못한 미아와 클로버의 표정에 애나는 말했다.

"아, 내가 너희한테 끝까지 얘기 안 했나 보네. 사슴 인형을 이중간첩으로 만들려고 집에 가져갔던 날, 내가 그 인형이 도청하는 소리를 전송받게 해 놨어. 좀 골치 아팠지. 심 카드가 필요했는데 그걸 구하려면 성인이어야 해서 우리 언니가 구해 줬어. 아무튼 언니가 그 인형의 마이크를 마이크로컨트롤러에 연결하게 도와줬고, 그게 심카드로 인터넷에 연결돼서 거기 잡힌 소리가 실시간으로 내 노트북으로 전송되는 거야."

클로버는 물었다.

"그러니까…… 어떻게 됐다는 거야? 우리말로 좀 설명해 봐."

"그러니까 방금 일어난 일이 고스란히 여기 다 녹음돼 있다는 거야."

애나가 로비 탁자에서 노트북을 연 다음 자판을 몇 개 쳤다. 제이컵슨의 목소리가 스피커로 흘러나왔다.

'그런데 너흰 이 인형이 없으면 증거도 없어.'

아주 또렷한 소리였다.

'그리고 말이지, 내가 굳이 이 병든 귀뚜라미를 가져올 필요도 없었어. 어차피 네 할머니는 헛꿈 꾸는 노인네라 이 같잖은 사업도 제 스스로 말아먹을 게 뻔하고, 그래서 저 자리가 비워지면 우리 창고로 쓰면 되니까.'

"자백 고맙네, 이 나쁜 놈아!"

클로버가 내뱉었다.

할머니는 그의 말을 곱씹었다.

"헛꿈 꾸는 노인네? **같잖은 사업** 내 스스로 말아먹어······."

표정이 굳어 버린 할머니가 날카로운 숨을 내뱉었다. 마치 제이컵슨과 그의 비열하고 어리석은 말들을 머릿속에서 떨어내려는 것처럼 고개를 저었다.

할머니는 말했다.

"지금 경찰에 전화해야겠다. 전화하고 오면, 창업 대회 어땠는지 전부 이야기해 줘. 아직 들을 겨를이 없었으니까."

할머니가 사무실에 들어간 다음, 미아는 애나에게 말했다.

"너 정말 최고야. 기계 천재들도 천재로 모실 인재."

"고마워. 다들 기다리고 있어서 난 가 봐야 돼. 생일파티 가는 도중에 아빠한테 잠깐 차 세워 달라고 한 거야."

애나는 미아에게 플래시드라이브를 건넸다.

"여기 대화가 녹음돼 있어. 만약을 대비해서 백업을 하나 더 만들 거고. 경찰이 더 필요한 거 있다고 하면 알려 줘."

할머니가 사무실에서 나왔을 때, 미아와 클로버는 귀뚜라미 농장을 더 키우기 위한 사업 계획을 할머니에게 모두 이야기했다. 대회에 사용한 발표판을 보여 주었고, 애나의 채집 로봇에 관한 할머니의 질문에도 답했다. 그리고 미아는 앤 마리가 한 말을 전하면서 그의 명함을 건넸다. 명함을 가만히 바라보던 할머니의 눈에 눈물이 찼다.

할머니는 정말이지 우는 사람이 아니었다. 하지만 미아를 보며, 할머니는 울음으로 목소리가 떨렸다.

"사실 말이야, 나도 이 투자 그룹의 회의에 가서 우리 사업을 소개하려는 생각을 했어. 그런데 결국 안 하기로 마음먹었던 거야. 나 같은 노인네가 하는 이야기 듣고 싶지 않을 거라고 결론짓고는 말이야."

할머니는 미아를 보았다.

"미아 네가 나보다 더 용감했네. 정말 잘했다."

할머니는 미아와 클로버를 끌어안고 물었다.

"너희 배고파?"

"솔직히 배고파 죽겠어요."

미아는 말했다. 점심을 굶은 상태였다.

"피자 하나 시키고 일하자. 경찰이 온다고 했어. 그동안 우리는 오픈 하우스를 준비하자."

24장

레이크 몬스터스 경비대와
펑크 록 귀뚜라미

앤 마리와의 투자 회의를 일요일 오후로 잡게 되면서, 할머니는 같은 날에 열리는 오픈 하우스의 손님 맞이를 미아와 클로버, 애나에게 거의 맡기기로 했다.

클로버는 귀뚜라미 시식대에다가 '귀뚤귀뚤 챌린지' 현수막을 달았다. 또 미아와 함께 초콜릿 귀뚜라미 쿠키, 귀뚜라미 타코와 사과 케일 귀뚜라미 분말 스무디 등의 레시피를 만들어 인쇄했다. 그린마운틴 귀뚜라미를 재료로 쓰는 이 지역 식당과 가게도 소개하고, 그 시식용 음식도 모두 준비하기로 했다. '초콜릿샵'의 귀뚜라미 크리스피 초콜릿은 이미 갖다 놓았다. 마젤라스의 태국풍 귀뚜라미 피자도 사 오고 '톰과 해리 아이스크림'의 귀뚤귀뚤 오싹 코코넛 아이스크림도 아이스박스에 담아 오기로 한 사람은 미아 엄마였다.

미아 아빠도 와서 도왔다. 미아는 필 코치 일을 아빠에게 대신 이야기해 달라고, 엄마에게 부탁했다. 그 이야기를 하는 힘든 과정을 또 거치지 않기 위해서 말이다. 아빠는 그런 대화를 나누는 데 능숙하지 않았지만 이날 아침, 얼굴을 보자마자 미아를 포옹하고는 말했다.

"아빠가 정말 사랑하고, 네가 정말 자랑스럽다."

이제 아빠는 미아를 웃게 만들려는 온갖 노력을 하고 있었고 미아는 그게 고마웠다. 할머니가 아빠에게 풍선에 바람 넣기를 맡겼는데, 아빠는 자꾸 헬륨 가스를 잔뜩 들이마시고는 이런 소리를 했다.

"안녕하세요! 저는 지미니*고요, 여러분의 몸에 좋은 단백질 식품이 되고 싶어요!"

"사람들 오면 그거 하지 마, 아빠! 지미니를 누가 먹어 버리고 싶어 해?"

애나는 로봇으로 귀뚜라미 집을 털어 채집하는 과정을 손님에게 보여 줄 수 있게 준비했다.

"실제 채집을 보여 주지 못하는 건 아쉽지만 원리는 보여 줄 수 있을 거야."

클로버는 물었다.

---

* 디즈니 애니메이션 「피노키오」에 나오는 귀뚜라미.

"대니얼은 어디 있어? 이 로봇 보면 진짜 좋아할 텐데!"

"경비를 서고 있어, 야구팀원들 전부 데려와서."

미아가 대답하고는 창밖을 가리켰다. 미아가 아침에 엄마 차를 타고 농장에 도착했을 때도 벌써 와 있던 대니얼과 레이크 몬스터스 선수들이 이 건물 주위의 나무들 사이에 숨어 있었다. 미아는 한때 자신이 대니얼을 의심했다는 게 믿기지 않았다.

"할머니 말로는 만약에 대비해서 종일 경비할 거래."

지난밤 이후로 제이컵슨을 보거나 경찰의 연락을 받은 사람은 없었지만, 이날 오픈 하우스가 열리기 삼십 분 전인 오전 9시 반에 한 형사가 찾아왔다. 그 여자 형사는 할머니와 함께 사무실로 들어가 문을 닫았고, 십 분 뒤에 두 사람은 사무실에서 나왔다. 할머니는 형사에게 바비큐 맛 귀뚜라미 한 통과 시식용 귀뚜라미 분말을 들려 보낸 다음 발표했다.

"이제 대니얼한테 바깥 순찰 그만하라고 해. 오늘 아침에 밥 제이컵슨이 체포되었단다."

"아자!"

미아는 허공에 주먹을 날리고 물었다.

"그 끔찍한 귀뚜라미들도 찾았대요?"

할머니는 고개를 끄덕이고 말했다.

"경찰이 증거 음성을 듣고는 그자 집을 감시했대. 어젯밤 늦게 어떤 통을 들고 집에서 나오는 걸 포착해서 추적했더니, 병원 뒤 큰 쓰레기통으로 가더래. 경찰이 죽은 귀뚜라미를 발견해서 그자 집에서 추궁했더니 자백했대."

"그럼 혼자 한 짓이에요? 식품 공장 사장이랑 한 패가 아니라?"

할머니는 고개를 끄덕였다.

"농장을 팔라며 자꾸 밀어붙이기는 했어도, 쳇 파츠워스가 이상한 사고들의 배후에 있다는 내 짐작은 틀린 거였어. 그 양반은 이 일과 전혀 관계가 없어. 그래서 내가 좀 미안해."

"네에."

미아 역시 그의 식품 가공 공장에 침입한 것이 좀 미안했지만, 오늘 모두가 그걸 알 필요는 없었다.

"그러면……."

할머니가 시계를 확인하고는 이어 물었다.

"여기는 어떻게 되어 가고 있냐?"

미아는 답했다.

"시식용 귀뚜라미는 다 차려 놨어요. 지금 기다리는 음식은……."

"귀뚜라미 피자 왔어요!"

문으로 들어오는 엄마 손에 김이 오르는 피자 상자 다섯 개가 들려 있었다.

"이거 어디 둘까?"

미아는 전시 탁자를 가리켰다.

"여기 두면 돼. 아이스크림은 어디 있어?"

"차 트렁크에."

아빠가 엄마를 도와 아이스크림을 가지러 나갔다. 그사이 미아와 클로버는 아이들을 위한 만들기 코너를 마련했다. 아이들이 직접 만든 귀뚜라미 더듬이를 쓰고 '귀뚤귀뚤 챌린지' 사진을 찍을 수 있게, 크레용과 색칠 도안 책, 구부리기 쉬운 털실 철사 따위를 준비했다. 클로버가 화려한 주황, 분홍, 초록 더듬이를 만들어 머리에 쓰고 물었다.

"나 어때?"

"펑크 록 하는 귀뚜라미 같아."

미아는 소리 내어 웃고는 휴대폰으로 클로버의 사진을 찍었다. 그리고 로비를 둘러보았다. 10시까지는 십 분이 남았고 준비는 끝나 있었다. 시식용 음식들도 손님을 기다리고 있었다. 클로버는 지역 텔레비전 방송국과 신문사에 보도 자료를 보내 두었다. 이제 사람들이 찾아올 일만 남았다.

엄마가 로비 저편에서 외쳤다.

"미아, 나랑 차에 잠깐 같이 갈래? 좀 더 가져올 게 있어서."

"알았어."

차로 따라간 미아는 엄마가 트렁크 열기를 기다렸지만, 엄마는 그냥 차 문에 기대어 미아를 보았다.

"아이스크림 조금 늦었던 거, 캐리 코치랑 통화하느라 그랬어."

미아의 심장 박동이 빨라졌다.

"그래? 뭐라고 해?"

"다른 학부모한테서도 비슷한 내용으로 전화가 왔대."

"정말……?"

미아의 눈에 눈물이 찼다.

"안 돼……. 누구래? 내가 더 일찍 말했어야 하는데. 내 잘못이
야."

"아니."

엄마가 미아의 어깨에 손을 올렸다.

"괜찮아. 그런 거 아냐. 그자가 심각하게 누굴 해쳤다거나 하는
건 아니야. 적어도 지금까지 밝혀진 바로는 말이야. 그렇지만 필
코치 행동을 불편하게 여긴 여자애가 또 있었고, 그 애가 필 코치
한테 받은 문자들을 자기 엄마한테 보여 줬대. 아주…… 잘못된
문자들이었지. 어른이 아이한테 보낼 수 없는. 그 내용이랑 네가
용감하게 말해 준 내용을 근거로, 체육관에서 필 코치를 정직시
키고 광범위한 조사를 시작했대. 경찰이랑 같이."

미아의 머리가 빙글빙글 돌았다.

"어떻게 된다는 뜻이야?"

"여러 사람을 만나 탐문 수사를 한다는 거야. 전에 일했던 체육
관 사람들까지 포함해서 필 코치와 안면이 있는 모든 사람을 대
상으로. 그래서 너한테 일어난 것 같은 일이 다시는 안 일어나게

한다는 거야."

미아가 깊은숨을 들이쉬었다.

"제대로 되고 있는 거야, 미아. 네가 정말 잘했어."

미아가 고개를 끄덕이고 말했다.

"고마워, 엄마."

미아는 뺨을 타고 흘러내린 눈물을 닦았다.

"나 아직도 그 일 생각 많이 해."

미아는 잠시 멈추었다가 이어 말했다.

"나 어쩌면 상담을 받아 보고 싶을 수도 있어. 엄마가 말한 그런 전문가하고 말이야."

엄마는 고개를 끄덕였다.

"언제든지."

"아직은 아니고. 아마도 상황이 다 정리된 다음에."

"언제든지 너 좋을 때."

엄마는 미아를 안았다.

주차장으로 차 한 대가 들어오고 아버지와 세 아이가 내렸다. 그들은 할머니 농장의 오픈 하우스 간판을 가리키고는 그리로 향했고, 이내 승용차 두 대와 미니밴 한 대도 도착했다.

"와, 진짜로 사람들이 오네."

미아의 말에 엄마는 미소를 지었다.

"할머니께서 너 정말 자랑스러워하셔. 엄마 아빠도 네가 자랑스럽고."

엄마는 한 번 더 미아를 빠르게, 꽉 끌어안았다.

"나중에 얘기 더 하고 싶으면 하자. 그런데 지금은, 너 들어가서 손님들한테 귀뚜라미 좀 내어 주는 게 좋겠다."

25장

귀뚜라미, 전사들, 과거로 손 뻗기

오픈 하우스가 정신없이 진행되었다. 창업 캠프의 아이들이 다들 왔다. 콴과 벨라는 '귀뚤귀뚤 챌린지' 셀카를 수도 없이 찍었다. 일라이는 곧장 애나에게 갔고, 그걸 본 미아는 애나를 구하러 다가가다 일라이가 이렇게 말하는 것을 들었다.

"이 로봇, 우리 캠프에서 나온 결과물 중에 제일 대단해."

"고마워."

애나는 또 아이스크림을 먹으러 가자느니 하는 치근덕거림에 대비하는 듯 보였다. 그런데 일라이가 고개를 숙이고 말했다.

"있잖아……. 우리가 팀이었을 때 내가 너한테 한 행동들……. 정말 미안하다. 어제 대회 끝나고 나서, 엄마가 우리 팀에서 너는 왜 빠졌냐고 묻길래 이유를 얘기했거든. 그러고 엄마한테 엄청나게 야단맞았어."

애나는 로봇 팔을 바로잡으며 대답했다.

"잘됐네."

"내 말이. 이제는 나도 알아. 그냥…… 사과하고 싶어."

말을 마친 일라이는 풍선 코너로 느릿느릿 다가갔다. 거기에서
는 닉이 헬륨 가스를 들이마셔서 가느다란 목소리를 내고 있었
고, 얼마 지나지 않아 일라이와 닉은 끽끽거리는 목소리로 같이
떠들고 웃었다.

"일라이 사과, 진심인 것 같아?"

미아가 애나에게 물었다.

"그런 것 같았어."

애나가 어깨를 으쓱하곤 덧붙였다.

"앞으로 학교에서 어떻게 행동하나 보면 알겠지."

갑자기 애나의 눈이 커졌다.

"어, 저기 그 벌꿀 라임 레모네이드 만든 참가자다!"

미아는 그 아이에게 손을 흔들었고, 이제 보니 창업 대회 참가
자들이 꽤 여럿 와 있었다. 관객석에서 본 사람들까지도. 앤 마리
와 미란다도 할머니와 투자 회의를 하러 와 놓고 오픈 하우스를
돕겠다며 손님들에게 풍선을 나누어주었다.

대니얼이 데려온 레이크 몬스터스 선수들은 더는 경비를 설 필
요가 없으니 로비로 들어와 모두와 셀카를 찍었다. 레이크 몬스

터스 야구장 매점에서 곧 경기 때 구운 귀뚜라미를 팔 것이라는 기쁜 소식도 전했다.

전사 캠프의 일요일 정오 프로그램인 선데이 펀데이(Sunday Fun-Day)에 가기 전에 들른 아이들도 많았다. 미아와 클로버도 오픈 하우스가 제시간에 끝나기만 한다면 잠시라도 캠프에 가기로 했다.

식품 가공 공장의 쳇 파츠워스도 나타났다. 그가 할머니에게로 다가가자, 시식 탁자에 있던 미아는 만들기 탁자로 자리를 옮겨 두 사람의 대화에 귀를 기울였다.

"이제는 파실 생각 없다는 거 알고 있습니다. 그런데 투자자를 원하시는지도 모른다는 소식을 이번 주에 들어서요, 저도 투자자로 고려해 주시면 좋겠습니다."

"논의해 볼 수 있지요. 그럼 다음 주에 회의를 잡으십시다."

오픈 하우스는 점심시간까지도 이어졌다. 미아와 클로버는 태국풍 귀뚜라미 피자를 먹으면서 머리띠에 털실 철사로 더듬이를 만들어 붙였다.

"저도 한 조각 먹을 수 있을까요?"

누군가가 물었다.

"오바산조 시장님!"

클로버가 벌떡 자리에서 일어났다. 미아도 일어서서 시장과 악수하며 말했다.

"농산물 장터에서 찍은 사진 SNS에 올려 주셔서 정말 감사해요. 그게 얼마나 많은 도움이 됐는지 몰라요."

"좋은 소식이네요."

시장은 귀뚜라미 더듬이를 만들었다.

"이 더듬이도 확실히 셀카 감인데요. 같이 찍을까요?"

미아와 클로버는 애나를 불렀고, 모두가 각자의 더듬이 머리띠를 하고는 시장과 포즈를 취했다.

"우리 지역의 사업체가 흥하는 걸 보면 제 마음이 아주 기쁘죠. 북적거리는 행사가 된 거 축하해요."

시장이 단백질 분말을 좀 사 가지고 떠날 때는 1시 55분, 이제 한산해지기 시작했다.

"오늘 '귀뚤귀뚤 챌린지'는 어땠어?"

엄마가 물었다. 할머니의 귀뚜라미 농장 운영을 그다지 지지하지 않는 사람 치고, 엄마는 이날의 행사를 아주 많이 도왔다. 머리에 더듬이까지 쓰고서.

"진짜 좋았어! 음, 아직 늦지 않았는데 말이야.……"

미아는 싱긋 웃으며 구운 귀뚜라미가 담긴 컵을 들어 올렸다. 할머니가 서둘러 다가왔다

"웬일이지? 누가 신문 기자 좀 불러 봐! 내 며느리가 드디어 귀뚜라미를 하나 먹는 건가?"

미아가 두 눈썹을 올리며 엄마에게 말했다.

"딱 하나만 맛봐."

엄마는 한숨을 쉬었다. 그러고는 싱긋 웃으며 두 손가락으로 귀뚜라미 하나를 집어 올렸다.

"잠깐만요! 사진 좀 찍을게요!"

클로버가 휴대폰을 들고는 미아 엄마를 '귀뚤귀뚤 챌린지' 현수막 아래로 이끌었다.

"네, 여기 서시면 돼요."

엄마가 미아를, 그리고 할머니를 쳐다봤다.

"나 이거 두 사람 진짜 존경해서 하는 거예요. 자, 먹는다……."

엄마는 클로버가 사진을 찍도록 포즈를 취한 다음, 귀뚜라미를 입속에 떨어뜨리고, 빠르게 씹고, 꿀꺽 삼켰다.

"음, 그렇게 나쁘진 않네요."

"우리가 받아 본 중 최고로 가치 있는 칭찬이다."

할머니는 이렇게 말하고는 웃었다. 할머니는 시드가 나오도록 사무실 문을 열어 주었다. 뒤뚱거리며 왈왈 손님들을 공격하면 안 되니 여태까지는 나올 수 없었다. 딱한 녀석. 언젠가는 낯선 이가 전부 나쁜 사람은 아니고, 머리를 쓰다듬어 주는 이가 모두 좋은 사람은 아니라는 것을 알아야 할 텐데.

미아가 만들기 자리 청소하기를 잠시 멈추고 시드의 배를 문지르는 동안, 클로버는 '귀뚤귀뚤 챌린지' 현수막을 말아서 정리했다. 애나를 먼저 보내고 조금 남은 시식용 귀뚜라미를 치운 미아와 클로버는 남은 피자와 반쯤 녹아 버린 귀뚤귀뚤 오싹 코코넛 아이스크림을 먹었다.

"남았다고 버릴 순 없지."

클로버가 초콜릿 씌운 귀뚜라미를 바삭바삭 씹어 먹으며 말했다. 미아는 맞장구쳤다.

"그럼 안 되지. 그래도 이거 다 먹으면 선데이 펀데이에서 몸을 좀 못 움직이긴 하겠다."

"맞다!"

클로버가 시계를 보았다.

"잊고 있었네. 그래도 나 진짜 캠프 가고 싶어."

"지금 출발하면 끝나기 전까지 삼십 분은 남아 있을 거야. 시드, 자!"

미아가 종이 접시를 바닥에 내려 주자 시드는 남은 피자 끄트머리 빵을 금세 먹어치웠다. 둘은 운동 가방을 들고 화장실로 가 옷을 갈아입은 다음, 할머니에게 포옹과 작별 인사를 하고 체육관으로 갔다.

"오늘 삼 미터야. 너 오늘 흰 벽 삼 미터 찍을 거라고."

클로버가 주먹을 내밀어 미아의 주먹과 맞부딪쳤다. 미아는 답했다.

"삼 미터? 아냐. 나 꼭대기까지 갈 거야."

                            * * *

　미아는 꼭대기까지 오르지 못한다. 삼 미터 표시선까지도 가지
못한다. 하지만 상관없었다. 거의 닿을 뻔했고 모두가 응원했으
며, 눈 깜짝할 사이에 집에 갈 시간이 되었다.

　"우리 엄마 밖에 있대. 집까지 차 태워 줄까?"

　복도를 걸으며 클로버가 미아에게 물었다. 미아는 도리질했다.

　"할머니 뭐 더 도와드릴 거 없나 보러 갈래."

　그때 둘 모두의 휴대폰에서 문자 수신음이 울렸다. 애나였다.

　'우리 거기 또 수영하러 가자!'

　클로버가 미아를 보았다.

　"너 갈 거야?"

　미아가 고개를 끄덕였다.

　"거기서 4시에 만날까?"

　"아주 좋아."

　애나에게 답장을 보낸 클로버는 손 흔들어 미아와 인사하고 주
차장으로 신나게 걸어 나갔다.

　배낭을 집어 든 미아는 물을 마시려고 물병을 찾았다. 그러나
물병이 없는 것을 깨닫고는 체육관으로 돌아가 보았다.

　마리아와 조 코치가 이미 캠프실 문을 잠그고 떠난 후였고, 창
문 너머로 보이는 흰 벽 옆에 미아의 물병이 있었다. 화요일에 와

서 챙기는 수밖에 없었다. 발걸음을 돌리던 미아는 체조실이 들여다보이는 커다란 창 앞에 멈추어 섰다. 체조 캠프 역시 일요일에 선데이 펀데이를 열지만 전사 캠프보다 늦은 시간대여서 지금 막 시작하고 있었다.

"안녕!"

제이미라는 여자 코치가 문밖으로 고개를 내밀었다.

"체조 캠프도 시도해 보라는 내 말 아직 유효해. 그리고 오늘은 선데이 펀데이 날이기 때문에 너도 원한다면 잠시 들어와도 돼. 전사 캠프에 낸 서류가 우리 캠프까지 커버하거든. 잠깐 도마나 평균대에 올라 보고 가도 괜찮아."

미아는 창문 너머로 안을 들여다보았다. 키가 크고 마른 한 여자아이가 매트 끝에서 끝까지 텀블링을 해서 나아갔다. 한 남자아이는 도마로 달려갔다. 또 다른 여자아이는 이중 평행봉으로 뛰어올랐다. 평균대에는 아무도 없었다.

이상한 일이었다. 미아는 이제 체조가 그다지 그립지 않았다. 하지만 그 평균대가 어쩐지 미아를 끌어당겼다. 미아가 평균대를 떠났던 건 자의가 아니었다.

"그러면…… 하나만 해 봐도 돼요? 잠깐 동안만요."

"되고 말고."

제이미 코치가 문을 열어 주었다.

"혹시 뭐 필요한 거 있으면 나한테 말해, 알았지?"

제이미 코치는 매트 옆에 있는 다른 코치에게 달려가 무언가 말했다.

미아는 앉아서 신발과 양말을 벗었다. 평균대로 걸어갔다. 평균대의 거친 가죽을 손으로 한 번 쓸자, 전사 캠프에서 생긴 굳은살이 스쳤다. 심장이 빨라졌지만, 눈을 감고 천천히 숨을 들이쉬어 보았다. 천천히 내쉬었다.

미아는 평균대 위에 올라갔다.

맨발에 닿는 평균대가 여전히 익숙하게 느껴졌다. 미아는 두 팔을 뻗고 평균대 끝까지 걸었다.

두 발끝에 지탱해 발꿈치를 들어 올렸다가 그대로 빙그르 돌아 반대편을 보았다.

미아는 걸어서 다른 쪽 끝으로 돌아왔다.

그러고는 가슴이 덜컥 내려앉기를 기다렸다. 몰려올지 모른다고 생각한 두려움도 기다려 보았다. 하지만 그런 감정은 찾아오지 않았다. 미아는 그냥 거기에 있다.

평균대 위에 미아가 있다.

미아는 몸을 숙여 아라베스크 동작을 했다. 그리고 턱 점프를 하여 착지했다. 아주 조금 흔들렸다. 그러다 균형을 찾았다.

전사 캠프 덕분에 강하고 흔들림 없어진 다리 근육이 느껴진다. 발바닥 밑 서늘하고 단단한 가죽이 느껴진다. 탄탄하고 안정적이고, 다시 미아의 것이 될 수 있다. 미아가 원하기만 한다면.

미아는 원하지 않는 것 같다. 그래도 괜찮다. 하지만 미아가 되찾기를 원하는 것도 있다.

미아는 측전을 했다. 그리고 완벽하게 착지했다.

미아는 제이미 코치에게 가서 고맙다고 인사했다. 그러고는 농장으로 돌아가 할머니와 함께 귀뚜라미 먹이를 주었고, 집에 가 옷을 갈아입고는 클로버와 애나를 만나는 곳으로 자전거 페달을 밟았다.

"미아!"

호숫가로 내려오는 미아를 향해 두 아이가 소리쳤다. 수건 한 장을 깔고 앉아 옆에 각자의 물병을 둔 채, 아주 커다란 감자 칩 한 봉지를 나눠 먹고 있었다.

"우리 아직 물에 안 들어갔어, 너 오면 들어가려고."

클로버가 미아에게 말했다.

"이제 나 왔어! 더워서 녹아 버릴 것 같아."

미아는 티셔츠와 반바지를 벗어 버리고, 속에 미리 입고 온 수영복 차림으로 다이빙 바위로 올라갔다. 클로버가 외쳤다.

"우후! 멋지다!"

자전거로 여기까지 오면서 미아는 생각했다. 이 바위를 되찾고 싶다고. 그 사진 속 붉은 바위와 푸른 하늘의 선명함을 갖고 싶다고. 여름 내내, 미아는 그 사진 속 아이로 돌아가고 싶었고, 그 방법을 찾을 수 있을지도 모른다고 생각했다. 하지만 완전히 잘못 생각한 것이었다. 돌아가는 길을 찾아야 하는 것이 아니었다. 그 무지갯빛 수영복은 이제 미아 몸에 맞지 않는다. 미아는 앞으로 나아가는 길을 찾아야 한다.

미아는 뜨듯한 바위에 두 발을 디디고 꼿꼿이 몸을 폈다. 쿵후 사마귀를 따라 하려는 건 아니었다. 그저 더는 몸을 작게 웅크리기 싫을 뿐이었다. 미아는 보라색과 파란색의 새 투피스 수영복을 입고 있었다. 그 옷을 입으면 전사 캠프에서 키운 근육이 드러나는 것이 너무 좋았고, 그 사실이 부끄럽지 않았다.

수술 흉터도 드러나 보였다. 여름 햇살로 그을린 피부 덕에 덜 뚜렷해 보이지만, 팔에 난 그 흉터는 앞으로도 언제나 미아의 일부일 것이다. 그래도 괜찮다. 하지만 미아가 어떤 사람이 될지는, 다른 누가 결정할 수 없다. 스스로가 결정할 것이다. 미아는 마땅히 그럴 수 있다.

원한다면, 겪은 일을 말할 수 있고 그네를 탈 수도 있고 반짝이는 폭죽으로 이름을 쓸 수도 있다. 친구들과 바위에서 뛰어내릴 수도 있다.

이제 친구들이 미아의 이름을 연호했다.

"미아! 미아!"

미아는 손으로 피스 사인을 만들어 클로버가 사진을 찍을 때까지 기다렸다. 그런 다음 호수를 바라보았다. 산들바람이 불어오니 땀에 젖은 앞머리가 날리고 더운 얼굴이 식었다. 물결 위를 내다

보았다. 하늘이 꼭 그 사진 속 같았다. 말이 안 될 정도로 완벽한 파랑이었다.

호수 저편에 보이는 애디론댁 산맥이 오후의 빛 속에서 보랏빛으로 아련했다. 미아는 그 햇빛을 들이쉬었다. 그런 다음 빠르게 세 걸음을 디디고, 바위를 박차고, 여름 공기 속으로 솟아올랐다.

이 소설을 쓰면서 저는 식량으로서의 곤충에 관하여 많은 것을 배웠습니다. 귀뚜라미 농장에 관해 특강을 해 준 플로리시 농장의 스티브와 젠 스완슨에게 감사드리고, 소설 속 할머니의 농장과 같은 소규모 신생 사업체를 운영하는 일에 관해 자세히 이야기해 준 스티브 후드에게도 감사드립니다. 또한 귀뚜라미 농장 운영 모습을 보여 주고, 귀뚜라미 기르기의 어려움을 이야기해 준, 오스틴에 위치한 어스파이어 푸드 그룹의 게이브 모트에게도 감사를 드립니다. 식용 곤충에 관해 (그리고 좀 더 지속 가능한 식생활을 위한 다른 아이디어들에 관해) 좀 더 읽고 싶다면, 크리스티 미하이와 수 헤븐리치가 쓴 『기후 변화를 위한 식단: 생각하는 먹거리(*Diet for a Changing Climate: Food for Thought*)』(Lerner, 2018)라는 책을 추천합니다.

미아와 클로버의 전사 캠프는 버몬트주 에섹스에 있는 버몬트 닌자 워리어 트레이닝 센터를 다녀온 후 영감을 받아 그린 것입니다. 크리스 타워, 맥킨리 피어스, 아미르 말릭, 그리고 저의 질문에 대답해 주고 자신들의 캠프에 저를 참가하게 해 준 모든 어린 전사에게 감사를 전합니다.

미아와 클로버가 겪은 성추행 부분은 뉴스와 저 자신의 성장기 경험, 그리고 고맙게도 제가 친구라 부를 수 있는 많은 여성의 이야기를 참고해 썼습니다. 지금까지 저에게 자신의 이야기를 들려준 여성들, 제가 저의 이야기를 할 때 곁에서 지켜 준 여성들에게 넘치는 사랑과 존경을 품고 있습니다. 여러분은 모두 스스로가 생각하는 것보다 더 용감한 전사들입니다.

제가 자라날 때에는 아이들이 무언가 잘못되었다고 느끼더라도 목소리를 내라는 격려를 받지 못했습니다. 그런 점이 바뀌기 시작한 건 고마운 일이지만, 우리 사회는 아직도 좀 더 변화해야 합니다. 그 논의가 진전하는 데 도움이 되는 것이, 또 이 이야기와 닮은 경험을 한 독자들이 결코 혼자가 아님을 깨닫게 하는 것이, 제가 이 소설에 품는 가장 큰 희망입니다.

세상에는 선생님과 성직자, 스카우트 리더 등 여러 역할을 통해 아이들을 돕는 사려 깊고 멋진 어른이 많습니다. 그러나 그러한 위치를 이용해 신뢰를 산 다음 아이들을 해치는 일부의 어른도 있는 것이 사실입니다.

독자 여러분의 나이가 몇이건, 여러분에게 불쾌감을 주는 방식으로 여러분의 몸을 만질 권리는 그 누구에게도 없습니다. 그 사람이 누구건 예외는 없습니다. 여러분에게는 '만지지 마세요.'라든지 '저는 포옹하고 싶지 않아요. 하이파이브나 주먹 부딪치기는 어떨까요?' 같은 말을 할 권리가 있습니다. 진심으로 여러분을 위하는 사람이라면 누구든 그 의사를 존중할 것입니다. 혼자서 해결할 수 없는 나쁜 상황에 놓여 있다 해도 반드시 도움을 구할 수 있을 것입니다. 신뢰하는 가족이나 교사, 상담사 등에게 말하세요. 그리고 말할 수 있었건 아직 그러지 못했건, 매일매일을 살아가는 여러분이 얼마나 용감한지를 잊지 마세요.

어떤 장면들은 마음속에 유난히 생생히 남는다.『소리 높여 챌린지』의 원서를 처음으로 완독한 지 오래된 후에도 이 책을 다시 마주하면 늦여름의 시원하고도 더운 호숫가가 마치 내가 정말로 거기 있었던 것처럼 쉬이 떠오르곤 했다. 어떤 의미에서는 정말로 거기 있었다.

이 소설은 어벤져스처럼 빗자루를 휘두르고 갈매기에게 욕을 하며 등장하는 할머니, 귀가 얼얼하도록 시끄러운 귀뚜라미 농장, '나는 전사다!' 하고 외치며 실내 암벽을 타는 캠프와 함께 펼쳐지지만, 동시에 주인공 미아가 소리 내어 말하지 '않는' 것들을 향해 우리의 마음을 이끈다. 미아만이 아니라 우리 사회의 많은 여성과 약자들이 말하지 못했던, 그러나 말할 수 '있는' 일을 향해서. 미아가 지닌 다양한 정체성과 일상의 기쁨과 모험을 담아

내는 서사 속에서도 소설만이 할 수 있는 힘 있는 방식으로 중요한 시야를 선사한다. 그리고 어떤 독자들에게는 이 소설이 듣고 싶었던 진실을, 받고 싶었던 포옹을 대신 건네리라는 희망이 들었다. 자기 안의 힘을 기억하게 하리라는 희망. 그런 희망으로 이 소설을 창비 출판사에 추천하고, 번역했다.

이 소설에서 미아가 겪는 내면의 여정은 많은 독자들의 마음에 다가갈 것이다. 여름밤의 불꽃놀이 소풍에서도, 자전거로 내달리는 여름의 시골길에서도, 놀이터와 체육관과 귀뚜라미 농장과 호숫가 바위 위에서도 가장 눈을 뗄 수 없는 것은 미아의 내면이었다.

이 소설 마지막 장을 덮기 전, 미아가 호숫가 바위에서 솟아오르기 직전에 품는 마음의 풍경을 나는 오랫동안 상상했다. 가슴이 벅차오르는 기분인데, 눈물이 날 것 같기도, 또 웃음이 번질 것 같기도 한 기분이었다.

같은 마지막 장을 덮고 여기에 이른 독자들의 마음에는 지금 어떤 기분이 남았을까? 어떤 시야가 머무를까?

2022년 3월
강나은

창비청소년문학 110

소리 높여 챌린지

초판 1쇄 발행 | 2022년 3월 25일

지은이 | 케이트 메스너
옮긴이 | 강나은
펴낸이 | 강일우
책임편집 | 김도연 김유경
조판 | 황숙화
펴낸곳 | (주)창비
등록 | 1986년 8월 5일 제85호
주소 | 10881 경기도 파주시 회동길 184
전화 | 031-955-3333
팩스 | 영업 031-955-3399 편집 031-955-3400
홈페이지 | www.changbi.com
전자우편 | ya@changbi.com

한국어판 ⓒ ㈜창비 2022
ISBN 978-89-364-5710-5 43810